1. Auflage

© 2021 Impressum

Haffner Verlag, Eschenstrasse 3, 85464 Neufinsing

ISBN

Paperback: 978-3-9821432-6-2

Hardcover: 978-3-9821432-7-9

Definition: Ingressus

(lat., Nomen, Maskulinum, Grundform) bezeichnet
übersetzt den Eingang, das Einherschreiten, den Eintritt

Inhaltsverzeichnis:

Die neue Zukunft

Band 2

Um•bruch

Kapitel 1 – Hektische Zeiten

Christine zwang sich dazu, den Blick von den Livebildern im Fernsehgerät zu lösen. Sie musterte Martins Gesicht. Wie unter Schock stand die Angestellte der Firma Culligs auf, schlurfte zum Fenster ihres Wohnzimmers und zog die Jalousie nach oben. Die Sonnenstrahlen, die an diesem 21. April auf ihre Haut trafen, hinterließen ein wohliges Gefühl. Ihr war kalt. Christine sah auf ihren Arm, die Gänsehaut verschwand langsam. Verwundert kniff sie die Augen zu. Etwas stimmte nicht.

Die sonst gelbliche Reflexion der Sonnenstrahlen schimmerte leicht bläulich. Sie sah nach oben und was sie entdeckte, ließ ihr das Blut in den Adern gefrieren. Ein Wolkenkranz gigantischen Ausmaßes hinderte die Sonne daran, die natürlich gelben Strahlen in ihr Wohnzimmer zu schicken. Stattdessen verwandelte der Wolkenkranz die Sonnenstrahlen in ein befremdliches Licht.

»Nein. Oh mein Gott«, stammelte Christine leise und beäugte ehrfürchtig das langsam rotierende Wolkenphänomen.

Mit einem Durchmesser von circa vierhundert Metern drehte sich der Wolkenkreis langsam. Wanko hatte mit seiner simplen Formulierung den Nagel auf den Kopf getroffen: Die Formation ähnelte einem runden Zebrastreifen am Himmel.

Bedrohlich wie ein Damoklesschwert schwebte der Kreis unter den anderen Wolken über München. Martin stand neben seiner Kollegin und Freundin und beäugte das Ding ungläubig. Er nahm ihre Hand und spürte, dass Christine den Druck erwiderte. Sie brauchten sich jetzt mehr als jemals zuvor.

»… schalten wir nun ins Weiße Haus, um Ihnen die Stellungnahme des amerikanischen Präsidenten live zeigen zu können«, tönte es hinter ihnen aus dem Fernseher.

Die beiden setzten sich auf die Couch. Der Präsident der Vereinigten Staaten, Tom Midler, erschien und sah die Journalisten und Journalistinnen hinter seinem Pult ernst an.

»In diesen Stunden sind unsere Experten des Nasa Space Weather Prediction Centers sowie Wissenschaftler aller Länder dabei, herauszufinden, um welches Wetterphänomen es sich hier handeln könnte. Zum jetzigen Zeitpunkt kann ich Ihnen noch nicht sagen, mit was für einer atmosphärischen Besonderheit wir es zu tun haben. Aber: Was ich Ihnen sagen kann, ist, dass von diesen Wolken keine Gefahr ausgeht. Unsere Messungen weisen nicht darauf hin, dass es sich hierbei um toxische Stoffe in der Atmosphäre handelt. Warum diese Wolkenformation blau strahlt, kann ich momentan nicht beantworten. Es bleibt abzuwarten, bis die Ergebnisse des NSWPC vorliegen.«

»Mr. President, kann es sich hier um ein extraterrestrisches Phänomen handeln?«, fragte eine Reporterin.

Midler lachte und schüttelte schmunzelnd den Kopf. »Nein, meine Damen und Herren. Keine Aliens, kein

Armageddon. Und die Apokalypse, so hat mir das FBI mitgeteilt, findet auch nicht statt. Bleiben Sie bitte ruhig und besonnen. Wir bemühen uns, dieses Wetterphänomen schnell zu erklären.«

Der Präsident nickte, wie er es immer tat, der Presse anerkennend zu und verabschiedete sich wieder vom Rednerpult. Der Pressesprecher trat vor die Mikrofone und bemühte sich, die auf ihn einprasselnden Fragen der Reporter und Reporterinnen zu beantworten.

Christine schaltete den Fernseher ab.

»Ich habe vorhin während der Fahrt noch einmal versucht, Allison anzurufen. Es klingelte durch. Ich denke, du hattest recht, er kann nicht abheben«, murmelte sie.

Martin starrte den bläulich schimmernden Kranz am Himmel an. Seine Kollegin atmete tief ein, ging in die Küche und setzte Kaffee auf. Kurze Zeit später kam sie mit zwei Tassen zurück ins Wohnzimmer und setzte sich auf die Couch. Gedankenverloren nahm sie einen großen Schluck aus der Culligs-Werbetasse.

»Was wird jetzt passieren?«, fragte Martin verunsichert.

»Es ist passiert. Daran lässt sich nichts mehr ändern. Wir waren zu spät und Mortensen hat uns geschickt außer Gefecht gesetzt. Ich weiß nicht, ob uns diese Dinger da oben gefährlich werden können. Das weiß momentan niemand. Wir sollten auf alle Fälle ruhig bleiben und Michael kontaktieren«, antwortete Christine. Sie hörte die Sirenen der Polizeiwagen, die am Haus vorbeirasten. Sie griff zur Fernbedienung und schaltete den Fernseher wieder ein.

»… erreichen uns immer mehr Meldungen von chaotischen Zuständen in den Ballungszentren weltweit. Bitte bewahren Sie Ruhe, so wie es scheint, sind diese Phänomene harmlos. Bisher hat uns keine Meldung erreicht, der zufolge Menschen zu Schaden gekommen wären. Der Weltsicherheitsrat hat heute eine Dringlichkeitssitzung einberufen. Präsident Midler telefoniert in diesen Minuten mit dem russischen ...«

Christine schaltete den Fernseher ab. Sie legte die Fernbedienung auf den Wohnzimmertisch, nahm ihre Tasse und setzte sich an ihren Schreibtisch. Die leisen Lüfter ihrer Hightech-Rechner begannen zu surren. Wortlos setzte Martin sich auf den Stuhl neben ihr und nahm sein Handy aus der Hosentasche, als just in diesem Moment die Nummer von Sandra erschien.

»Hallo Sandra.«

»Wo bist du? Ich bin gerade wieder nach Hause gefahren. Alle Mitarbeiter bis auf unsere Security-Experten wurden heute freigestellt. Ich habe Norman auf dem Gang getroffen, er wird dich und deine Kollegin heute anrufen und bitten, die Tage ins Büro zu kommen. Wo steckst du?«, schnatterte Sandra hektisch ins Handy. Panik dominierte ihre Stimme.

»Ich bin bei Christine, Sandra. Alles ist okay.« Kaum hatten die Worte seinen Mund verlassen, realisierte Martin, was er gesagt hatte. Christine sah Martin mit großen Augen an.

»Du bist bitte wo?«, schrie seine Frau hysterisch ins Telefon.

»Ich bin bei Christine«, wiederholte Martin leise und rollte mit den Augen. Die fordernde Stimme seiner Frau begann ihn wieder zu nerven. Mehr als sie es jemals zuvor getan hatte.

»Die Welt geht unter und du fährst zu deiner Kollegin? Interessant. Das ist also der erste Ort, den du aufsuchst, wenn die Apokalypse bevorsteht. Bist du eigentlich noch ganz bei Sinnen?«, brüllte Sandra Luber mit schriller Stimme durch die Leitung.

Er konnte es nicht mehr ertragen. Der Moment war gekommen, in dem er weder die Lust noch den Nerv besaß, sich erneut beherrschen zu müssen. Wieder einmal leise und tief durchzuatmen um, wie immer seiner Frau zuzustimmen und zu hoffen, dass das Gewitter an ihm vorbeizöge.

Martin nahm den Hörer von seinem Ohr und sah auf die steigende Sekundenzahl der Gesprächsanzeige. Es war genug.

In einem Moment zog das gemeinsame Leben mit seiner Frau vor seinem geistigen Auge vorbei. Das Kennenlernen, Jahre zuvor an der Tankstelle, und sein unbeholfener Versuch, einen charmanten Witz zu machen. Ihr liebevolles Lächeln und die unzähligen Momente, in denen die beiden einfach nur Blödsinn redeten und lachten, bis ihnen der Bauch wehtat. Der erste Sex, der erste Streit, der Augenblick, als sie nach dem Tod ihres Vaters weinten, oder wie sie einfach nur still auf der Couch saßen. Letzteres hatte seit fast drei Jahren die Kontrolle über ihre Beziehung genommen. Sie hatten sich nichts mehr zu sagen, nichts mehr zu erzählen, nichts mehr zu lachen.

Seitdem Sandra mit Martins Chef schlief, ging es stetig bergab. Er hatte Sandra als liebevollen und einfühlsamen Menschen kennengelernt. Die Frau, die jeden Abend müde nach Hause kam, war kalt, emotionslos und genervt von seiner Anwesenheit. Es war nicht mehr seine Sandra, die er damals angesprochen und in deren Augen er sich verloren hatte. Die Zeiten hatten sich geändert. Martin hatte sich verändert.

Er hob das Telefon wieder an das Ohr, schloss seine Augen und ballte seine linke Hand zur Faust.

»Ich ertrage dich nicht mehr«, flüsterte er ruhig in den Hörer.

»Wie bitte?«, zischte Sandra.

»Ich ertrage deine genervte Art nicht mehr. Ich ertrage es nicht mehr, dass mich alle im Büro mit diesem bemitleidenden Blick ansehen. Ich ertrage weder die Tatsache, dass du mit Norman fickst, noch den Fakt, dass all meine Kollegen Bescheid wissen. Ich ertrage deine herablassende Art nicht und wie sehr du doch Tag für Tag meinen Intellekt beleidigst und infrage stellst«, fuhr Martin mit geschlossenen Augen fort.

Christine sah ihn entgeistert an.

»Wie redest du mit mir?« Sie schrie so laut, dass ihre Stimme übersteuert in Martins Gehörgang einschlug.

»Dein hysterisches Geschrei ertrage ich auch nicht mehr. Sandra, du hast mir seit zwei Jahren nicht mehr gesagt, dass du mich liebst. Lass mich bitte in Frieden, ich muss mich um wichtigere Dinge als dein Geschrei kümmern. Wenn du Angst hast, fahr zu Norman. Wenn du jemanden hämisch auslachen willst, fahr zu Norman. Wenn du jemanden sagen möchtest, dass du ihn liebst … ach, das machst du ja bereits. Wiederhören, Frau Luber.«

Martin legte auf. Er öffnete die Augen und blickte Christine an, deren Mund halb offen stand. Ihre Tasse hielt sie noch immer wenige Zentimeter von ihrem Mund entfernt.

»Das hast du jetzt nicht gesagt. Ist das gerade wirklich passiert?«, stammelte Christine.

»Ja und das ist auch gut so. Es langt. Ich habe diese Demütigungen satt. Schau aus dem Fenster, Christine, offensichtlich ist die Welt im Wandel. Es gibt jetzt wirklich Wichtigeres zu tun«, stellte Martin fest und verkabelte sein Handy mit dem Computer. So selbstsicher und konzentriert hatte sie ihn schon lange nicht mehr gesehen. Aber es gefiel ihr und insgeheim wusste Christine, dass diese Entscheidung für Martins Seelenheil mehr als überfällig war.

Sie nickte, küsste ihn auf die Wange und widmete sich den Programmen, die die Kommunikation mit Michael ermöglichten.

»Das hast du gut gemacht, mein Großer.«

Die Ereignisse des Morgens ließen Christine unkonzentriert arbeiten. Anstatt die Parameter der jeweiligen Software neu zu justieren, beendete sie das Programm wie eine Malerin, die ihr geschaffenes Werk begutachtet und anschließend wegwirft.

Nach fünfundzwanzig Minuten wählte Martin die Nummer seines Freundes, der sich auf dem Kontinent Perz befand. Die Leitung stand wesentlich schneller als die letzten Male. Die beiden lauschten über ihre Kopfhörer dem bekannten Klacken, gefolgt von einem schwachen Freizeichen. Diesmal war das Rauschen im Hintergrund verschwunden. Kaum endete der erste Ton, nahm Michael ab. Christine begann sofort in dem kleinen Fenster mit der Aufschrift »Encrypter« zu schreiben. Der Text wurde in Morsezeichen umgewandelt und an Michael geschickt.

»Irgendwas ist heute anders«, flüsterte Martin. Er hörte ein Rascheln am anderen Ende der Leitung.

»Ist das der Wind?« Christine presste den Kopfhörer fester an ihr Ohr. Es war Wind. Ganz eindeutig.

»Hallo?« Michaels Stimme donnerte klar und deutlich in die Kopfhörer der beiden.

Martin zuckte vor Schreck zusammen und verteilte den Kaffee auf dem Parkettboden. Christine griff Martins Handy und befeuchtete die Lippen.

»Michael, kannst du uns hören?«

»Ja, kann ich. Was ist passiert? Christine, ich bin so froh, dich zu hören. Ich bin so verdammt glücklich, deine Stimme zu hören!«, schluchzte Michael.

Verdutzt sahen sich Martin und Christine an und erkannten schnell den Zusammenhang. Sie drehte sich um, warf einen Blick auf das bläuliche Licht, das ihr Wohnzimmer erhellte, und widmete sich wieder dem Gespräch.

»Ich bin auch sehr froh, deine Stimme zu hören. Bist du in Ordnung?« Wissentlich umging Christine Michaels Frage und wischte sich eine Freudenträne aus dem Augenwinkel.

»Sie haben mich nicht entdeckt. Nordöstlich war ein kleines Waldstück, fernab der Stadt. Dort habe ich mich versteckt. Ich esse Beeren, trinke die Flüssigkeiten der Pflanzen und meinen Urin. Ich bin am Leben«, antwortete Michael. Seine Stimme beruhigte sich langsam.

»Was ist das für eine Stadt? Kannst du dort bleiben, bis wir wissen, wie wir dich zurückholen?«

Stille. Christine betrachtete den Monitor. Die Verbindung stand, die Anzeige der Gesprächsdauer lief unermüdlich weiter. Ihr Blick wanderte zum Fenster mit den Messparametern der Signalstärke. Die üblichen 68 bis 72 Prozent waren Vergangenheit. Ungläubig beäugte sie den hundertprozentigen Ausschlag.

»Michael, hörst du mich?«, fragte Christine verunsichert nach.

Ein tiefes Brummen durchdrang ihre Gehörgänge. Martin riss sich den Kopfhörer von den Ohren.

»Was zur Hölle ist das?«, fragte er mit schmerzverzerrtem Gesicht.

In kurzen Abständen presste er den Daumen immer wieder auf den roten Knopf. Seit einer Minute wiederholte er das Drücken, dem das blecherne Summen außerhalb des Raumes folgte. Im Grunde konnte er sich nicht beschweren. Ein bequemes Bett gegenüber dem großen Flachbildschirm sowie ein Schreibtisch und eine braune Ledercouch vermittelten Mark den Anschein, in einem Hotel zu wohnen. Wäre da nicht diese verdammte Panzerglastür. Die Rückseite des elektronischen Kästchens, das in Höhe des Knaufes angebracht war, öffnete diese verfluchte Tür. Natürlich nur von außen.

Wieder betätigte Mark den roten Knopf rechts neben der Glastür und wieder ertönte das metallisch klingende Signal. Die Tage zuvor hatte er rechts neben der Tür einen Mann in einem Anzug gesehen, der auf einem Stuhl saß. Oftmals las der Wächter eine Zeitung oder spielte auf seinem Handy. Doch heute war alles anders. Seitdem er an diesem Morgen aufgewacht war und sich in seinem kleinen Bad frisch gemacht hatte, wartete er auf das übliche Frühstück. Eine Tasse Kaffee, zwei Brötchen, etwas Aufschnitt und Käse wurden ihm, nachdem er den Knopf betätigte, kredenzt. Mark hämmerte mit der Faust gegen das dicke Panzerglas, doch er erkannte, dass das Geräusch nicht nach außen drang.

»Was ist denn das für ein Service, liebes FBI?!«, schrie er und begann wieder eine Salve von Summtönen zu drücken.

Nach Stunden war Marks anfänglicher Sarkasmus verflogen. Er lag auf dem Bett und starrte gegen die weiße Zimmerdecke. Er beschloss, sich ruhig zu verhalten. Still und desinteressiert zu tun. Sollten sie ihn doch hinter ihren Monitoren beobachten und analysieren. Anfänglich hatte Mark gedacht, die kleine verdunkelte Halbkugel in der Mitte der Decke wäre ein Rauchmelder. Doch schnell hatte er verstanden, was es wirklich war. Sein Blick blieb an dem schwachen, kaum sichtbaren Blinken der Kamera haften.

»An, aus, an, aus«, flüsterte er. Im Takt des Lichtes sang er leise -We will rock you- von Queen. Nach der Hälfte des Songs wurde die Tür geöffnet. Mark setzte sich auf. Der Wächter stand in einem dunklen Anzug vor ihm.

»Ach, auch schon wach? Heute lässt der Service aber zu wünschen übrig. Ich nenne Sie heute übrigens Walter«, witzelte Mark und stellte fest, dass der Mann kein Tablett in den Händen hielt.

Der Mann sah Mark ernst an, richtete sein Jackett und blickte auf die Schuhe unter dem Schreibtisch.

»Ziehen Sie Ihre Schuhe an, Mr. Allison. Wir haben einen Termin«, sagte er.

Es war das zweite Mal, dass Mark ihn reden hörte.

»Ach, sieh an. Außer ›Hier hinein‹ haben Sie noch andere Sätze im Repertoire?«

»Ziehen Sie Ihre Schuhe an, Mr. Allison«, wiederholte der Mann eindringlich.

Mark folgte dem Wächter in einen fensterlosen Gang, in dem vier Männer auf sie warteten. Er erkannte Waffenholster unter ihren Jacken.

Mit einem mulmigen Gefühl im Magen ging er, flankiert von den Männern, dem Wächter hinterher. Dieser stoppte vor einer Tür, die er öffnete. Er nickte Mark kurz zu und schloss die Tür von außen. Mark setzte sich auf den Stuhl und betrachtete den kahlen Kunststoffschreibtisch, auf dem ein Blatt Papier und ein Kugelschreiber lagen. In seiner Fantasie hatte er sich die Vernehmungsräume des FBI genauso vorgestellt, wie er es schon etliche Male in Krimis und Actionfilmen gesehen hatte. Der Schreibtisch entsprach zumindest dieser Vorstellung. Doch wo waren der Aschenbecher, die verspiegelte Wand und der zweite oder sogar dritte Stuhl in dem Raum? Er fragte sich, ob sie das Guter-Cop-böser-Cop-Spiel noch spielten. Möglicherweise war die psychologische Zermürbungstaktik der Staatssicherheit viel weiter vorangeschritten, als Mark es ahnen konnte. Die Zeit verstrich und Mark starrte das leere Blatt Papier an. Er fragte sich, ob sie erwarteten, dass er von allein all seine Schandtaten auf Papier brachte, das Geständnis mit Datum und Unterschrift signierte, um anschließend weinend zusammenzubrechen. Die sich öffnende Tür stoppte sein Gedankenkarussell. Ein Mann in Jeans, Turnschuhen und einem Kiss-T-Shirt betrat den Raum.

Kiss – Psycho Circus - Worldtour '98

Die geschminkten Rockstars blickten diabolisch auf ihn herab. Der Träger des Shirts fand seinen Platz am anderen Ende des Schreibtisches. Er lehnte sich leger an die Tischkante, umfasste mit seinen Händen seine Hüften und lächelte Mark sanft an.

»Wie passend«, murmelte Mark mit Blick auf das T-Shirt. Kein Trenchcoat, keine Hosenträger und keine Zigarette in der Hand schmückten den Agenten, dessen Alter Mark auf rund vierzig Jahre schätzte.

»Mögen Sie Kiss?«, fragte der Mann.

Die Stimme kam ihm bekannt vor.

»Natürlich. Aber ich dachte in diesem Moment eher an den Titel der Tournee … Entschuldigung … Wo bleiben nur meine Manieren? Mein Name ist Mark Allison, amerikanischer Staatsbürger und Wissenschaftler. Ich werde hier gegen meinen Willen und ohne jegliche Begründung festgehalten.« Die Ironie platzte nur so aus ihm heraus. Mark stand auf und streckte dem Agenten seine Hand entgegen.

Der Mann sah ihn kurz verdutzt an und prustete laut los. Mark lächelte schief.

»Verzeihen Sie, Mark. Ich freue mich, dass wir uns endlich persönlich kennenlernen«, sagte er und ergriff Marks ausgestreckte Hand. »Mein Name ist Crowley. Vielleicht erinnern Sie sich an unser Telefonat vor einiger Zeit?«

Als Mark sich gesetzt hatte, sagte er: »Richtig. Sie sind der mysteriöse Agent, der mein Leben wegen Zeile 18 zerstören wollte. Ich erinnere mich. Gratulation, jetzt haben Sie mich ja gefasst. Werden Sie mich jetzt foltern, töten oder für immer wegsperren?«

Crowley setzte sich zur Hälfte auf die Schreibtischkante und musterte Mark. Sein Lächeln verschwand und zum Vorschein kam ein besorgter Gesichtsausdruck.

»Nein, Mark, nichts von dem wird passieren.«

»Warum halten Sie mich hier fest?«

»Ich möchte Ihnen etwas zeigen.« Crowley stand auf, öffnete die Tür und winkte Mark zu sich. Mark folgte Crowley durch den Gang. Sie bogen rechts ab und hielten wenig später vor einer Tür. Als Crowley diese öffnete, blickte Mark verdutzt auf eine Handvoll Anzugträger, die in einer Küche standen und mit dem Rücken zu ihnen aus dem Fenster starrten.

»Nur zu. Sind Sie nicht neugierig, was es hier zu sehen gibt?« Crowley sah ihn auffordernd an.

Marks selbstbewusste Art verschwand in diesem Moment. Zu unheimlich und eigenartig fühlte sich die Situation in der Küche des FBI an. Unsicher näherte er sich dem obskuren Schauspiel. Am Fenster angekommen, folgte er den Blicken der Männer und sah in den Himmel. Eine Mischung aus Ungläubigkeit und Faszination überkam ihn.

»Das ist nicht möglich. Das ist einfach nicht möglich …«, stammelte er leise. Er konnte seine Augen nicht von dem riesigen Wolkenkreis lassen. Der bläuliche Schimmer inmitten des Phänomens erinnerte ihn an einen planetarischen Gasnebel, wie er ihn von Jupiter, Saturn und Uranus kannte. Die blaue Materie schwebte mit gleichmäßigem Abstand zum inneren Kreis des Wolkenkranzes. Mark schätzte die Größe auf das Zwanzigfache dessen, was er über Nofox mit eigenen Augen gesehen hatte. Er drehte sich zu Crowley.

»Sie haben es geschafft. Es ist zu spät«, sagte er leise zu ihm. Sie gingen zurück in das Zimmer. Mark stützte sich mit den Armen auf dem Schreibtisch ab und senkte seinen Kopf.

»Wollen Sie mir vielleicht irgendetwas erzählen, Mark?« Crowley klang wie ein besorgter Freund und nicht wie ein Agent.

Mark hob den Kopf, rieb sich müde die Augen und musterte sein Gegenüber. Die kleinen Grübchen, die Mark seitlich der Mundwinkel des Agenten entdeckte, machten ihn sympathisch.

»Sie wissen doch sowieso schon alles. Wozu dieses Spielchen? Sagen Sie mir lieber, wie es Elena und Wanko geht.« Mark fühlte sich mit einem Schlag kraftlos und erschöpft. Er spürte, dass er den Wettlauf gegen die Zeit verloren hatte.

»Es geht ihnen gut. Wir haben sie heute Morgen um sechs Uhr geweckt und entlassen. Das ist kein Spiel, Mark. Tragen wir die Fakten zusammen. Die Situation, die aus dem unwiderruflichen Ereignis hervorgeht, lässt nur einen Fakt zu: Wir sind Verbündete.«

»Wir beide?« Mark lachte sarkastisch und deutete dabei auf Crowley und sich.

»Ja, wir beide. Mortensen hat Sie hinters Licht geführt und mich geblendet. Nein, ich will es einmal in unserem Fachjargon formulieren: Ich habe einen Fehler bei der Observation begangen. Ich habe nur eine Kleinigkeit nicht überprüft und zwar, dass Mortensen mir erzählt hatte, er habe sich Urlaub genommen bis einschließlich

22. April. Danach wollte er mit dem FBI kooperieren. Sein unheimlich simpler Bluff ging auf. Ich habe seinen Trick nicht durchschaut. Somit sind wir beide nicht an unser Ziel gekommen. Aus unterschiedlichen Beweggründen hatten wir ein gemeinsames Ziel. Das hier«, Crowley deutete mit dem Finger nach oben, »wollten wir beide nicht.«

Mark dachte über Crowleys Worte nach. Er hatte recht. Ihre jeweilige Intension, Justin Mortensen zu kontrollieren oder zu stoppen, war unterschiedlich begründet, dennoch war sie auf der gleichen Seite des Schachbretts. Ihr König schien schachmatt. Der Wissenschaftler nickte.

»Wissen Sie, bevor Sie mir all die Fragen stellen, die Ihnen auf der Zunge brennen, werde ich mich und das FBI zu dieser Situation erklären: Wir wussten zu jedem Zeitpunkt, welches Projekt die Nofox vorantreibt. Was wir nicht wussten, war der exakte Zeitpunkt des Projekts Nehebkau. Nach dem Fehlstart beschlossen wir, aus unserer defensiven Haltung und der Observierungstaktik herauszutreten und das direkte Gespräch mit Mortensen zu suchen. Projekt Nehebkau war für die Vereinigten Staaten eines der wichtigsten Forschungsprojekte der heutigen Zeit. Vergleichen Sie es mit der Mondlandung seinerzeit und dem Wettlauf von Sowjetunion und USA. Bahnbrechende Erfolge, egal in welchem Segment, bringen neben der weltweiten Reputation eine Monopolstellung und somit auch sehr viel Geld in die Staatskasse. Uns war bewusst, dass Nehebkau noch lange nicht so weit fortgeschritten war, um einen neuen Versuch zu unternehmen. Unser Augenmerk lag natürlich auf CERN und den Fortschritten der Europäer auf diesem Gebiet. Deswegen baten wir Mortensen um eine Kooperation, die uns viele Ressourcen und Kosten der Observation gespart hätte. Weiterhin hätte auch Nofox von unserem aktuellen Erkenntnisstand aus der Schweiz profitiert. Anscheinend haben unsere Profiler schlecht gearbeitet und wir haben Justin Mortensen falsch eingeschätzt. Das passiert nun einmal. Somit bin ich auch bei dem letzten Punkt meiner Ausführung angelangt. Sie, das Dr.-Muntwine-Research-Center und zwei Angestellte der Firma Culligs haben unsere Arbeit gefährdet. Das Einzige, was das FBI bei seiner Arbeit wirklich nicht braucht, ist die Präsenz des medialen Auges. Wäre auch nur eine Schlagzeile in die Medien gelangt, wäre CERN aufgeschreckt, und das hätte unsere Arbeit wiederrum immens erschwert.«

Mark verstand endlich, warum das FBI hinter ihm her war, und er begriff den Zusammenhang zwischen Mortensen und Crowley.

»Aber das spielt hier und jetzt keine Rolle mehr. Die Nofox hat unserer Meinung nach zwei Jahre zu früh einen neuen Versuch unternommen. Hier geht es nicht mehr darum, etwas geheim zu halten oder zu manipulieren. Dieses Ding, das Sie am Himmel gesehen haben, ist kein bulgarisches Phänomen«, fuhr Crowley fort.

»Bitte sagen Sie nicht …«

»Mark, dieses Phänomen ist laut unserer neuesten Erkenntnisse an 53.860 Stellen auf diesem Planeten zu sehen. Soweit wir verstanden haben, entstehen keine neuen Wolkenformationen. Sie erschienen alle zeitgleich und damit meine ich wortwörtlich auf die Sekunde genau. Die Größe dieser Wolken ist unterschiedlich, die Form und Beschaffenheit jedoch exakt gleich. Wir arbeiten daran, zu verstehen, welche Logik sich hinter den verschiedenen Größen der Wolkenkränze verbirgt. Fakt ist, dass keine dieser Wolken irgendetwas verursacht. Sie sind einfach nur da.«

»Was ist mit Mortensen?«

»Es gab eine schwere Explosion nach dem Test. Zwei Kilometer des Teilchenbeschleunigers sind implodiert. Momentan befinden sich das FBI und das CIA vor Ort. Ich warte hier noch auf einen Statusbericht.«

Mark rieb sich mit der Handinnenfläche seinen Mund. Er versuchte die Informationen zu verarbeiten, zu verknüpfen und Resultate daraus zu ziehen. Ein Pochen machte sich in seinen Schläfen breit.

»Könnte ich bitte einen Kaffee und eine Kopfschmerztablette bekommen?«

Crowley nickte und verließ den Raum. Zurück blieb Mark mit seinen Kopfschmerzen und seinen Synapsen, die auf Hochtouren arbeiteten.

»Fünfzehn Prozent. Fünfzehn beschissene Prozent Akku.«

Ein Schweißtropfen löste sich von seiner Stirn und landete auf seinem Smartphone. Justin schaltete das Display seines Handys wieder ab. Er spürte, wie der Schweiß seiner Achseln sich den Weg an seinem Körper hinunterbahnte. Es war so verdammt heiß und stickig. Er griff nach seinem Schuh und kratzte mit dem Finger an der Sohle herum. Immer noch saß er im Schneidersitz in der Ecke des Fahrstuhls und wartete auf Rettung. Justin realisierte, dass etwas schiefgelaufen war. Dies war kein normaler Stromausfall und auch die abgebrochene Liveschaltung auf seinem Notebook war nicht das Resultat der entzogenen Energie gewesen.

Bildschirme werden schwarz. Danach kein Strom. Nein, es war doch zeitgleich. Ich hatte noch Licht in meinem Büro. Verdammt, ES BRANNTE NOCH LICHT, BEVOR ICH IN DEN AUFZUG GESTIEGEN BIN. Doch es muss zusammenhängen, alles hat funktioniert. Alles ist gut.

Er presste die Hände auf seine Ohren. Er wollte seine Gedanken nicht mehr hören. Es hatte sicherlich funktioniert. Ganz sicher. Die abgebrochene Liveschaltung war nur das Ergebnis von einem betrunkenen Baggerfahrer an irgendeiner Baustelle. Der Test war erfolgreich und wie es der Zufall wollte, hatte es danach einen Stromausfall gegeben. Es klang plausibel. Es war die einzig logische Erklärung, die Justin sich eingestand.

»Du hast versagt, **Bustin**. Mal wieder versagt«, hörte er die altbekannte raue Stimme in der Dunkelheit.

»Nein, es war ein Stromausfall nach dem Test. Nehebkau war ein voller Erfolg. Du wirst es sehen, wenn der Strom wieder angeht und sie mich hier rausholen werden«, sagte Justin hastig und versuchte, die Stimme in der Dunkelheit zu orten.

»Du kleiner, dummer Junge. Du hast es verkackt, **Bustin**. Wie lange sitzt du hier schon? Fünf Minuten? Fünfzig Minuten? Fünf Stunden?«

Es waren exakt fünfundfünfzig Minuten, die er im Fahrstuhl zwischen dem zweiten und dem ersten Stock festsaß.

»Vielleicht ist der Grund des Blackouts, dass der Teilchenbeschleuniger das elektromagnetische Feld beeinflusst hat? Sie werden uns bald rausholen und dann wirst du sehen ...«

»Uns?« Die krächzende Stimme lachte hämisch.

»Es gibt kein Uns mehr, **Bustin.** Du hast versagt, nicht ich. Du hast dich nicht an meinen Plan gehalten und nun wirst du ernten, was du gesät hast, du dummer, kleiner Junge«, zischte es aus der Finsternis.

»Ich habe getan, was du von mir verlangt hast. Alles, ich habe ...«

»Halte einfach dein Maul, **Bustin**. Du wirst endlich für deine Inkompetenz geradestehen müssen. Du kannst dich nicht mehr hinter deinem Designeranzug und deiner Managersignatur in deinen nichtssagenden E-Mails verstecken.«

Mit einem lauter werdenden Summton starb die Stimme ab. Die Lampe im Fahrstuhl spendete wieder Licht. Mit einem Ruck setzte sich der Aufzug in Bewegung. Justin schoss nach oben und betrachtete das kleine Display.

2

1

E

Die Tür des Lifts öffnete sich und Justin blickte irritiert in die Gesichter der Personen, die ihm gegenüberstanden.

Es sind Regierungsangestellte, die mir für den Erfolg danken wollen. Bleib cool, dein neues Leben hat begonnen. Wie sehe ich aus? Wirke ich frisch? Es wird schon schiefgehen.

Justin richtete sein Jackett und lächelte die vier Männer selbstgefällig an.

»Kleiner Stromausfall. Da war ich wohl zur falschen Zeit am falschen Ort. Wie kann ich Ihnen helfen, meine Herren?« Justin lachte überzogen und streckte einem der Männer die Hand entgegen.

Der Anzugträger ignorierte ihn und blickte stattdessen auf sein Handy. Justin erkannte ein Foto von sich auf dem Display. Verwundert sah er in die Augen des Mannes.

»Herr Mortensen, wir sind vom Geheimdienst der Vereinigten Staaten von Amerika, der CIA. Wenn Sie uns bitte folgen.«

Crowley wird sich wundern. Da war das CIA wohl etwas schneller, Informationen über den bahnbrechenden Erfolg einzuholen. Jeder bekommt, was er verdient,

»Sehr gerne, meine Herren. Ich denke, wir haben einiges zu bereden.«

Er zwang sich, nicht zu euphorisch zu wirken. Mortensen fuhr sich mit der Hand durchs Haar und stolzierte aus dem Fahrstuhl. Wortlos folgte er den vier Männern, die wenige Momente später vor dem Büro der Pressesprecherin Jennifer Rano stehenblieben. Sie betraten den verdunkelten Raum. Die Jalousien waren heruntergelassen worden. Justin blickte in das Büro.

»Mein Name ist Christoph Decker, Leiter der Ermittlung vor Ort. Bitte setzen Sie sich.« Der durchtrainierte Mann mit dem kurzgeschorenen Haar sah ihn ernst an.

Justin nahm auf Ranos Stuhl Platz, öffnete sein Jackett und schlug seine Beine übereinander.

»Alles klar, Herr Decker. Ich nehme an, Jennifer ist momentan mit anderen Dingen beschäftigt? Sie wird sicher nichts dagegen haben, dass wir unser Meeting in ihren -heiligen Hallen- durchführen.« Mortensen lachte zu laut.

Die CIA-Beamten tauschten Blicke aus und nahmen gegenüber des Schreibtisches Platz. Decker nahm sein Notebook aus der Tasche, klappte es auf und fuhr das System hoch.

»Herr Mortensen, Sie haben nicht die geringste Ahnung«, sagte er, ohne die Augen vom Monitor zu nehmen.

»Wie viel sollte ich in einem Fahrstuhl schon mitbekommen? Natürlich habe ich noch keine Daten und Details von unserer Projektleitung erhalten können. Aber ich denke mal, ihr Jungs des CIA werdet mich rasch aufklären. Wollen Sie Kaffee? Ich kann Ihnen einen kommen lassen.«

Decker löste seinen Blick vom Bildschirm und sah Justin kritisch an.

»Ihre Projektleitung, Herr Mortensen, ist tot.«

»Was haben Sie gesagt?« Das siegessichere Lächeln verschwand aus Justins Gesicht. Er schüttelte den Kopf, während er Decker mit seinen Augen fixierte.

»Ich habe gesagt, dass Ihre zwanzigköpfige Führungsriege des Projekts Nehebkau tot ist. Sie sind alle gestorben.« Decker schloss sein Notebook, kreuzte die Hände in seinem Schoß und sah Justin ausdruckslos an.

»Tot. Sie sind alle tot? War Nehebkau ein Erfolg? Sicher war es das. Haben Sie die Daten schon auswerten können?«

Decker stand auf, stützte sich am Schreibtisch ab und blickte Mortensen tief in die Augen. Auf seiner Stirn kam eine Zornesfalte zum Vorschein.

»Ich wiederhole mich, Herr Mortensen. Sie haben mehr als zwanzig Menschen auf dem Gewissen. Kam das bei Ihnen an?!«

Justin wurde schlecht. Die Männer vor seinen Augen wurden unscharf. Er hatte das Gefühl, keine Luft zu bekommen. Justin löste den obersten Knopf seines hellblauen Hemdes und schluckte schwer.

»Ja.« Das war das einzige Wort, das er mit leiser Stimme herausbrachte.

»Öffnen Sie die Jalousie, Herr Mortensen.«

»Ich soll was?«, fragte Justin. Er fragte sich, ob er im Fahrstuhl bewusstlos geworden war und sich in einem Traum befand. Sicherlich hatte man ihn schon befreit und fuhr ihn ins Krankenhaus. Justin wägte ab, wie realistisch dieser Gedankengang sein konnte.

»Wir haben nicht den ganzen Tag Zeit, Herr Mortensen«, zischte Decker entnervt, trat hinter ihn ans Fenster und betätigte den Knopf.

Mit einem leisen Surren fuhr die Jalousie nach oben und die Sonne erhellte den Raum. Mortensen, der mit dem Rücken zum Fenster saß, überlegte, Dr. Meloy anzurufen. Vielleicht handelte es sich hierbei einfach nur um einen dummen Scherz seines Mitarbeiters, dachte er mit einem letzten Funken Hoffnung.

»Drehen Sie sich um.«

Justin gehorchte. Der grelle Himmel blendete ihn für einen Augenblick. Der blaue Schimmer lag auf den Wipfeln der Nadelbäume, auf dem sonst tiefgrünen Rasen des Nofox-Geländes, auf dem meterhohen Zaun und auf den dicken Wolken. Langsam erhob er sich und ging zum Fenster. Der CEO neigte den Kopf und versuchte herauszufinden, was sich da oben abspielte.

»Was ist das?«

»Das, Herr Mortensen, ist nur ein kleiner Teil des Inneren blauen Nebels, der diesen Wolkenring umgibt. Diese Wolke über Nofox, beziehungsweise über Sofia, hat einen Durchmesser von zwei Kilometern und ist mit Abstand die größte Sichtung dieses weltweiten Phänomens. Über fünfzigtausend dieser Wolkengebilde wurden nach der Implosion Ihres Teilchenbeschleunigers auf allen Kontinenten gesichtet. Dieser Unfall auf Ihrem Gelände hat nach unserem momentanen Erkenntnisstand über fünfzig Menschen das Leben gekostet. Und nun kommt die große Preisfrage, Herr Mortensen: Was ist das da oben?«

Die Worte erreichten Justin, doch er verstand nicht, was dieser Mann mit dem Namen Christoph Decker zu ihm sagte.

»Darf ich bitte einmal Ihren Ausweis sehen?«, fragte Justin und drehte sich zu Decker.

Ohne Justin aus den Augen zu lassen, zog Decker seinen Ausweis aus der Jackeninnentasche und hielt sie ihm vor die Nase.

Der Ausweis sah echt aus. Verdammt echt. Er kam ins Zweifeln.

»Das ist kein Witz?«, fragte Justin und zog seine Augenbrauen leicht nach oben.

»Nein, Herr Mortensen. Das ist kein Witz. Ich stelle meine Frage erneut: Was ist das da oben?«

Justin drehte sich nochmals zum Himmel und betrachtete die Anomalie. Die Schönheit dieser blauen Kraft berührte ihn. Die Strahlen, die durch den blauen Filter des Nebels die Erde berührten, wirkten auf ihn majestätisch. Er lächelte.

Decker packte Justin am Kragen und drückte ihn gegen die Wand.

»Sie tun mir weh, Mann!«, schrie Justin mit weit aufgerissenen Augen.

»WAS IST DAS DA OBEN?«, brüllte Decker.

Es war kein Scherz, es war kein Spiel und Justin realisierte, dass er wach war und all dies tatsächlich passierte. Entgeistert blickte er den CIA-Agenten an. Nehebkau war fehlgeschlagen. Die Geister, die er gerufen hatte, waren nicht mehr unter Kontrolle. Er hatte versagt und versuchte, seine Gedanken zu sortieren. Sein Auge zuckte, seine Lippen zitterten.

»Ich weiß es nicht«, antwortete Justin mit brüchiger Stimme.

»Sie wissen es nicht? Soll das ein Witz sein? Sie haben das Projekt geplant und werden sicherlich alle Eventualitäten bedacht haben, Mortensen. Ich frage Sie ein letztes Mal: Womit haben wir es hier zu tun?« Decker presste seinen Unterarm gegen Justins Hals.

»Sie haben nicht das Recht, mich körperlich …« Weiter kam Justin nicht, Decker hielt ihm den Mund zu.

»Sie haben nicht die geringste Ahnung, welche Rechte ich habe, Mortensen. Legen Sie sich nicht mit dem Geheimdienst an. Machen Sie das nicht. Ich kann Ihnen nur dringend davon abraten. Entweder Sie kooperieren und beantworten meine Fragen, oder Sie werden den Himmel, wie Sie ihn kennen, beziehungsweise das, was davon noch übriggeblieben ist, für sehr lange Zeit nicht mehr zu Gesicht bekommen. Haben wir uns verstanden?« Decker ließ Mortensen los, drehte sich um und setzte sich auf den Drehstuhl. Er öffnete das Notebook und begann zu tippen.

»Herr Mortensen, beantworten Sie meine Fragen. Womit haben wir es hier oben zu tun?«

Justin setzte sich Decker gegenüber.

»Dr. Meloy aus meinem Projektteam hatte von verschiedenen Szenarien erzählt, die sein Vorgänger Professor Dr. Chestner aufgestellt hatte. Ich habe das per E-Mail von ihm bekommen. Wenn ich mein Notebook holen dürfte, könnte ich Ihnen ...«

»Ruf bitte mal diesen Chestner an, John«, unterbrach Decker und sah zu seinem schmächtigen Kollegen. Zwei Minuten später hielt Decker ein Handy an sein Ohr und lauschte Chestners Worten. Konzentriert tippte er in sein Notebook.

Justin betrachtete ihn still. Wie grotesk diese Momentaufnahme doch wirkte. Plötzlich musste er an IHN denken. Er war sauer auf Justin, dass hatte er ihm zumindest im Fahrstuhl gesagt. Die Wogen würden sich glätten, sobald dieser Schwarm von Agenten weggeflogen war. Justin wollte sich ihm erklären, alles richtigstellen und seine Gunst zurückgewinnen. Was sollte er bloß ohne ihn machen? Diese Vorstellung ließ Justin schier verzweifeln.

»Danke, Professor. Meine Kollegen aus Detroit werden sich gleich bei Ihnen melden. Danke für Ihre Kooperation. Wiederhören.« Decker atmete laut aus und betrachtete das schwarze Display seines Handys. Langsam legte er das Handy auf den Schreibtisch der Pressesprecherin und rieb sich die Augen.

»Sie haben es gewusst. Sie wussten von Anfang an von den Risiken«, murmelte er.

»Projekt Nehebkau obliegt meiner Verantwortung, Mr. Decker. Wissen Sie eigentlich, wie viele Gelder von Sponsoren und Geschäftspartnern in dieses Projekt geflossen sind? Ich habe …«

Decker schoss um den Schreibtisch herum, zerrte Mortensen aus seinem Stuhl und presste sein Gesicht gegen die Fensterscheibe.

»Sie allein tragen die Verantwortung für das da oben. Gott stehe Ihnen bei, sollten sich diese Wolkenringe nicht bald wieder auflösen, Mortensen.«

Elena und Wanko beschlossen, nach ihrem abenteuerlichen Aufenthalt und ihrer überraschenden Entlassung aus der Untersuchungshaft etwas frühstücken zu gehen, bevor sie sich völlig übermüdet nach Hause schleppen und ins Bett fallen würden. Das blau schimmernde Licht, das durch die Wolken brach, ließ sie ihre Müdigkeit und ihren Hunger vergessen. Sie versuchten, in die Mitte des Wolkenkranzes zu gelangen. Um diese Uhrzeit erwachte normalerweise der Berufsverkehr. An diesem 22. April war alles anders: Sie kamen an einem Wagen der Müllabfuhr vorbei, der mit abgestelltem Motor an einer grünen Ampel stand. Die Türen standen offen und mitten auf der Kreuzung blickten zwei Müllmänner ungläubig in den Himmel. Ähnliche Bilder boten sich Elena und Wanko an fast jeder Straße, die sie überquerten. Wagen standen kreuz und quer, als wäre ihnen mit einem Schlag das Benzin entzogen worden. Doch niemand hupte, niemand hatte es eilig. Elena beschlich das Gefühl, die Stadt befände sich im Schockzustand. Die Szenerie erinnerte Wanko an die schlechten japanischen Godzilla-Filme Ende der Siebzigerjahre. Das rege Treiben in Tokio war zum Erliegen gekommen und die Massen hatten panisch in das Antlitz des wütenden Monsters, das brüllend ein Gebäude nach dem anderen zerstörte, geblickt. So surreal dieser Vergleich auch war, eine gewisse Parallele konnte Wanko erkennen, und genau das war es, was den jungen Bulgaren bis in die Knochen erschütterte. Er befand sich nicht an einem Filmset oder auf seiner Couch vor dem Fernseher. Wanko war Teil des wahrgewordenen Remakes eines surrealen Fictionfilms geworden.

Zwei Straßen weiter trafen die beiden auf drei Polizisten, die in einem geparkten Streifenwagen saßen und miteinander diskutierten. Elena beschloss, die Straße zu überqueren, und klopfte an die Scheibe des Wagens. Der Fahrer drehte sich zu ihr, ließ die Scheibe herunter und begann einen Monolog von sich zu geben.

»Machen Sie sich keine Sorgen. Es macht nicht den Anschein, als wäre es gefährlich. Die Regierung arbeitet bereits an einer Lösung. Bleiben Sie ruhig, gehen Sie nach Hause. Schalten Sie das Radio oder den Fernseher ein und warten Sie auf neue Informationen. Wir haben alles im Griff.« Kaum hatte der übermüdete Polizist seine Sätze aufgesagt, fuhr er die Fensterscheibe nach oben.

»Hallo? Was soll denn das?«, fauchte Elena.

Der Mann ließ die Scheibe wieder nach unten.

»Was soll was?«

»Ich bin weder panisch, noch wollte ich, dass Sie mich beruhigen. Was ist das da oben?«, fragte Elena.

»Gehen Sie nach Hause, schalten Sie Ihr Radio oder den Fernseher ein und warten Sie auf weitere Informationen. Wir … wir haben alles unter Kontrolle«, sagte der Mann gelangweilt, während er die Scheibe nach oben fuhr.

Das anfängliche Bauchgefühl der Studentin bewahrheitete sich. Die Regierung ahnte mehr, als sie preisgab. Sie gingen weiter, bis sie am Vitosha-Boulevard ankamen, der die Mitte des Wolkenkranzes bildete. Elena und Wanko stellten sich zu einer Traube von Menschen, die in ihren Anzügen und Kostümen bereit für die Arbeit wortlos zusammenstanden und in den Himmel starrten.

»Siehst du das da in der Mitte?«, flüsterte Wanko zu Elena.

Elena folgte dem Fingerzeig ihres Freundes und sah in das Zentrum des Phänomens. Der bläuliche Ring zentrierte die Farbe wie den Sog einer Sanduhr. Elena erkannte, dass sich das Blau inmitten der Wolkenformation sammelte.

»Irgendetwas passiert hier. Das war noch nicht alles«, flüsterte Elena, allerdings nicht leise genug, als dass es der ältere Mann neben ihr nicht mitbekommen hätte. Die tiefen Furchen um seine Augen waren bezeichnend dafür, dass er in seinem Leben gerne und viel gelacht hatte. Sein

Blick allerdings verriet der jungen Studentin, dass diese Zeit vorbei war. Besorgt starrte er Elena an.

»Das ist das Ende. Der Tag des Jüngsten Gerichts ist gekommen. Gott wird die Sünder zur Rechenschaft ziehen.« Kaum waren die theatralischen Worte des Unbekannten ausgesprochen, hallte eine Stimme durch den Vitosha-Boulevard.

»Wir bitten Sie, Ruhe zu bewahren. Alles ist unter Kontrolle. Es besteht keinerlei Gefahr für die Bevölkerung. Gehen Sie Ihren alltäglichen Aufgaben nach, schalten Sie Ihre Radios oder Fernsehgeräte ein. Die Regierung Bulgariens bittet alle Bürger und Bürgerinnen, den Anweisungen zu folgen und auf weitere Informationen zu warten. Danke. Wir bitten Sie, Ruhe zu bewahren. Alles ist unter Kontrolle. Es besteht keinerlei …«

Ein schwarzer Van mit Lautsprechern auf dem Dach fuhr an ihnen vorbei. Der alte Mann beäugte den Kleinbus kritisch. »Das wird ihnen nicht helfen. Dafür ist es zu spät. Gott wird die Ungläubigen und Sünder zur Rechenschaft ziehen. Nun wird sich die Spreu vom Weizen trennen«, fuhr er fort und zeigte mahnend mit dem Zeigefinger in den Himmel.

»Das ist kein Zeichen Gottes. Das ist ein Zeichen für die Dummheit der Menschen«, entgegnete Elena. Sie wendete sich von dem alten Mann ab, der sie perplex ansah, nahm Wankos Hand und verließ mit ihm den Vitosha-Boulevard. Die Menschentrauben wurden immer größer und die verdunkelten Vans mit den Lautsprechern schossen wie Pilze aus dem Boden.

Nachdem Wanko die Tür ihrer kleinen Wohnung geschlossen hatte, ging er in die Küche. Elena zog ihre Schuhe aus und folgte ihm. »Was zur Hölle machst du da?«

Die Türen und Schubladen der Küchenschränke standen offen. Wanko stand mit einem Notizblock und einem Kugelschreiber davor.

»Wir müssen vorbereitet sein. Im oberen Fach können wir sicherlich noch einiges zusammenschieben. Dann haben wir mehr Platz. Kannst du mal nachsehen, wie viele Dosen unter die Spüle passen.« Fieberhaft kritzelte Wanko etwas auf das Papier. Elena riss ihm den Block aus der Hand.

»Hör auf damit! Wir müssen uns um Mark kümmern. Wir werden uns nicht wie der panische Mob da draußen verhalten. Hast du mich verstanden?«, fauchte Elena los und konnte nicht fassen, dass ihr Freund tatsächlich in die gleiche Endzeitstimmung verfiel wie der unbekannte Prophet am Vitosha-Boulevard.

Entgeistert starrte Wanko sie an, doch im nächsten Moment erhellte sich seine Miene. Seine Panik verflog. Er legte den Stift auf den Küchentisch, schloss den Kühlschrank und setzte sich auf den Stuhl.

»Du hast recht. So ein Schwachsinn. Lass uns versuchen, Mark zu erreichen.«

Nachdem Elena zwei Tassen Kaffee auf den Küchentisch gestellt hatte, setzte sie sich neben Wanko.

Die Strapazen der letzten Tage lagen ihr in den Knochen. Sie umfasste die Tasse mit beiden Händen. Die Übermüdung ließ sie frösteln, umso mehr genoss sie die Wärme, welche die Tasse ihren Händen spendete. Nach einem kräftigen Schluck blickte sie aus dem Küchenfenster und betrachtete das monströse Gebilde am Himmel. Das blaue Licht ließ den Efeu auf der Fensterbank unnatürlich wirken. Elena glaubte nicht daran, dass dieses Phänomen von kurzer Dauer sein würde.

»Na dann wollen wir mal ...«, murmelte Wanko und riss Elena aus ihren Gedanken. Er wählte Marks Nummer und stellte das Handy auf laut.

»Geht's euch gut?« Es hatte nur ein halbes Mal geklingelt, als Marks Worte durch den Lautsprecher schossen.

»Gott sei Dank. Ja, alles okay. Wie geht es dir? Wo bist du?« Elena griff Wankos Handy und stand auf.

»Alles in Ordnung. Das FBI arbeitet mit mir zusammen. Ich erkläre euch später alles. Ihr müsst raus aus diesem Wolkenfeld.«

Elena versuchte, die knappen Informationen von Mark zu sortieren, und zog ihre Augenbrauen nach oben.

»Was meinst du mit raus aus dem Wolkenfeld?«

»Soweit ich mich erinnere, liegt eure Wohnung nah an dem Zentrum des Wolkenrings. Ihr müsst so schnell wie möglich weg. Fahrt zu Freunden oder Verwandten außerhalb von Sofia. In ein Hotel, völlig egal. Nur verlasst dieses Zentrum.«

»Mark, was weißt du?«, hakte Elena nach. Die hektische Stimme des sonst so gelassenen Wissenschaftlers beunruhigte sie.

»Ich weiß nicht mehr als ihr. Das FBI tappt im Dunkeln. Sie haben Mortensen gefunden und verhört, aber allen Anschein nach ist von ihm nichts zu erwarten. Der Typ hat sich mit den Gefahren von Nehebkau wohl nicht beschäftigen wollen. Allerdings gibt es einen Professor Chestner der seinerzeit das Projektteam verlassen hat, weil er ahnte, dass es nicht funktionieren würde. Wir werden in einer halben Stunde mit ihm telefonieren. Trotzdem sagt mir mein Instinkt, dass das noch nicht alles ist und ihr aus diesem verfluchten Wolkenzentrum raus müsst, Elena.«

»Unsere Eltern leben ein paar Straßen weiter, wir können sie nicht einfach zurücklassen, Mark.«

Der Gedanke daran, den Ort zu verlassen, an dem sie ihre Liebsten hatte, ihre Kindheit und Jugend verbrachte hatte, gefiel Elena ganz und gar nicht.

»Elena, ich kann dir nicht sagen, wie viel Zeit uns noch bleibt. Aber ich weiß, dass diese Wolkenringe nicht das Ende des Phänomens sind. Etwas geht hier vor sich. Ich habe mit meinen Kollegen in New York gesprochen. Die Daten der seismologischen Messstationen weltweit zeigen Ergebnisse an, die einem Zusammenprall mit einem Meteoriten in der Größe von Russland gleichkämen. Als wäre diese Tatsache nicht bizarr genug, verändern sich die Daten stetig und werden immer absurder. Im Gegensatz zum kleinen Wölkchen, das wir über der

Nofox gesehen haben, und den Messdaten, die sich nach drei Minuten wieder normalisiert haben, geht jetzt etwas weitaus Größeres vor sich. Elena, die Messungen normalisieren sich nicht. Im Gegenteil.« Kaum hatte Mark seine Ausführung beendet, spürte Elena, dass ihr Puls stieg, ihre Hand zitterte.

Mit einem mulmigen Gefühl stieg Henry in das Flugzeug und hielt Ausschau nach Platz 23a. So oft konnte sich der fünfundfünfzigjährige Bäcker aus New York einen wohlverdienten Urlaub nicht leisten. Obwohl sein kleiner Laden im Herzen von Manhattan gut besucht war und genug zum Leben abwarf, fraß das amerikanische Steuersystem fast die Hälfte seiner Einnahmen auf. Umso wichtiger erschien ihm die Flucht aus dem Alltag in der Millionenmetropole. Zwei Wochen auf den Bermudas sollten ihn auf andere Gedanken bringen und ihm Energie für den tagtäglichen Wahnsinn liefern. Am Gate hatte Henry auf den Monitoren die Nachrichten verfolgt. Diese seltsamen Wolken, von denen der Nachrichtensprecher berichtet hatte, bereiteten ihm Kopfzerbrechen. Doch Henry hatte sich entschieden, dass es sich hierbei doch nur um ein Wetterphänomen handelte, mit denen sich die Piloten tagtäglich auseinandersetzen mussten. Wegen ein paar Wolken wollte er seinen hart ersparten Viertausend-Dollar-Urlaub nicht in den Sand setzen. Henry schnallte sich an und musterte die anderen Fluggäste.

Keiner scheint Angst zu haben. Nein, sie verhalten sich alle normal. Beruhige dich, Henry. Du fliegst nun einmal nicht so oft durch die Gegend. Alles ist völlig in Ordnung.

Das Boarding wurde beendet und die Tür geschlossen. Er blickte in das Gesicht der lächelnden Flugbegleiterin und die Psychologie tat ihren Rest. Henry beruhigte sich. Er sah aus dem Fenster auf den John F. Kennedy Airport und freute sich darauf, bald keine Wolkenkratzer und hektische New Yorker mehr sehen zu müssen. Er lehnte sich zurück, schloss die Augen und stellte sich die rauschenden Wellen des Meeres, den warmen Sand und die sich im Wind wiegenden Palmen vor, als die Turbinen starteten. Er öffnete die Augen und sah, wie das Flugzeug die Parkposition verließ und langsam auf das Flugfeld rollte.

»Ich begrüße Sie auf unserem heutigen Flug zum L.F. Wade International Airport Bermuda. Wir haben unsere Parkposition nun verlassen und werden in wenigen Minuten die Freigabe für den Start erhalten. Die Flugzeit wurde heute mit zwei Stunden und zehn Minuten berechnet. Es erwarten Sie sonnige zweiundzwanzig Grad und ein wolkenloser Himmel. Aufgrund der vermehrten Fragen unserer Passagiere und der Ereignisse des heutigen Tages möchte ich Ihnen mitteilen, dass Sie sich absolut keine Gedanken machen müssen. Die Wetterphänomene werden unseren Flug in keiner Weise beeinträchtigen. Unsere Flughöhe wird heute 9.800 Meter betragen, somit werden wir uns sechs Kilometer über den Wolken befinden. Entspannen Sie sich, lehnen Sie sich zurück und genießen Sie den Flug.«

Die Ansage des souverän wirkenden Piloten entspannte Henry. Was wusste er schon von der Fliegerei? Sollten die Wolken doch noch so grotesk wirken, er würde jetzt in seinen wohlverdienten Urlaub fliegen und es sich gut gehen lassen. Die Maschine erreichte das Flugfeld und stoppte. Er sah aus dem Fenster und betrachtete die zwei Flugzeuge vor ihm, die nacheinander starteten und abhoben. Lächelnd lehnte sich Henry zurück und nahm das Bordmagazin aus dem Netz vor sich.

»Cabin Crew prepare for take off«, ertönte die blecherne Stimme aus dem Cockpit, während der Regler für die Turbinen durchgedrückt wurde. Die Bremsen wurden gelöst und Henry verspürte den Schub in seiner Magengegend. Er schloss die Augen. Starts konnte er nicht ausstehen. Nach zehn Minuten erreichte die Maschine die Reiseflughöhe und der erlösende kurze Signalton vermittelte Henry, dass die Anschnallzeichen erloschen waren. Henry löste erleichtert den Gürtel. Er öffnete die Augen und blickte aus dem Fenster. Wie ruhig und friedlich doch von hier oben aus alles schien. Die Turbinen summten konstant vor sich hin. Er widmete sich seinem Bordmagazin, als der Signalton der Anschnallzeichen wieder ertönte. Irritiert blickte er auf das rot leuchtende Symbol und schloss seinen Gurt.

Die Stewardess war gerade im Begriff gewesen, mit ihrem Service zu beginnen, doch nun verschwand sie lächelnd mit ihrem Wagen hinter dem Vorhang.

Henry sah zu den anderen Passagieren, doch sie störten sich nicht an den Anschnallzeichen. Kritisch beäugte er die Passagiere in seiner Nähe. Die einen lasen vertieft in ihren Magazinen oder Büchern, während die anderen konzentriert auf ihre Smartphones oder Tablets starrten. Er versuchte, sich zu beruhigen, und widmete sich dem Bordmagazin, in dem kitschige Ketten zu überzogenen Preisen angeboten wurden. Die Maschine wackelte leicht. Er vermutete eine Gewitterfront, durch die das Flugzeug gerade flog.

»Wie Sie sicher bemerkt haben, durchfliegen wir gerade ein unruhiges Gebiet. In wenigen Minuten haben Sie die Turbulenzen überstanden. Unser Service wird in Kürze beginnen«, ertönte es durch die Bordlautsprecher.

Henry drückte den Knopf an seiner Seitenlehne. Wenige Augenblicke später sah ihn die Flugbegleiterin freundlich an.

»Was kann ich für Sie tun?«, fragte sie in einem fürsorglichen Ton.

»Ich habe nur eine Frage. Wenn wir doch weit über den Wolken sind, wie kann uns dann eine Gewitterfront treffen?« Kaum hatte Henry die Worte ausgesprochen, bereute er seine Frage.

Er fühlte sich ängstlich und naiv. Die ältere Dame auf Platz 28b warf ihm einen mitleidigen, ungläubigen Blick zu und widmete sich wieder ihrem Buch.

»Es ist vollkommen normal, dass die Luftströmungen in dieser Höhe Turbulenzen auslösen können. Machen Sie sich keine Sorgen. Wir haben das Gebiet bald überflogen und beginnen dann mit unserem Service«, antwortete die Flugbegleiterin freundlich und entfernte sich von Henry.

Henry sah auf seine Uhr. Das Signal für die Anschnallgurte leuchtete bereits seit zwanzig Minuten. Er sah aus dem Fenster. Durch die löchrige Wolkendecke hindurch erkannte er zwei gigantische Wolkenringe, die bläulich schimmerten. Es war kein Sturm, kein Gewitter. Die Turbulenzen rührten von dem eigenartigen Wetterphänomen unter ihm. Henry drückte erneut den Knopf, wieder ertönte der dezente Signalton und das Symbol über ihm leuchtete weiß. Die Flugbegleiterin war nicht zu sehen. Henry drehte den Kopf nach hinten, konnte aber niemanden entdecken.

Irgendetwas stimmt nicht. Warum kommt niemand? Warum bin ich nur in dieses verfluchte Flugzeug gestiegen? Was passiert hier?

Panische Gedanken machten sich in seinem Kopf breit und Henry versuchte, die Ruhe zu bewahren und sich nichts anmerken zu lassen. Die Lautsprecher knackten und das Rauschen aus dem Cockpit erfüllte den Raum. Gespannt wartete Henry auf die Stimme des Piloten.

»Meine Damen und Herren, hier spricht John Sambora, erster Kapitän Ihres Fluges nach Bermuda. Wir haben ein technisches Problem und werden nun den Flughafen von Newark ansteuern. Das Bodenpersonal wird sich Ihrer nach unserer Landung annehmen und Ihnen eine reibungslose Weiterreise gewährleisten. Es handelt sich hierbei um keine Notlandung. Wir erachten allerdings einen Wechsel der Maschine für sinnvoll. Ich möchte mich für die Unannehmlichkeiten im Namen unserer

Airline entschuldigen und hoffe, dass Sie doch baldmöglichst Ihre Reise fortsetzen können.«

Henrys Atem beschleunigte sich. Noch immer konnte er das große Wolkengebilde unter sich erkennen. Es machte den Anschein, als würde der Wolkenkreis ihnen folgen.

Alles wird gut. Du wirst in Newark landen, deinen Koffer nehmen und diesen Urlaub einfach vergessen. Richie wird dich bestimmt abholen. Du findest schon jemanden. Nur raus aus der Kiste. Alles wird gut. Schließ die Augen und denke einfach an die Blondine, die jeden Morgen in deinen Laden kommt. Schließ die Augen. Schließ die Augen.

Ein kräftiges Rumpeln ließ Henry die Augen weit aufreißen.

»Was war das?«, keuchte er.

»Beruhigen Sie sich. Wir kehren um und landen in Newark. Bleiben Sie doch ruhig, Mann«, sagte die ältere Dame neben ihm.

Wir sind immer noch über dieser Wolke. Warum sind wir immer noch über dieser verdammten Wolke?

Mehrere Signale des Servicerufs ertönten. Henry blickte in den Gang und sah die weißen Signale über achtzehn Sitzen leuchten. Das Lichtermeer ließ seinen Puls steigen. Die Selbstbeherrschung verließ ihn wieder. Es knackte, der Kapitän räusperte sich. Stille.

»Meine Damen und Herren, hier spricht noch einmal Ihr Kapitän. Ich bitte Sie jetzt, Ruhe zu bewahren. Wir haben folgende Situation, die ich Ihnen nicht vorenthalten möchte. Unser Flugzeug hat keinen technischen Defekt, das hat die Diagnosesoftware gerade angezeigt. Vielmehr stehen wir vor der Herausforderung, unsere Maschine aus diesem Wolkenkranz, den Sie unter uns sehen können, hinauszubewegen. Seit einer halben Stunde fliegen wir auf der Stelle. Egal, wie viel Schub wir den Turbinen zuführen oder ob wir die Navigation ändern, wir bewegen uns keinen Millimeter vom Fleck. Der Tower ist bereits informiert und arbeitet an einer Lösung des Problems. Wir haben genug Treibstoff. Es wird nichts passieren. Ich danke für Ihr Verständnis und melde mich, sobald ich Neuigkeiten für Sie habe.« Das Mikrofon wurde ausgeschaltet. Henry hörte das Raunen der Passagiere. Die Menschen lehnten sich nach vorn, um aus den Fenstern sehen zu können. Einige verließen ihre Plätze und drängten sich durch den Gang, um einen Blick auf den Wolkenring werfen zu können.

Der Lärmpegel stieg. Die Flugbegleiter verwiesen die Passagiere freundlich, aber bestimmt auf ihre Plätze. Ein Mann begann eine hitzige Diskussion mit der Stewardess. Henry wandte den Blick ab und starrte auf seine Knie.

Ich werde hier oben sterben. Warum bist du bloß eingestiegen. Warum?

Er wischte sich den Schweiß von der Stirn. Ihm wurde heiß und kalt zugleich. Er sah aus dem Fenster und betrachtete den gigantischen Wolkenkranz, der sich langsam um sich selbst drehte. Wie weit waren sie von diesem Monstrum unter ihnen entfernt? Vier, möglicherweise fünf Kilometer? Die Minuten vergingen wie Stunden. Nach drei Stunden und keiner weiteren

Information aus dem Cockpit starb das konstante Summen der Turbinen ab. Das Murmeln an Bord verstummte in der Sekunde, in der die Düsen ihren Dienst einstellten. Henry hörte nichts mehr. Das Rauschen aus dem Cockpit erklang. Der Kapitän atmete schwer.

»Hier spricht John Sambora. Es tut mir sehr leid. Wir haben alles Menschenmögliche versucht. Gott stehe uns bei«, hallte die Stimme des Piloten durch die Lautsprecher des Flugzeuggangs.

Die Lichter in der Maschine flackerten und erloschen. Die Notbeleuchtung aktivierte sich und tauchte die Kabine in ein dämmriges Licht. Der New Yorker Bäcker konnte das Geräusch des Windes außerhalb der Flugzeugwand zischen hören. Langsam neigte sich das Flugzeug nach rechts.

Henry lehnte sich zurück, seine Hände lösten sich von der Lehne. Er schloss die Augen.

Kapitel 2 – Gefährliche Fremde

Es war vorüber. Michael löste sich langsam aus der Embryostellung und griff wieder zu seinem Handy.

»Bist du in der Leitung, Christine?«

»Was zum Teufel war das, Michael?«

»Ich glaube, es kommt aus der Atmosphäre, soweit ich das beurteilen kann. Dieses Brummen kommt in regelmäßigen Abständen. Irgendwas hat sich verändert. Warum kann ich euch hören?«, fragte Michael und ließ den Blick über das kleine Waldstück schweifen.

»Nun … wir arbeiten daran, dich nach Hause zu holen. Ich bin sehr froh, dass du am Leben bist. Gib uns noch ein wenig Zeit. Ich bin mir sicher, dass es nicht mehr lange dauern wird.«

»Christine, was ist los bei euch?«

»Was meinst du?«

»Du gehst nicht auf meine Frage ein. Warum können wir normal telefonieren? Was ist passiert?«

Michael konnte Christine atmen hören und fühlte, dass sie nachdachte.

»Michael, sie haben es wieder versucht. Die Nofox hat einen neuen Versuch unternommen und es ging schief. Weltweit gibt es Sichtungen von blau schimmernden Wolkenkränzen. Der größte befindet sich angeblich direkt über der Nofox in Sofia.« Obwohl sie Michael mit diesem Problem nicht hatte konfrontieren wollen, konnte sie damit nicht mehr hinterm Berg halten. Womöglich konnte er mit diesem Wissen etwas von der Veränderung in seiner Umgebung ableiten.

»Oh mein Gott. Was habt ihr getan?«, flüsterte Michael heiser.

»Wir haben alles versucht, um es zu verhindern. Wie waren zu spät. Diese Wolkenringe machen aber anscheinend nichts, allerdings verflüchtigen sie sich auch nicht. Mehr kann ich dir leider nicht sagen. Gibt es bei dir eine Veränderung?«

»Nein. Was auch immer die Nofox ursprünglich wollte, sie haben es geöffnet.«

»Was meinst du mit ›geöffnet‹?«

»Als wir nach dem Unfall in diesem Waldstück landeten, konnte ich für wenige Minuten oberhalb der Lichtung so einen Wolkenkranz entdecken, von dem du gesprochen hast. Er hat sich relativ schnell wieder aufgelöst. Ich bin mir sicher, dass das mit eurem Wolkenring zusammenhängt. Ihr habt etwas geöffnet und es schließt sich jetzt nicht mehr.« In Michaels Stimme schwang etwas Bedrohliches mit.

»Michael, beruhige dich. Es ist nichts weiter passiert. Wir haben dieses Wetterphänomen, aber keine Wesen, wie du sie nennst. Es muss etwas anderes passiert sein. Hier ist wirklich alles soweit in Ordnung«, sagte Christine.

»Nein, ist es nicht. Ihr habt die Pforten zur Hölle geöffnet und sie schließen sich nicht mehr. Ich rufe dich später wieder an, Christine.«

Michael legte auf. Er hatte ein knackendes Geräusch nicht weit von ihm gehört. Er musste es wagen, weiter zur Stadt vorzudringen. Es war riskant, sich diesem Ort zu nähern. Doch tatenlos hier zu verharren und auf den nächsten Anruf von Christine und Michael zu warten, schien keine Option für den Gestrandeten zwischen den Welten.

Er sah zu der Häuserfront, die rund zwei Kilometer von ihm entfernt war. Seit er beschlossen hatte, sich in dem Waldstück zu verstecken, beobachtete er in jeder freien Minute, in der er nicht mit der Suche nach Essen beschäftigt war oder schlief, die Stadt. Doch weder konnte Michael eine dieser Kreaturen erkennen, noch irgendeine Aktivität ausmachen. Der vor ihm liegende Ort war relativ groß. So viel konnte Michael von seinem Versteck, das sich glücklicherweise auf einer Anhöhe befand, feststellen. Vielleicht fünfhundert oder siebenhundert Menschen hätten diesen Ort besiedeln können. Doch regte sich vor ihm nichts. Weder stieg Rauch auf, noch konnte er in der Nacht Lichter entdecken oder Geräusche hören. Gestern war ihm Mutter Natur gut gesonnen gewesen, als der Wind von Nordosten kam und er sicherlich das eine oder andere Geräusch hätte hören können, das der Wind von der Stadt auf sein kleines Waldstück getragen hätte. Doch selbst diese günstige Konstellation der Natur hatte keinen Ton zu ihm getragen. Und trotzdem schrie sein Instinkt, vorsichtig zu sein. Er wusste, dass dort irgendetwas war. Michael sah in den Himmel und dachte an Christines Worte. Außer den

Wolken und der Sonne, deren Strahlen sich durch die Wolkendecke kämpften, erkannte er nichts. Der Wind fuhr ihm durch das Haar und hätte er nicht wieder den Blick gen Osten gesenkt, so hätte man denken können, er stünde auf dem Olympiaberg in München. Wie damals. Er sah zu der grauen Häuserfront vor ihm, in eine fremde Welt voller Gefahren. Es machte keinen Sinn mehr, sich etwas vorzumachen, abzuwarten und passiv zu hoffen. Der Zeitpunkt, an dem er etwas unternehmen musste, war gekommen und selbst wenn es die Wanderung in sein Verderben war. Er musste weg von hier. Michael zog seine Hose nach oben und richtete sein Hemd. Er schloss die Augen und atmete tief ein und aus.

»Es kommt, wie es kommt«, flüsterte er. Ein Satz, den sein Vater in jeder erdenklichen Situation anwandte. Oftmals hatte sein alter Herr damit Recht behalten und daran klammerte er sich in diesem Augenblick. Michael Miller setzte sich in Bewegung.

Er ging langsam, spähend und allzeit bereit für den Sprint seines Lebens auf das Feld hinaus. Doch nichts geschah. Zehn Meter trennten ihn von dem ersten Gebäude, das sich als zweistöckiges Bauwerk mit Fenstern herausstellte. Es schien, als stünde er vor einem vollkommen normalen Backsteinhaus. Er berührte den roten, kalten Stein. Es war nichts Außerirdisches oder Mysteriöses daran. Michael sah nach rechts und betrachtete ein größeres Gebäude. Auch hier entdeckte er Fenster in jedem Stockwerk und eine Tür. Langsam schritt er die Häuserwand entlang und beäugte am Ende angekommen die Stadt. Asphaltierte Straßen und eine Kreuzung waren in seiner Sichtweite. Inmitten der Kreuzung stand eine Metallstange, an der eine Kugel befestigt war. Er war sich sicher, dass dies eine Art Ampelsystem darstellte. Doch kein Fahrzeug, kein Wesen, nicht einmal der bekannte Müll der Städte, wie er sie kannte, war zu sehen.

Er wagte sich weiter in das Innere der Stadt, als er plötzlich stehenblieb und neben der Haustür des Gebäudes eine silberne Kugel entdeckte. Die Erinnerungen an den Keller und die Begegnung mit den Kreaturen schossen ihm ins Gedächtnis. Für eine Sekunde wollte er zurück in den Wald rennen, doch er dachte daran, dass die Kugeln nichts taten, solange man sie nicht aktivierte.

Bleib stehen. Ganz ruhig. Mach jetzt bloß keine hektische Bewegung. Komm runter, Michael Miller.

Michael beruhigte sich wieder, betrachtete das runde, metallische Ding und beschloss, weiter die Umgebung zu erforschen. Langsam ging er Schritt für Schritt an der Kugel vorbei, ohne sie auch nur für eine Sekunde aus den Augen zu lassen. Nichts geschah. Immer tiefer drang er in das Innere der scheinbar verlassenen Stadt ein, doch für keinen Augenblick vergaß er seinen Plan für den Fall der Gefahr. Rennen, so schnell und weit ihn seine Beine nur tragen würden.

Keine Straßenschilder, keine Hausnummern. Nichts. Was ist das für ein Ort?

Er sah auf den Asphalt der Straße, beugte sich nach unten und berührte mit seiner Hand die Teerdecke.

Der Belag fühlt sich neu an. Keine Abnutzung, hier liegt nicht einmal ein Kieselstein. Nichts.

Michael blieb vor einem Schaufenster stehen. Er näherte sich und blickte neugierig in die Auslage des Ladens. Nebst den Behältnissen mit der schwarzen dickflüssigen Substanz, von der er sich eine Zeit lang ernährt hatte, entdeckte er auch das Gelbe. Auf der linken Seite stand ein Tablet gut positioniert und auf einem Ständer aufgestellt. Etliche metallische Gegenstände verschiedener Form und Größe waren im hinteren Bereich des Schaufensters nebeneinander positioniert worden. Wie bei den silbernen Kugeln auch konnte er weder eine Öffnung noch eine Schweißnaht erkennen.

Das Gelbe. Du brauchst das Gelbe mehr als alles andere. Es hat dir schon einmal den Arsch gerettet.

Es war Grund genug, all seinen Mut zusammenzunehmen und den Knauf der Tür zu drehen. Lautlos öffnete sich die Tür. Michael betrachtete das Innere des Raumes. Er erinnerte sich an den kleinen Laden gegenüber seiner Grundschule. Jener Tempel, der dafür verantwortlich gewesen war, dass der junge Michael Miller sein ganzes Taschengeld für Panini-Sticker ausgab. Zweifelsohne machte der Anblick des Geschäftes, in dem er sich befand, einen vollkommen normalen Eindruck. Auch hier gab es eine Theke und Regale, die das Geschäft auf beiden Seiten des Raumes schmückten. Er drehte sich zu der Auslage und griff nach dem Gelben. Hastig verstaute er das Glas in seiner Jackentasche. Michael sah nochmals zu dem Tablet, das die Größe seiner Handinnenfläche hatte. Er nahm es und betrachtete das Gerät skeptisch. Es war nicht dicker als ein Blatt Papier und im Vergleich zu einem Tablet, wie er es kannte, befand sich kein Knopf auf der Vorder- oder Rückseite.

Es ist weich. Verformbar.

Er knüllte das dünne Gerät in seiner Faust zusammen und öffnete seine Hand. Wie das Gefäß im Keller entfaltete sich das Tablet langsam wieder, bis es in seiner ganzen Pracht und vollkommen knitterfrei in seiner Hand lag. Michael beschloss, sich später mit dem eigenartigen Wunderwerk zu beschäftigen, wenn er in Sicherheit war. Wo auch immer. Dreimal faltete er das Display zusammen und steckte es in seine hintere Hosentasche. Ein lautes Kreischen hallte von außen in den Laden. Michael schnellte in die Hocke. Wieder ertönte das schreckliche Kreischen, nun etwas näher. Was auch immer es war, es näherte sich dem Geschäft. Er blickte zur Eingangstür, die einen Spalt breit offenstand.

Du hast sie offengelassen. Warum hast du die verfluchte Tür nicht geschlossen? Keine Zeit mehr, bleib, wo du bist.

Etwas bewegte sich auf den Laden zu. Das Geräusch erinnerte ihn an das Klappern von Hufen.

Zwei, nein vier. Es bewegt sich auf vier Beinen.

»Oh Gott«, formten Michaels Lippen. Urin durchtränkte seine Hose.

Zuerst dachte er unwillkürlich und trotz des fürchterlichen Kreischens an einen großen Hund. Vielleicht hatte sich das Tier verletzt und schrie schmerzerfüllt. Binnen weniger Sekunden verwarf er den Gedanken und blickte der Kreatur direkt ins Gesicht. Das fletschende Gebiss des Tieres und die scharfen Zähne ließen ihn erstarren. Das zottelige Wesen glich einer Mischung eines ungarischen Hirtenhundes und eines Löwen. Doch konnte Michael weder Augen noch Nüstern entdecken. Vielleicht waren die Organe auch nur unter dem verfilzten Fell des Tieres verborgen. Sein Gefühl allerdings sagte ihm, dass dem nicht so war. Dieses Ding, was auch immer es war, besaß keine Augen und keine Nase. Das Wesen stellte sich auf die Hinterbeine und begann wieder, laut zu kreischen, gefolgt von dem Fletschen seiner spitzen Zähne.

Ich werde sterben. Es wird mich zerfetzen. Es wird mir die Eingeweide rausreißen und mich fressen.

Das Gelbe würde nicht helfen. Davon war er überzeugt. Jeder noch so kleine Laut würde diese Bestie auf ihn aufmerksam machen, wenn es ihn nicht sowieso schon erschnüffeln würde. Michael wagte nicht, sich zu bewegen. Er atmete möglichst flach, ohne seinen Blick von der Bestie zu lassen. Plötzlich schnalzte ein ohrenbetäubendes Geräusch, auf das ein leises Surren folgte, das ihn an das Bespannen einer Gitarrensaite erinnerte. Ein stöhnender Seufzer drang aus der Kehle des Wesens. Michael riss die Augen auf, als er sah, dass der Kopf des Tieres vom Rumpf rutschte und dumpf auf den

Asphalt fiel. Vier weitere Schichten lösten sich von der Bestie und fielen mit einem schmatzenden Geräusch auf die Straße. Um ein Haar hätte Michael sich übergeben, doch der Wille zum Überleben zwang ihn zur Selbstbeherrschung. Die Eingeweide lagen vor dem Eingang des Ladens. Das Blut löste sich vom Fleisch und lief auf das Schaufenster zu.

»Das sind dünne Stahlseile«, flüsterte er, als er die fünf straffgezogenen und kaum sichtbaren Stahlseile über der Straße sah. Michael versuchte zu erkennen, woran die Seile festgemacht waren, erkannte jedoch nichts. Plötzlich rollten zwei silberne Kugeln auf den Weg. Die Seile verloren an Spannung und fielen auf den blutverschmierten Asphalt. Die Kugeln zogen die dünnen Stahlseile ein und kamen wenige Zentimeter vor dem Kadaver zum Stehen. Die rechte Kugel verschlang den Rest der tödlichen Stahlseile, während die linke sich entfernte. Auf der Mitte der Straße drehte sie sich um ihre eigene Achse und versprühte einen gräulichen Nebel, der so hoch stand und so dicht wurde, dass er kurz das Licht der Sonne abhielt. Nachdem er sich gelichtet hatte, erkannte Michael, dass die Kugeln und der Großteil des Kadavers verschwunden waren. Er beobachtete, wie sich eine kleine Blutlache und Fleischstückchen in Nichts auflösten. Nach einer Minute erinnerte nichts mehr an das grausame Schauspiel, dem er zwangsläufig beiwohnen musste.

»Was zur Hölle geht hier vor?« Michael richtete sich auf.

Warum haben die Kugeln mich nicht angegriffen? Weil ich ruhig war, nicht kreischte? Rieche ich anders? Sehen sie mich überhaupt?

»Es sind die Wächter dieser Stadt. Sie beschützen. Wen beschützen sie?« Ohne eine Antwort auf seine Fragen zu finden, verließ Michael das Geschäft wieder. Vorsichtig setzte er den Fuß auf die Straße und sah sich um. Alles war ruhig und sauber, wie Minuten zuvor auch. Die beiden silbernen Kugeln positionierten sich wieder an den verschiedenen Häuserwänden der Stadt. Still, regungslos und friedlich.

Er war auf der Hut, sah vorsichtig hinter jede Ecke, jede Abzweigung, allzeit bereit, loszulaufen, sollte er wieder eine dieser Bestien erspähen, und schlich durch die stillen, steril wirkenden Straßen. Michael blieb stehen. Er stand vor einem zweistöckigen dunkelblauen Haus und sah zu einem kleinen Fenster im oberen Stockwerk, aus dem ein Lichtschein herausbrach. Er öffnete die Tür und stieg über die ihm bekannten abgerundeten Stufen nach oben. In seinem Keller hatte er gelernt, das Gleichgewicht auf den Stufen zu halten. Ein weiterer Sturz könnte ihm das Leben kosten. Was er am wenigsten in dieser Geisterstadt brauchte, waren Besucher. Michael änderte seinen Plan und beschloss, das Gelbe nach Erklimmen der letzten Stufe auf seine Augen zu schmieren. Das obere Stockwerk ähnelte einem Speicher. Vor Michael begann ein schmaler Gang, der vor einer Tür endete. Er rieb nervös seinen Daumen an seinem Zeigefinger. Seine Hände waren klamm. Behutsam drehte er den Deckel vom Glas ab, tunkte seinen Zeige- und seinen Mittelfinger in das gelbe Gelee und rieb sich die Konsistenz in die offenen Augen. Nach wenigen Minuten ließ der brennende Schmerz nach. Er tastete sich an der Wand entlang zur Tür und suchte mit der Hand nach dem Knauf. Langsam öffnete er die Tür und erkannte schemenhaft, dass das Licht aus dem Raum drang und den Flur erhellte. Im Inneren des kleinen Zimmers entdeckte Michael einen Stuhl und die Umrisse eines Wesens, das darauf saß. Sein Herz begann zu rasen, als er erkannte, dass sich der Kopf des Wesens zu ihm umdrehte. Ein leises klackerndes Geräusch, gefolgt von einem Seufzer, bestätigte seine Befürchtung.

Warum musstest du da hochgehen? Die ganze Stadt ist leer und du rennst in das Licht wie eine Motte in die Lampe.

Michael verfluchte seine Neugier, die ihm nun zum Verhängnis geworden war. Gefangen in der Situation bewegte sich der Angestellte der Firma Culligs keinen Millimeter. Das Wesen drehte seinen Kopf mit einem leisen Klackern langsam wieder in die Richtung des Fensters. Das Gelee in seinen Augen ließ Michael nur mutmaßen, dass diese Kreatur alt oder krank war. Andernfalls hätte sich die Situation aus dem Keller wiederholt und dieses Ding wäre auf ihn zugeschossen und hätte versucht, herauszufinden, wer die Tür geöffnet hatte. Vorsichtig näherte er sich dem Stuhl. Soweit er es erkennen konnte, trennten ihn von der Kreatur keine zwei Meter mehr und Michael beschloss, stehenzubleiben und mit seinem Fuß kurz auf den Boden zu stampfen. Das dumpfe Geräusch war lauter, als es ihm lieb gewesen war, doch blieb ein Angriff seines Gegenübers aus. Lediglich ein leises Klacken aus dem Mund des Wesens verriet ihm, dass es ihn gehört haben musste. Gefangen in der Misere wägte Michael ab, was nun sinnvoller wäre: den Raum zu verlassen oder die Konfrontation mit diesem offensichtlich bewegungsunfähigen Monster zu suchen. Zweimal stampfte Michael lauter als zuvor auf den Boden. Die Reaktion wiederholte sich. Dieses verdammte Gelee ließ ihn nicht erkennen, was er erkennen wollte. Michael griff in seine Jackentasche, holte das Glas hervor und öffnete es. Er tunkte seine Finger in die Flüssigkeit und wischte sich mit dem Rücken der anderen Hand das linke Auge aus. Er wollte vorbereitet sein, wenn es schnell gehen musste. Er blinzelte.

Das Wesen war alt und krank. Die faltige Haut hing von seinem Gesicht herunter und die halbgeöffneten glasigen Augen deuteten darauf hin, dass dieses Wesen nicht mehr in der Lage war, zu reagieren, wie es wollte.

»Hallo.« Kaum hatte das Wort seinen Mund verlassen, zweifelte Michael an seinem Verstand. Jene Kreaturen, die ihn jagten, die Frederick und Armin auf barbarische Art und Weise getötet hatten, begrüßte er nun mit einem freundlichen Hallo.

Die Kreatur drehte langsam den Kopf zu Michael und neigte den Schädel zur linken Seite. Wieder verließ ein schwaches Klackern den Mund des Wesens. Michael wischte das Gelee aus seinem rechten Auge und die beiden sahen sich minutenlang still an. So sehr das Äußere auch der menschlichen Spezies ähnelte, wusste Michael, dass der Schein trog. Er erinnerte sich an das kleine Mädchen, das er vor wenigen Tagen getroffen hatte. Er dachte an die marmorierte Hautstruktur und die viel zu sichtbaren Adern.

Es mustert mich. Es weiß nicht, was ich bin.

Die Kreatur sah Michael fragend an.

»Ich tue dir nichts«, sagte Michael sanft, hob langsam seine Hände und zeigte ihm seine Handinnenflächen.

Die Kreatur tat es ihm nach, neigte den Kopf zur Seite und blickte ihn neugierig an. Michael nahm einen Arm nach unten und auch diese Geste wurde von seinem Gegenüber erwidert.

»Kannst du mich verstehen?«, fragte er.

Das alte Geschöpf nahm beide Arme nach unten und zeigte Michael seine unzähligen, viel zu klein geratenen Zähne. Es war kein Fletschen, vielmehr wirkte es wie ein überzogenes Grinsen. Ein Schauer durchfuhr Michael beim Anblick des verzerrten Gesichts.

Bleib ruhig. Bleib stehen. Du bist schneller als er. Du kannst weglaufen, wenn es sein muss, und du hast das Gelbe.

Michael zwang sich zu Selbstbeherrschung und ließ sich nichts anmerken. Im Gegenteil, er erwiderte das Fletschen und versuchte, die Mimik der Kreatur, so gut es ihm möglich war, zu kopieren.

»Kannst du mich verstehen?« Das Wesen hatte seine Worte wiederholt. Michael dachte an das kleine Mädchen im Wald, das seine Sprache verstand und das Kreischen der Oshayas als komplexer empfand als seine Ausdrucksform.

»Jemand sagte mir mal, dass die Oshayas schwieriger zu verstehen sind als ich«, antwortete Michael.

Die Kreatur zeigte ihm wieder seine Zähne und gab eine kurze, schnelle Folge an klackenden Tönen von sich. Vielleicht war es ein Lachen, zumindest hatte Michael den Eindruck, dass es eine Form der Bestätigung war.

»Sehr einfache Sprache. Ungeschliffen, geistlos«, entgegnete der Alte. Er würgte die Worte heraus.

Michael nickte, erkannte aber, dass diese Gestik seinem Gegenüber fremd war. Er beschloss, seine Worte nicht weiter mit Gesten zu unterstreichen.

»Wieso kannst du meine Sprache sprechen, wenn du erst so wenige Worte von mir gehört hast?« Michael verstand den Zusammenhang nicht. In seiner Welt musste man mühsam jedes Wort lernen, bevor man Sätze formulieren konnte. In seiner Welt war es nicht möglich, eine Sprache binnen Sekunden zu erlernen.

Die Kreatur klackte in einer schnellen Abfolge. Michael war sich sicher, dass es lachte.

»Die Elemente deiner Kommunikation sind sehr ordinär. Jeder Terminus ist simpel und einfallslos. Es benötigt nicht lange, euer Vokabular aneinanderzureihen. 450.000 aneinander gereihte Wörter ergeben deine Sprache. Deine Ausdrucksweise lässt mich deinen aktiven Wortschatz auf knapp 90.000 Wörter schätzen. Die Felloranas beispielsweise kommunizieren mit

Geschnatter. In Kombination der eingesetzten Pausen und Tonlagen verfügen sie über Kommunikationsterme mit weit über 4.000.000 Elemente.«

Mit offenem Mund starrte Michael die Kreatur an. Sie waren nicht nur fremdartig und grausam, sondern zudem noch viel intelligenter, als er es für möglich gehalten hatte. Er dachte daran, dass sich seine Spezies als unangefochtenes Alpha in der Evolutionskette sah.

»Ich möchte nach Hause.« Michael schossen Tränen in die Augen. Er war angespannt, seine Nerven lagen blank. Er konnte diese fremde Welt nicht mehr ertragen. Er ließ sich auf den Boden sinken und schluchzte. Ihm war egal, ob diese Wesen ihn zerfleischen oder wie Frederick und Armin verbrennen würden. Es war ihm alles egal. Ihn verließ jegliche Energie.

Die Gestalt in dem Stuhl tat nichts, außer Michael neugierig bei seinem Zusammenbruch zu beobachten. Nach ein paar Minuten hatte er sich wieder gefangen und versuchte, sich zu beruhigen. Er wischte sich die Tränen aus den Augen und sah die Kreatur mit geschwollenen Augen an.

»Dafür ist es zu spät«, krächzte das Geschöpf, hob seinen Finger und zeigte aus dem Fenster.

Michael verstand nicht, rappelte sich wieder auf und folgte dem Fingerzeig. Außer der Stadt, dem dahinter liegenden Wald und den Feldern konnte er nichts erkennen.

»Was ist da?«, fragte er mit brüchiger Stimme.

Als sich die Kreatur erhob, erkannte Michael, dass sie über zwei Meter groß war. Sie sah auf ihn hinab. Wieder fletschte sie die Zähne, doch diesmal schien sie es nicht mit Wohlwollen zu tun. Sie bewegte sich auf Michael zu, bis sie wenige Zentimeter vor ihm zum Stehen kam. Er konnte sie riechen. Diesen sonderbaren, ekelhaften Geruch, der sich nicht zuordnen ließ. Etwas an ihr stank fürchterlich.

»Ihr seid in unsere Welt eingedrungen«, würgte das Wesen in tiefer Tonlage hervor.

»Ich möchte doch einfach nur nach Hause. Ich habe …«

»Eure Invasionspläne sind so einfältig wie eure ganze Rasse.« Das Wesen neigte seinen Kopf zur Seite.

»Invasion? Das ist ein Irrtum. Unsere Forscher haben einen Fehler gemacht, das ist auch der Grund, warum ich hier gestrandet bin. Ich allein werde wohl keine Invasion planen. Hilf mir bitte, nach Hause zu kommen und …«

Binnen eines Augenschlages befand sich die Kreatur im Handstand. Mit den Füßen umklammerte es Michaels Hals und drückte fest zu. Michael rang nach Luft und versuchte, sich aus dem kräftigen Klammergriff zu befreien.

»Sieh den Himmel an, du dummes Geschöpf.«

»Was ist da?«, krächzte Michael. Ihm wurde schwindlig.

Die Kreatur ließ von ihm ab, sprang auf die Beine und packte ihn am Nacken. Mit gewaltiger Kraft schob er ihn vor das Fenster.

»Ihr habt den Himmel geöffnet, um einzufallen, um uns zu kolonisieren. Quabec sammelt sich. Quabec ist vorbereitet. Das ist der Grund, warum diese Stadt verlassen ist. Das ist der Grund, warum alle Städte in Smollok und Perz verlassen sind. Die Alten und Kranken werden zurückgelassen. Ihr solltet von eurem Plan ablassen, bevor alle sterben.« Das Geschöpf ließ ihn los und setzte sich auf den Stuhl.

Er sah es. Mit einem Mal sah er die Wolkenkreise, von denen Christine erzählt hatte. Sie besiedelten den Himmel wie ein bösartiger Tumor die Körperzellen.

Michael starrte fassungslos auf die Wolkenkreise, die sich am Firmament auftaten.

Am Abend des 21. Aprils endete für Martin Luber nicht nur Tag eins nach der Katastrophe, sondern auch die langjährige Ehe mit Sandra. Gegen 21.00 Uhr erhielt er eine WhatsApp-Nachricht.

Ich schlafe heute im Hotel. Ich ertrage dein wehleidiges Gesicht nicht mehr. Dein rückratloses Verhalten und deine heuchlerische Art, mir nach dem Mund zu reden. Morgen werde ich im Laufe des Tages meine Sachen abholen, Norman hilft mir dabei. Den Rest klären wir über Anwälte.

Ich hasse dich.

Ein weiterer Punkt, der ihn in seiner Entscheidung bekräftigte. Wie sehr er es doch hasste, wenn sie ihn Luber nannte. Ja, das war sein Name. Doch in ihrer verbitterten Welt war diese Anrede, wenn sie in Rage kam, mehr eine Beschimpfung als ihr gemeinsamer Nachname.

Christine nahm Martin bei sich auf. Er schlief auf ihrer durchgesessenen Couch. Ihre Wohnung bot nicht viel Platz, dafür umso mehr Ruhe und Geborgenheit, was Martin im Moment lieber war als alles andere.

Am nächsten Morgen weckte ihn das Tippen auf der Tastatur. Christine saß mit nassen Haaren und einem Kaffee vor sich am Schreibtisch.

»Gufen Morgen. Wift du 'nen Fokoriegel?«, schmatzte Christine.

Martin rieb sich die Augen, hob wortlos die Hand und winkte dankend ab. Schlaftrunken setzte er sich auf. Auf der viel zu weichen Couch war die Nacht grausam gewesen. Die Albträume hatten ihm den Rest gegeben. Er fühlte sich, als hätte er die halbe Nacht durchgetrunken. Vielleicht wäre dies sogar die bessere Alternative gewesen.

»Das war's jetzt erst mal mit Sonnetanken auf Mallorca«, murmelte Christine, stand auf und ging in die Küche. Als sie wiederkam, hielt sie eine Tasse Kaffee in der Hand, die sie Martin mit einem Lächeln reichte.

»Danke, den kann ich gut gebrauchen. Was hast du eben mit Mallorca gesagt?«, fragte er und nippte an seiner Tasse.

»Es fliegt nichts mehr. Weltweit. Kam gerade über den Ticker rein.«

Martin überkam ein ungutes Gefühl. Er dachte an den 11. September, als sämtliche Flugzeuge nach dem

Anschlag in New York landen mussten und es für Stunden ein Flugverbot in den USA gab. Aber ein weltweites Flugverbot hatte er noch nie erlebt. So etwas würde einen finanziellen Kollaps aller Fluggesellschaften mit sich ziehen. An die Transportunternehmen und Millionen von Reisenden und Urlaubern, die festsaßen, wollte er gar nicht denken. Sie musste sich verlesen haben.

»Unmöglich. Lies es noch mal.« Martin nahm noch einen Schluck von dem Kaffee und sah zu Christine.

Christine ging wieder zu ihrem Schreibtisch. »Ich habe es richtig gelesen, Martin. Auf fünf verschiedenen Nachrichtenseiten. Der Flugverkehr wurde weltweit bis auf Weiteres eingestellt.«

Martin stellte seine leere Tasse auf den Couchtisch, stand auf und kam zum Schreibtisch. Er überflog den Text der Website und schüttelte ungläubig den Kopf.

»Das ist nicht möglich.«

Martin übersprang die Lehne der Couch, nahm die Fernbedienung und schaltete den Fernseher ein.

»… dies bestätigte die Internationale Zivilluftfahrtorganisation ICAO aus Montreal. Die militärische Luftfahrtbehörde der Nato und ranghohe Militärs Russlands versicherten in diesen Minuten ebenfalls, dass bis auf Weiteres kein Flugzeug und kein Helikopter starten werde. Am Flughafen von San Francisco und Tokyo kam es währenddessen zu chaotischen Szenen, als die Tower weltweit die

Anweisung durchgaben, dass alle Maschinen den nächstgelegenen Flughafen ansteuern müssten.«

Die erschöpfte Nachrichtensprecherin sortierte ihre Blätter und nickte an der Kamera vorbei ins Off.

»Liebe Zuschauer, wir warten immer noch auf die Liveschaltung in das Weiße Haus, die jede Sekunde beginnen soll. Für alle, die in diesen Minuten zugeschaltet haben, wiederhole ich nochmals die neuesten Ereignisse der letzten Stunden. Weltweit kam es in den letzten drei Stunden zu insgesamt 320 Flugzeugabstürzen. Die Maschinen überflogen die Wolkenphänomene entweder oder befanden sich in der Nähe der Anomalie. Laut unbestätigten Meldungen kamen die Maschinen nicht mehr aus dem Sog dieser Wolkenkränze heraus, wir … Moment. Wir schalten live ins Weiße Haus.«

Der Bildschirm wurde schwarz. Im nächsten Moment erschien Midler vor der Kamera. Martin konnte sich nicht erinnern, den Präsidenten der Vereinigten Staaten jemals so abgekämpft und müde gesehen zu haben. Trotz des staatsmännischen Lächelns bröckelte die Fassade. Die Situation war außer Kontrolle und es gab keine neuen Erkenntnisse der NASA, das konnte Martin vom Gesichtsausdruck Midlers ablesen.

»Meine Damen und Herren, leider muss ich die Abstürze der bisher 320 Passagiermaschinen bestätigen. Laut unserem neuesten Erkenntnisstand gab es keine Überlebenden. Meine Gedanken sind in diesen schweren Stunden bei den Angehörigen der Opfer, denen ich mein Beileid aussprechen möchte. All diese Maschinen befanden sich zum Zeitpunkt des Unglücks über einem Wolkenring oder in der Nähe davon. Offenbar befinden sich diese Objekte in einer Atmosphäre, die Flugzeuge nicht mehr navigieren lässt. So grotesk das auch klingen mag, Tatsache ist, dass diese Maschinen weder weiterfliegen, noch die Höhe ändern konnten. Unsere tapferen Pilotinnen und Piloten haben bis zuletzt verzweifelt versucht, die Maschinen aus dem Umfeld der Wolkenringe zu fliegen. Jedoch ging jeder von ihnen der Treibstoff aus. In Abstimmung mit den internationalen Luftfahrtorganisationen und den Regierungen aller Länder sind wir einstimmig zu dem Entschluss gekommen, den Flugverkehr mit sofortiger Wirkung einzustellen. Ein Nichtangriffspakt zur Wahrung des Weltfriedens wird in diesen Minuten von allen Regierungsoberhäuptern unterzeichnet.« Der Präsident nickte in die Kamera, senkte den Kopf und drehte sich um. Ein Journalist rief ihm hinterher:

»Mr. President, gibt es Neuigkeiten, worum es sich bei diesen Wolken handelt?«

Midler drehte sich um.

»Ich sage es Ihnen, wie es ist, da der Druck der Medien sicherlich nicht nachlassen wird. Wir haben keine Ahnung, womit wir es hier zu tun haben. Weder die Satellitenbilder aus dem Orbit noch die tausenden Meteorologen, die an diesem Problem arbeiten, haben bisher etwas herausfinden können. Wir arbeiten mit Hochdruck daran, die Situation zu entschärfen. Das können Sie mir glauben.« Midler verließ das Podest des

Weißen Hauses. Zurück blieben unzählige laute Stimmen und unendlich viele Fragen.

Martin schaltete den Fernseher aus. Gedankenverloren starrte er abwechselnd auf den schwarzen Bildschirm und die rote Stand-by-Lampe in der unteren rechten Ecke des Fernsehers.

»Hier steht, dass es im Iran zu Aufständen gekommen ist. Sie vermuten die Amerikaner hinter dem Ganzen, unterstellen der Regierung einen Versuch der Destabilisierung und verbrennen die Flaggen der Vereinigten Staaten. Jetzt drehen alle durch.«

Martin registrierte Christines Kommentar, ging jedoch nicht darauf ein. Die Welt geriet aus den Fugen. Es war wohl nur eine Frage der Zeit, bis die Menschheit das tat, was sie von jeher am besten konnte. Sich selbst zu demontieren und zu zerfleischen. Er zog das Handy aus seiner Hosentasche, wählte und aktivierte den Lautsprechermodus.

»Martin?« Marks Stimme klang gehetzt.

»Hallo Mark. Haben Sie gehört, dass der internationale Flugverkehr lahmgelegt wurde?«

»Martin, ich sitze beim FBI. Die Frage erübrigt sich wohl.«

»Was sagen Ihre Freunde vom Geheimdienst? Gibt es irgendwelche neuen Erkenntnisse, die für die Öffentlichkeit noch nicht spruchreif sind?« Obwohl Martin die Wahrscheinlichkeit als gering ansah, etwas Neues aus den FBI-Kreisen zu erfahren, klammerte er sich an jeden erdenklichen Grashalm.

»Allerdings und das ist nichts Gutes, mein Freund.«

»Dürfen Sie es mir sagen? Ich weiß, dass Ihre Informationen wahrscheinlich einer Geheimhaltung unterliegen, aber …«

»Es verändert sich.«

Christine drehte sich zu Martin um und blickte erschrocken auf das Handy.

»Was verändert sich?«, fragte Christine nach und hoffte inbrünstig, dass Mark ihre schlimmste Befürchtung nicht aussprach.

»Was Midler vor wenigen Minuten auf der Pressekonferenz gesagt hat, stimmt im Groben, allerdings nicht im Detail. Fakt ist, wir wissen nicht, was das über unseren Köpfen ist. Fakt ist auch, dass die Öffentlichkeit mit neuen Informationen versorgt wird, sobald eine Lösung oder Strategie vorliegt, und genau diese fehlt im Moment. Alles andere wäre ab jetzt kontraproduktiv. Die Bilder der amerikanischen, japanischen und russischen Satelliten zeigen alle das gleiche Phänomen auf: Die Wolkenkreise verändern sich.«

»Sie werden größer?«, fragte Martin.

»Nein, der blaue Schimmer im inneren Rand der Kränze wird stärker. Kurzum, was auch immer dieses blaue Licht bedeuten mag, es beginnt den inneren Teil der Wolkenkränze auszufüllen. Langsam, aber stetig. Und das bei jeder einzelnen dieser verdammten Wolken.«

»Was geschieht hier …«, flüsterte Martin und sah in Christines angsterfüllte Augen.

»Ich wünschte, das wäre meine einzige Hiobsbotschaft, aber da gibt es noch etwas. Die seismologischen Messungen zeigen eine Anomalie im unteren Sektor des Messbereiches auf. Die tieffrequente Geräuschimmission der Messgeräte hat einen Ausschlag in der Atmosphäre registriert.«

»Ich verstehe kein Wort, Mark« Christine unterbrach den Physiker.

»Ich will damit sagen, dass unsere Atmosphäre vibriert. Sie bebt, als würde sie unter enormer Spannung stehen.«

Für einen Moment dominierte Stille die Leitung zwischen München und Bulgarien. Martin schob seine Augenbrauen nach oben und versuchte Marks Worte zu begreifen. Weder war er ein Physiker, noch hatte er sich im Schulunterricht den Dingen gewidmet, die ihn von der schier unendlich weit entfernten Pause zwischen den Stunden trennten.

»Was bedeutet das genau?«, fragte Christine.

»Das bedeutet, dass die Aussage des Präsidenten nur die Halbwahrheit war. Es ist richtig, dass die Flugzeuge aufgrund der Wolkenphänomene abstürzten. Allerdings lassen sich diese Gebilde weiträumig umfliegen, sodass eigentlich keine Gefahr bestünde. Der wahre Grund für das globale Flugverbot ist diese Vibration. Die Schwingungen in der Atmosphäre sind hoch und steigen stetig an. Die Tragflächen würden wie Streichhölzer abbrechen. Und wenn dies nicht geschehen sollte, würden die Insassen der Maschinen innerhalb weniger Sekunden eine Gehirnblutung bekommen. Es ist nicht mehr möglich, zu fliegen. Vermutlich werde ich New York nie wiedersehen.«

»Meinen Sie nicht, dass diese Wolken und die Vibration irgendwann wieder verschwinden, so wie der erste Wolkenkreis über der Nofox immer schwächer wurde vor dem fatalen zweiten Versuch?« Martin konnte nicht glauben, dass Mark Allison wirklich der Meinung war, dass hier eine neue Weltordnung entstehen würde.

»Ihr Optimismus in allen Ehren, Martin, die Dinge entwickeln sich gerade ins Negative. So weit konnten Sie mir doch folgen, oder?«

»Und was jetzt?«, fragte Christine. Ihre Stimme zitterte.

»Jetzt warten wir darauf, was Professor Chestner für Möglichkeiten sieht, das Ganze rückgängig zu machen oder zumindest zu stoppen. Er arbeitet gerade an verschiedenen Simulationen. Ich kann Ihnen nur raten: Kaufen Sie Lebensmittel, Wasser, Taschenlampen. Decken Sie sich mit allen lebensnotwendigen Utensilien ein. Ich weiß nicht, wie das alles hier enden wird. Vielleicht implodiert unser Planet. Vielleicht löst sich die Atmosphäre auf, vielleicht passiert auch gar nichts. Es gibt niemanden auf dieser Erde, der weiß, was passieren wird. Das muss Ihnen klar sein.«

Mark versicherte ihnen, sich sofort zu melden, sollte er neue Erkenntnisse bekommen.

Der Anruf ließ nicht lange auf sich warten. Kaum hatte Martin das Handy auf den Couchtisch gelegt, um sich einen zweiten Kaffee zu holen, klingelte es.

»Hallo Mark, das ging ja schnell.«

»… nun, Professor Chestner hat uns gerade eine E-Mail mit den Auswertungen seiner Simulation geschickt. Es gibt seiner Meinung nach keine Möglichkeit, den Zustand rückgängig zu machen.«

»Das kann doch nicht sein. Er hat doch bestimmt die Auswertungen des LHC vor sich und sieht doch, was falsch gelaufen ist. Es muss doch einen Weg geben, diesen Wahnsinn zu stoppen. Haben Sie ihm …«

»Martin, hören Sie mir zu. Wenn Sie einen Stein durch eine Scheibe werfen, ist die Scheibe kaputt. Sie haben das Glas zerstört. Verstehen Sie mich?«

Martin öffnete den Mund und schloss ihn wieder. Sie hatten die Fensterscheibe eingeworfen. Die Menschheit betrachtete verwundert die Scherben und spürte den kalten Windzug, der von draußen in ihr beschütztes Heim drang.

»Ja … ich verstehe.« Martin war resigniert und atmete laut aus.

»Wenn wir an dem Punkt sind, zu wissen, worum es sich handelt, können wir weiterdenken. Gibt es etwas Neues von Ihrem Freund Michael?«

Es war das erste Mal, dass sich Mark von selbst über Michael Miller informierte. Martin wurde stutzig, obwohl er Allison sehr schätzte und wusste, dass sie gemeinsam an einem Strang zogen. Jedoch war nicht nur die Frage eigenartig, sondern auch seine plötzlich viel zu hohe Stimmlage.

»Wer will das wissen?«, fragte er.

»Das FBI, Martin. Sie haben mich gebeten, ein Gespräch zwischen Ihnen und Mr. Crowley vom FBI zu arrangieren. Möglicherweise kann Michael hier sehr nützlich sein.«

»Das FBI war es doch, das uns nach dem ersten Test der Nofox blockierte, wenn ich mich recht erinnere.«

»Ja, aber die Zeiten haben sich …«

»Ach, warten Sie, Mark … War es nicht auch das FBI, das uns nicht geglaubt hat, dass unsere Freunde draufgegangen sind? War es nicht das FBI, das unsere Anzeige bei der Polizei als nichtig erklärte?«

»Martin, ich verstehe Sie. Aber Schuldzuweisungen helfen uns nicht weiter. Wir sitzen alle im selben Boot und müssen zusehen …«

»Geben Sie ihn mir«, unterbrach Martin.

»Crowley? Jetzt?«

»Ich warte, Mark. Holen Sie diesen Specialagent ans Telefon.«

Mark legte das Telefon beiseite. Martin hörte Stimmen. Schließlich erklangen schnelle Schritte und ein Rascheln.

»Hallo Herr Luber, hier ist Crowley. Danke, dass Sie sich bereit erklären, mit uns zu kooperieren.«

»Hören Sie mir zu, Herr Crowley: Es wird keinen direkten Kontakt zwischen Michael und dem FBI geben. Wir haben Michael davor gewarnt, Gespräche von fremden Anrufern anzunehmen. Ich kann Ihnen anbieten, als Mittelsmann zu fungieren. Sie wollen Michaels Hilfe? Die wollen wir auch. Holen Sie Michael aus dieser Hölle. Geben Sie mir die Informationen und ich werde mich mit meiner Kollegin beratschlagen, ob wir diese an Michael weiterleiten oder nicht. Uns läuft die Zeit davon, ich würde Ihnen raten, keinerlei Spielchen mit uns zu spielen oder Grenzen auszutesten. Ich denke, die Situation erlaubt es, dass wir uns ganz unbürokratisch und schnell einigen. Was halten Sie davon?«

Christine sah Martin perplex an. Nicht nur dass der Bluff souverän und selbstsicher aus seinem Mund kam, vielmehr war es sein Pokerface, das sie beeindruckte.

»In Ordnung, Luber. Fragen Sie Ihren Freund, ob er ein Echo hat.«

Er hatte mit vielem gerechnet. Mit einer Litanei an Fragen, die ihm möglicherweise per Mail zugeschickt werden sollte, aber nicht damit.

Martin stutzte. »Ob er ein Echo hören kann? Mehr nicht?«

»Nein, erst mal nicht. Damit wäre uns sehr geholfen, Herr Luber.« Crowley klang ernst. Zu ernst, als dass sein Satz der Anfang eines unehrlichen Spiels hätte sein können.

Kapitel 3 – Auftrieb

Konzentrier dich auf deine Schuhe. Sie tragen dich.

Er tat, was seine innere Stimme ihm befahl. Er entschied sich für die Sohle des Schuhes, den er mit seinem übergeschlagenen Bein gut sehen konnte. Die abgenutzte Unterseite erstaunte ihn. Von oben sahen seine Schuhe wie neu aus. Wie weit sie ihn doch schon getragen hatten, dachte er. Was sie alles mit ihm erleben mussten. Es waren Schicksalsschuhe. Justin lächelte. Er würde diese Schuhe niemals wegwerfen. Nein, dazu waren sie für ihn zu bedeutsam.

Sieh dich um, du kleiner dummer Junge. Sieh dich genau um.

Mortensen erschrak. Er war wieder da. Für einen Augenblick wusste er nicht, ob er sich freuen sollte oder nicht. Panik stieg in ihm hoch, er beschloss, seinen Blick nicht von dieser wundervollen braunen Schuhsohle zu nehmen. Schicksalsschuhe. Wichtige Schicksalsschuhe eines wichtigen Menschen. Der Gedanke gefiel ihm.

*Sie haben dich in diese Panzerglaszelle gesperrt, **Bustin**. Sieh dir die vielen Kameras an, die auf dich herunterstarren und jede deiner Bewegungen aufzeichnen. Sie lachen sich hinter den Monitoren schlapp über dich, du dummes Stück. Du hast versagt. Wie so oft in deinem Leben hast du auch das nicht auf die Reihe bekommen, **Bustin**. Und nun verlierst du auch noch den Verstand. Was kannst du eigentlich, **Bustin**?*

»Ich heiße Justin Mortensen, nicht Bustin, und trage die schönsten Schicksalsschuhe der Welt«, flüsterte der CEO der Nofox kaum hörbar zu sich und starrte nach wie vor fasziniert auf seine Sohle, während sich Tränen in seinen Augen sammelten. Vielleicht würde er diese Schuhe heiraten. Eines Tages. Sie standen immer zu ihm, hatten ihn nie beschimpft oder degradiert. Zweifelsohne verabschiedete sich sein Verstand gänzlich.

Du heißt **Bustin** und bist nichts weiter als ein Gendefekt der Evolution. Ein Fehlgriff der Natur. Du hast die Welt ins Unglück gestürzt und was tust du? Weinen, erbärmlich vor dich hinkauern. Ich habe gute Nachrichten für dich, **Bustin.** Sie werden dich zur Verantwortung ziehen. Du wirst dich rechtfertigen müssen, du dummer Junge. Was tust du dann?

»Mein Name ist Justin Mortensen und ich liebe meine wundervollen Schuhe. Justin ist mein Name. Das bin ich. Ich muss pinkeln, aber das mache ich nicht vor meinen wundervollen Schu…«

Ein Piepen unterbrach seinen wirren Monolog und Justin blickte nach oben in das kalte, grelle Neonlicht der Strahler über ihm. Er kniff die Augen zu, orientierte sich und sah zur Tür, durch die drei Personen traten. Bedächtig nahm er das Bein vom anderen und trat sorgsam auf die Sohle seines linken Schuhs.

»Herr Mortensen, wir haben ein Telefonat für Sie. Folgen Sie uns bitte«, sagte der Agent, dessen Namen Justin vergessen hatte.

Wollten sie ihm seine Schuhe wegnehmen? Die Möglichkeit bestand, immerhin hatte Justin den Eindruck, dass einer der Agenten ein Auge auf seine Schuhe geworfen hatte. Er musste Acht geben, vorsichtig sein. Die Liebe seines Lebens würde er mit seinem letzten Tropfen Blut verteidigen.

»Starren Sie nicht so auf meine Schuhe«, zischte er und sah den Agenten des FBI strafend an.

»Stehen Sie auf, Mann.« Der muskulöse Agent mit dem kurzen blonden Haar zog ihn nach oben.

Den langen Weg durch den engen Gang des Gebäudes verbrachte Justin damit, verliebt auf sein Schuhwerk zu starren. Linker Schuh, rechter Schuh, linker Schuh … Er konnte sich nicht entscheiden, welchem der beiden er mehr zugetan war. Mortensen realisierte nicht, dass er sich in der psychiatrischen Anstalt von Sofia befand. Der abgeschiedene Trakt beherbergte Zellennachbarn, die dem Kannibalismus oder dem Massenmord nicht abgeneigt waren.

Er schritt von Glastür zur Glastür, ohne seinen Kopf zu heben. Justin hörte Schreie und Gelächter aus den Zellen. Am Ende des Ganges wurde er ein paar Treppen nach oben geführt. Er starrte auf seine Schuhe, die ihn zweimal links und einmal rechts um die Ecken führten, bis sie endlich zur Ruhe kamen und Mortensen auf einen Stuhl gedrückt wurde. Sein Blick auf die schwarz glänzenden Halbschuhe wurde plötzlich von einem Handy, das man ihm unter die Nase hielt, verdeckt. Genervt zog Justin die

Augenbrauen zusammen und blickte den Mann mit der runden Brille böse an.

»Was fällt Ihnen ein …«

»Nehmen Sie das Telefon, Mortensen«, befahl der Mann.

»Wofür?« Justin zog die Augenbrauen nach oben und strahlte den Mann an.

Der Agent legte das Telefon auf den Tisch, packte Justin am Kragen und zog ihn nach oben. Er drückte ihn gegen die Wand. Ein stechender Schmerz schoss durch Justins Lenden.

»Hören Sie mir gut zu. Meinetwegen verlieren Sie jetzt den Verstand. Mir ist es auch vollkommen egal, ob Sie in dieser Nervenheilanstalt verrotten. Aber Sie werden jetzt dieses verdammte Telefon in die Hand nehmen und telefonieren. Haben wir uns verstanden?« Der Mann drückte Justin noch fester gegen die Wand. Die Knochen seiner Faust traten hervor.

Justin durfte jetzt nicht sterben. Nicht nach der göttlichen Eingebung. Justin beschloss, zu kooperieren, und begann heftig mit seinem Kopf zu nicken. Der Mann ließ von ihm ab und drückte ihn erneut auf den Plastikstuhl. Justin nahm das Telefon, schielte verschmitzt an seinen Beinen hinab und meldete sich freudig zu Wort.

»Hallöchen?«, trällerte er in den Hörer.

Die umstehenden Agenten sahen sich verstört an.

»Hallo Herr Mortensen, hier spricht Professor Chestner.« Der entlassene Leiter des Projekts Nehebkau klang ernst und traurig.

»Professor Chestner! Wie geht es Ihnen? Liebe ist etwas Wundervolles, nicht wahr?«

»Liebe? Herr Mortensen, ich denke, es gibt momentan weitaus wichtigere Dinge, die wir jetzt besprechen sollten. Ich brauche Informationen von Ihnen, um weitere Simulationen durchführen zu können. Wir müssen zusehen, dieses Phänomen einzudämmen.«

»Aha, aha.« Justin lehnte sich zurück.

»Die Implosion hat die übertragenen Daten der Leitstelle des Large Hadron Colliders zerstört. Eigentlich ist das unmöglich, da ein Echtzeitbackup auf die Server übertragen wird. Das tragische Zusammenspiel aus dem Brand nach der Explosion im Serverraum und der hohen Magnetisierung während der Implosion in einem Umkreis von zwanzig Kilometern hat die Daten auf Ihrem Notebook unbrauchbar gemacht. Sie können nicht mehr wiederhergestellt werden. Ich brauche dringend Ihr Erinnerungsvermögen, vielleicht kann uns das weiterbringen.«

Justin hörte dem Professor konzentriert zu. In einem lichten Moment, der nicht länger als einen Augenschlag dauerte, realisierte er, was geschehen war.

»Implosion«, wiederholte er leise. Sein Lächeln verschwand. Es war kein Traum, kein schlechter Scherz seiner Mitarbeiter. Die Realität hatte ihn wieder. Für einen kurzen Augenblick. Traurig blickte er in das Gesicht eines der Männer.

»Es ist wahr, oder?«, fragte er.

»Ja, Herr Mortensen. Ich habe Sie gewarnt. Es konnte zu diesem Zeitpunkt einfach nicht funktionieren. Hätte sich nur das Resultat des ersten Versuchs wiederholt, würden Sie jetzt vielleicht begreifen und die Welt stünde nicht vor diesem schaurigen Ergebnis, das allen Anschein nach noch nicht vollendet ist.«

Justin wurde hellhörig. Bestand nicht doch noch ein Funken der Hoffnung, dass sich alles zum Guten wenden würde? Nehebkau musste sich in seiner vollen Pracht entfalten, dann würde die Welt verstehen, welche Bereicherung er der Menschheit geschenkt hatte.

»Es verändert sich. Es ist noch nicht abgeschlossen, Chestner.«

»Mortensen, kommen Sie zurück auf den Boden der Tatsachen. Das Projekt ist gescheitert und möge Gott Ihnen beistehen, dass Ihretwegen nicht noch mehr Menschen sterben.«

»Das waren nur Nebenwirkungen des großen Ganzen, Professor. Wenn Nehebkau in seiner endgültigen Herrlichkeit vor uns steht, wird das nicht ins Gewicht fallen, Chestner.«

Justin lächelte. Im Augenwinkel registrierte er, wie einer der Agenten auf ihn losstürmen wollte, aber von seinem Kollegen zurückgehalten wurde. Er blickte dem zornigen Mann ins Gesicht. Der Agent schnaubte wie ein wild gewordener Stier, wendete sich von Mortensen ab und blickte aus dem Fenster. Die geballten Fäuste des Agenten irritierten Justin. Kurz schüttelte er den Kopf und widmete sich wieder dem Gespräch mit dem Professor.

»Mortensen, können Sie sich an irgendwelche Daten erinnern, die Sie auf Ihren Monitoren gesehen haben, bevor uns das Ganze um die Ohren geflogen ist?«

»Nein, es ist nicht gescheitert. Geben Sie dem Projekt noch Zeit. Sie haben selbst gesagt, dass es sich verändert.« Justin trommelte ungeduldig mit den Fingern auf der Tischplatte.

»Die Atmosphäre vibriert. Die blaue Konsistenz innerhalb der Wolken verdichtet sich. Verstehen Sie nicht? Es ist nicht gut, was hier vor sich geht. Herr Mortensen, können Sie sich an irgendwelche Daten oder Zahlen erinnern? « Gefasst und sachlich antwortete der Professor auf Justins Reaktion und wiederholte die Frage erneut.

»42.« Justin starrte auf seine Schuhe.

»Was 42?«

»Da war eine Fehlermeldung 42. Mehr weiß ich nicht mehr. Wissen Sie, er hat mich im Aufzug beschimpft, ich glaube, wir sind keine Freunde mehr. Aber wenn Nehebkau doch ein Erfolg wird, kommt er wieder zurück und wird mich loben. Glauben Sie nicht?«

Die anwesenden Männer sahen Mortensen verwundert an. Die psychologisch geschulten Agenten erkannten die eindeutigen Symptome. Ein korpulenter Anzugträger nickte seinen Kollegen zu, holte sein Handy aus der Sakkotasche und verließ das Zimmer.

»Sind Sie sicher, dass die Fehlermeldung 42 war? Ist es möglich, dass auf dem Monitor 43 stand?«, fragte Chestner ruhig.

»Nein, nein. Da stand 42. Wissen Sie, wir hatten uns in letzter Zeit wirklich gut verstanden. Er wird wiederkommen, da bin ich mir sicher. Ich werde ihm erzählen, dass Nehebkau noch nicht abgeschlossen ist, dass wird ihn umstimmen. Ganz sicher«, plapperte Justin. Sein Lächeln war zurückgekehrt.

»Die Meldung 42 steht für die Rückkopplung des Teilchenbeschleunigers«, sagte Chestner leise.

»Ja gut, oder?« Justin zeigte den FBI-Agenten mit seinem erhobenen Daumen, dass alles in bester Ordnung war.

Ohne auf die wirren Worte seines ehemaligen Chefs einzugehen, fuhr der Professor fort.

»Die aufgeladenen Ionen wurden aufgrund der viel zu hohen Gigavoltzahl umgekehrt. Sie haben sich nach der Aufladung entgegengewirkt. Eine verheerende biochemische Evolution.« Chestner redete mehr mit sich selbst als mit Justin.

»Was auch immer, Professor. Wann, meinen Sie, ist Nehebkau vervollständigt?«

»Wir haben keine Erfahrungswerte. Nicht einmal die Emulation zeigt, was so ein einzigartiger Ionenrückschlag anrichten kann. Geben Sie mir Jeffrey Wolters.«

Weder wusste Justin, wovon der verwirrte alte Mann faselte, noch wer Jeffrey Wolters sein sollte. Er rollte mit den Augen, nahm das Handy vom Ohr und hielt es in den Raum. Einer der Männer nahm wortlos das Handy und verließ den Raum. Nach wenigen Minuten kam er zurück und postierte sich vor Justin.

»Herr Mortensen, wir werden Sie jetzt auf die Krankenstation bringen. Ich denke, dass wir ein paar Untersuchungen durchführen sollten.«

Justin sah den Mann im dunkelblauen Anzug verwundert an. »Muss ich dafür die Schuhe ausziehen?«, fragte er schließlich und stand auf.

»Ja, ich denke, das werden Sie müssen.«

Justin ließ sich wieder auf den Stuhl fallen und verschränkte die Arme wie ein trotziges Kind.

»Vergessen Sie es. Das kommt nicht infrage.«

Das Nächste, was er realisierte, war ein brennender Stich in seiner linken Schulter, dann wurde es dunkel und ruhig. Ein schwarzer Schleier legte sich vor seine Augen. Justin strengte sich an, mit aller Kraft die Augen offenzuhalten. Die bleierne Schwere seiner Lider war zu groß. Justin ergab sich dem Medikament.

Fixiert auf einem Bett fand er sich wieder. Seine Arme und Beine waren an die Metallstangen gebunden. Ein verblichenes Bild mit Sonnenblumen hing an der weißen Wand ihm gegenüber. Justins bleiches Gesicht spiegelte sich im Infusionsbeutel, der neben ihm hing.

Meine Schuhe. Ich habe meine Schuhe nicht an.

Es war der erste Gedanke, den er fassen konnte. Aus Leibeskräften begann Justin zu schreien und zog an den Riemen. Eine Krankenschwester riss die Tür auf und eilte zu ihm. Mit besorgter Miene beugte sie sich über ihn.

»Haben Sie Schmerzen?«

»Wo sind meine Schuhe? Ich will unverzüglich meine Schuhe wiederhaben!«, brüllte Justin wie von Sinnen die Pflegerin an.

Die Frau drehte sich unbeeindruckt um, zog eine Spritze aus der Schublade und steckte sie in den Infusionsschlauch.

»Gleich wird es Ihnen bessergehen, Herr Mortensen. Bleiben Sie ruhig, atmen Sie langsam ein und aus.«

»Dann vergeht der Schreckensgraus, du Schlampe. Schickt dich Oswalt? Wenn meinen Schuhen etwas passiert, werde ich dich töten, hörst du? Ich werde … ich …«

Ihm wurde übel. Justin schloss die Augen. Die Dunkelheit kehrte zurück.

Elena und Wanko hatten sich lange beraten. Womöglich zulange. Ihre überschaubaren Geldreserven hatten sie geplündert und ihre Eltern davon überzeugt, die Stadt für ein paar Tage zu verlassen. Mark Allisons eindringliche Worte und Elenas tränenerfüllte Augen, mit denen sie ihren alten Vater flehend angeblickt hatte, hatten zu der Entscheidung geführt.

Wanko mietete einen Kleinbus, den er durch die leeren Straßen Sofias lenkte. Die Stadt schien an diesem frühen

Mittwoch wie ausgestorben. Die Bürgersteige, Bushaltestellen und Einkaufsstraßen waren leer. Wanko hielt an einer roten Ampel und betrachtete das Schaufenster einer Maßschneiderei, in dem sich das blau schimmernde Licht des Himmels spiegelte. Vereinzelt kreuzte ein Taxi die Straße. Das Auto der Müllabfuhr rollte an Wanko vorbei. Der Lkw einer Bäckerei fuhr langsam die Straße hinab. Der junge Student beugte sich über das Lenkrad und sah in den Himmel. Sein Magen zog sich zusammen. Der blaue Schimmer in den Wolken hatte zugenommen und ließ den natürlichen Sonnenstrahlen kaum mehr eine Chance, sich ihren Weg ungefiltert zur Erde zu bahnen. Etwas veränderte sich und das blaue Licht, das auf die Hauptstadt Bulgariens fiel, wirkte surreal und bedrohlich.

»Es ist dunkler geworden. Davor war es hellblau«, murmelte er.

Wanko zog sein Handy aus der Hosentasche und überflog die Statusmeldungen seiner Freunde. Sie riefen entweder zu Ruhe auf oder veröffentlichten Links zu Weltuntergangsszenarien. Wanko hob seinen Blick und bemerkte, dass die Ampel auf Grün stand. Er trat auf das Gaspedal und drehte das Radio laut. Er fuhr zurück zu ihrer Wohnung, vor der Elena mit gepackten Koffern wartete. Anschließend würden sie seine und dann ihre Eltern abholen, um die Stadt zu verlassen. Raus aus der Gefahrenzone, weg aus diesem dunkler werdenden bläulichen Schimmer.

»… sollten Sie auf jeden Fall Antibiotika und Batterien kaufen. Wenn Sie einen Keller mit Stromanschluss besitzen …«

Wanko wechselte den Sender.

»… die Bedeutung von Matthäus 25,5–6: Jesus sagt, dass er in der Nacht kommt, das zeigen auch die Prophezeiungen von Pater Pio: Gebt acht auf die Tiere in diesen Tagen. Ich bin der Schöpfer und Beschützer der Tiere als auch der Menschen. Ich werde euch vorher einige Zeichen geben, zu welcher Zeit ihr mehr Futter für sie unterbringen sollt. Ich werde das Eigentum der Auserwählten beschützen, inklusive der Tiere. Lass niemanden auf den Hof, wer rausgeht und die Tiere füttert, wird sterben! Bedeckt eure Fenster sorgfältig. Meine Auserwählten sollen meinen Zorn nicht sehen. Habt Vertrauen zu mir und ich werde euer Schutz sein. Hurrikane des Feuers werden ausströmen aus den Wolken und sich über die ganze Erde verbreiten.«

Wanko schielte ungläubig auf das Display des Radios und drückte erneut den Knopf des Sendersuchlaufs. Für einen Augenblick dachte er über die Worte des Predigers nach. Tatsächlich konnte er sich nicht mehr erinnern, wann er zuletzt einen Vogel gesehen hatte. Offenbar taten es die Vögel den fliehenden Menschen gleich.

Endlich. Ein Sender, der Musik spielte. Nach einer Viertelstunde erreichte er die gemeinsame Wohnung. Elena hatte zwischenzeitlich alle Koffer nach unten gebracht, sodass sie keine Zeit verloren und sich auf den Weg machten, ihre Eltern einzusammeln.

Gegen 11:00 Uhr reihte Wanko den voll besetzten Kleinbus in die Schlange vor der Tankstelle am westlichen Rand der Hauptstadt ein.

»Das gibt's doch gar nicht«, zischte Elena und zählte zwölf Fahrzeuge, die vor ihnen standen. Zehn Minuten später und fünf Wagen weiter blickte sie nach hinten und konnte nicht fassen, dass sich innerhalb der kurzen Zeit weitere acht Fahrzeuge an der Tankstelle eingefunden hatten.

Als Wanko endlich getankt hatte, sah er genervt auf seine Uhr. Die Zeiger näherten sich halb zwölf. Irgendetwas in seiner Magengegend schrie förmlich danach, Gas zu geben und diesen Ort so schnell wie möglich zu verlassen.

»Ich habe die Säule vier. Was ist denn heute los bei Ihnen?« Wanko konnte es sich trotz seiner Eile nicht nehmen lassen, die junge Frau an der Kasse zu fragen, weshalb so ein Andrang herrschte.

»Haben Sie die Nachrichten nicht gehört? An manchen Stellen der Erde wirbelt es Dinge umher wie im Kinderzimmer meines Sohnes«, antwortete die junge Mutter gelassen, während sie auf ihrem Kaugummi schmatzte.

»Was meinen Sie mit wirbelnden Dingen?« Er streckte ihr das Geld entgegen und sah die Frau verwundert an.

»Na rumfliegen halt. Schalten Sie mal Ihr Radio ein.«

Zurück am Wagen startete Wanko hastig den Motor und gab Gas. Kurze Zeit später erreichten sie die Schnellstraße, die sie direkt aus Sofia-Stadt führen würde.

410 Kilometer trennten sie von der Stadt Warna. Weit genug entfernt von ihrem Heimatort und der gigantischen Wolke, die darüber schwebte. Elena hatte ihren Onkel seit Jahren nicht gesehen. Der alte Mann freute sich umso mehr auf ihren Besuch. Seit seine Frau Ivanka vor zwei Jahren gestorben war, war es einsam geworden in dem großen Haus am westlichen Rand von Warna. Wanko drückte den Sendersuchlauf am Radio. Irgendwo mussten doch Nachrichten gesendet werden. Es dauerte nicht allzu lange, bis er fündig wurde und den Lautstärkeregler hochdrehte.

»… hat uns die Meldung erreicht, dass an einigen Stellen der Erde die Erdanziehung partiell nachlässt. Solange wir keine Bestätigung der Regierung bekommen, bitte ich Sie, diese unglaubliche Meldung einfach nur zur Kenntnis zu nehmen.«

Elena schaltete das Radio ab und sah ihren Freund irritiert an. Geistesgegenwärtig holte sie ihr Handy aus ihrem Rucksack und wählte Mark Allisons Nummer. Niemand saß in diesen Zeiten näher an der Quelle der Wahrheit als ihr neugewonnener Freund aus den USA.

»Elena? Wo seid ihr?«

»Hallo Mark. Wir verlassen gerade die Stadt. Stimmt es, was wir im Radio hören? Die Erdanziehung löst sich auf?«, fragte Elena. Ihre Stimme zitterte.

»Sie löst sich nicht auf, Elena. Sie ist an einigen Stellen lediglich instabil. Wir nehmen an, dass dieser Effekt von der Vibration in der Atmosphäre herrührt. Bleib ruhig. Bislang haben uns acht Meldungen erreicht und keine ist von offizieller Stelle bestätigt. Die NASA hat ihre Satelliten auf Kanada ausgerichtet, hier soll es zur heftigsten Störung gekommen sein«, antwortete Mark in einer ruhigen Tonlage.

»Wo fahrt ihr hin?«

»Nach Warna zu meinem Onkel. Das ist gute 400 Kilometer von Sofia entfernt.«

Wanko, der die Worte Allisons nicht hören konnte, versuchte aus dem Gesicht seiner Freundin zu lesen. Elenas Mimik wurde ernst. Sie starrte auf das Armaturenbrett des Vans, während sie dem Wissenschaftler zuhörte. Wanko drückte das Gaspedal ein Stück weiter nach unten und betrachtete die Bäume, die im Rückspiegel immer schneller vom Horizont verschwanden. Er wunderte sich, dass kaum ein anderes Fahrzeug zu sehen war. Er hatte mit erheblich mehr Verkehr stadtauswärts gerechnet, doch der Wunsch, die Millionenmetropole und die Riesenwolke zu verlassen, schien bei den wenigsten Einwohnern vorhanden zu sein. Wanko sah auf den Kilometerzähler des geliehenen Busses. Seit 17 Kilometern telefonierte Elena mit Mark. Sie sagte kaum ein Wort, bestätigte ab und an mit einem Ja die Worte des Amerikaners.

Wanko betrachtete die umliegenden Häuser, Geschäfte und Straßen der Kleinstadt, durch die er fuhr. Die Gegend schien ausgestorben. Er vermutete, dass sich die Menschen in ihren Häusern und Wohnungen verbarrikadierten und voller Sorge auf die neuen Informationen aus den Medien warteten. Im Vergleich zum gestrigen Tage, an dem noch ein halbwegs normales Treiben auf den Straßen geherrscht hatte, schien heute die Horrormeldung aus der Presse Angst verbreitet zu haben.

»Danke, Mark. Bis dann.« Elena legte ihr Handy langsam auf die Armatur vor sich und blickte aus dem Fenster.

»Was hat er gesagt, Schatz?«

»Die Gravitation ist durch die Vibration in der Atmosphäre gestört. Er sagte, ich solle mir das vorstellen wir eine Seifenblase, die unsere Erdoberfläche darstellt. Wenn man diese Seifenblase einer Lautsprecherbox aussetzt, vibriert die Blase …«

»Oder sie platzt«, sagte Wanko trocken.

»Die Typen von der NASA und die amerikanische Regierung arbeiten mit Russland und China zusammen, um herauszufinden, was die Quelle der Vibration ist. Wie bei einem Stein, der ins Wasser geworfen wird, muss es einen Ursprung dieser Störung geben. Aber anders als bei dem Stein-Beispiel scheinen hier Tausende von Steinen gleichzeitig ins Wasser geworfen worden sein. So hat er es mir zumindest erklärt.«

»Das bedeutet doch aber auch, dass diese Wellen, wenn wir mal bei dem Beispiel bleiben, irgendwann versiegen werden, oder?« Ein Hoffnungsschimmer keimte in dem jungen Studenten auf.

»Leider nicht. Und das ist das größte Problem. Was sie wissen, ist, dass diese blaue Verfärbung der Wolkenkreise und die Vibration in der Atmosphäre zusammenhängen. Je mehr sich die Wolken füllen, umso heftiger werden die

Schwingungen im Orbit. Es wird nicht weniger, sondern mehr.« Sie rieb ihre Schläfen. Die Kopfschmerzen machten ihr zu schaffen.

»Und was sollen wir jetzt machen? Was hat Mark gesagt?«

»Wir sollen weit weg von diesen Gebilden am Himmel. Das ist sein einziger Rat und selbst das ist keine Garantie. Wanko, er weiß es auch nicht. Kein Mensch wurde jemals mit so etwas konfrontiert. Er kann uns auch nur Ratschläge geben, die von seinem Bauch herrühren und nicht von seiner wissenschaftlichen Logik. Wir sollen auf uns aufpassen und so weiter, wir telefonieren später, bla, bla, bla. Verdammte Scheiße!« Elena schlug mit der Hand auf das Sitzpolster. Wenn sie mit etwas nicht klarkam, dann war es, die Kontrolle über eine Situation zu verlieren.

320 Kilometer Fahrt verliefen größtenteils wortlos. Wanko konzentrierte sich auf die Autofahrt, während Elena aus dem Fenster starrte und die vorbeiziehende Gegend flüchtig wahrnahm. Ihre Eltern lasen in Büchern, beschäftigten sich mit Kreuzworträtseln oder schliefen. Der Van erreichte den kleinen Ort Schumen, der 46 Kilometer vor Warna lag, als Wanko plötzlich von der Hauptstraße abfuhr und in einer Seitenstraße parkte.

»Brauchst du eine Pause? Soll ich weiterfahren?«, fragte Elena, während sie in ihrem Rucksack nach einer Maiswaffel suchte.

»Nein, das Fahren ist nicht das Problem. Was machen die da?« Wanko zeigte mit dem Finger auf die gegenüberliegende Straßenseite. Vor dem Schaufenster eines Elektroladens starrte eine Menschentraube wie gebannt in das Innere des Ladens.

»Keine Ahnung …«, sagte Elena und beugte sich vor, um etwas zu erkennen. »Da sind Fernseher«, stellte sie schließlich fest und bemühte sich, aus der Distanz etwas auf den großen Flachbildschirmen zu erkennen.

»Ich schau mir das einmal an.«

Wanko stieg aus dem Van und überquerte die Straße. Es dauerte nicht lange, bis sich Wanko aus der Traube der Menschen wieder herausschälte und Elena hektisch zu sich winkte. Elena stöhnte und lief zu ihm.

»Wanko, wir sollten keine Zeit vertrödeln und weiterfahren.« Elena erreichte die andere Straßenseite und sah ihrem Freund entnervt in die Augen.

»Sieh dir das an.« Er nahm ihre Hand und führte sie durch die Menschen hindurch zum Schaufenster. Aus den Lautsprechern an der Außenwand erklang die Stimme einer Nachrichtensprecherin. Elena kämpfte sich in die erste Reihe der Menschenansammlung, bis sie endlich direkt vor dem großen Flachbildschirm des Ladens stand. Wie auf allen Kanälen in diesen Zeiten blickte eine Nachrichtensprecherin besorgt in die Kamera. Kurz darauf wurde eine Luftaufnahme über einem Ozean eingeblendet. Offenbar wurde die Aufnahme von einem Helikopter aus gefilmt.

»Wir zeigen Ihnen noch mal die Bilder, die uns von unseren kanadischen Kollegen von CTV übermittelt worden sind«, kommentierte die Sprecherin den Beginn der Aufzeichnung.

Schnell war klar, dass sich der Pilot des Helikopters nicht um das weltweite Flugverbot scherte. Die Kamera schwenkte über den Pazifischen Ozean. Außer den wilden Wellen des Meeres, das aus der Vogelperspektive gefilmt wurde, konnte Elena nichts erkennen. Dann riss der Kameramann das Objektiv plötzlich nach links und zoomte weiter auf das Meer. Elena erkannte zwei große Kriegsschiffe, die parallel zueinander auf ihrer Route waren. Der Kameramann zoomte weiter in die Szenerie hinein, sodass die kanadische Flagge auf einem der Schiffe sichtbar wurde.

»Jeff, geh auf das andere Schiff. Geh auf das andere Schiff«, schrie eine Stimme aus dem Hintergrund.

Der Kameramann schwenkte nach rechts. Der Bug des rechten Militärschiffs schlug nach links und rechts aus. Eine unsichtbare Kraft schien Gewalt über das Schiff genommen zu haben. Es hörte auf. Meterhohe Wellen klatschten durch die gewaltigen Bewegungen an die Reling des Kreuzers.

»Jeff, was war das? Halte drauf!« Die Stimme aus dem Hintergrund klang panisch.

Das Kriegsschiff erhob sich langsam aus dem Wasser. Es schwebte ruhig über dem Meer und gewann immer mehr an Höhe. Die Wassermassen lösten sich vom Rest des Kreuzers und fielen in die Wellen. Die Ankerketten baumelten unter dem Schiff. Die Kamera filmte Soldaten, die auf dem Deck hin und her liefen. Immer noch schien es wie von Geisterhand weiter in den Himmel zu steigen.

»Es ist auf unserer Höhe, Jeff. Das passiert doch nicht wirklich! WAS IST DAS?«, kreischte der Reporter hysterisch hinter dem Kameramann.

Tatsächlich filmte der Mitarbeiter von CTV, wie das Schiff an ihm vorbeizog, immer weiter nach oben. Er folgte mit der Kamera, um den unheimlichen Höhenflug des Kriegsschiffes einzufangen.

»Wir sind auf 3.500 Metern Höhe, geschätzte Höhe des Kriegsschiffs 4 Kilometer«, sagte eine Stimme, die Wanko dem Piloten des Hubschraubers zuordnete.

»Das ist nicht real«, flüsterte Wanko und drückte die Hand von Elena.

Der Kameramann hatte das Schiff verloren, es war zu hoch. Stimmen mehrerer Personen waren zu hören. Hektik machte sich auf der Kommunikationsfrequenz zwischen Hubschrauber und Tower breit, als das Kriegsschiff durch den rechten Kamerawinkel nach unten rauschte. Jeff reagierte und verfolgte den Sturz des Kreuzers, der auf dem Ozean aufschlug. Das Schiff zerbrach wie ein Spielzeug in drei Teile und schlug gigantische Wellen auf. Jeff schwenkte die Kamera nach links und filmte den anderen Kreuzer, der sich mit Mühe und Not gegen die monströsen Wellen über Wasser halten konnte.

»Wir verlassen das Gebiet. Die Flugsicherheit hat uns entdeckt«, sagte der Pilot. Der Hubschrauber drehte ab und im nächsten Moment erschien die Nachrichtensprecherin.

»Diese Aufnahmen erreichten uns vor einer halben Stunde. Obwohl es noch keine Stellungnahme der Regierung zu diesem Vorfall gibt, scheinen sich die Befürchtungen zu bestätigen, dass es an einigen Stellen des Planeten zu Störungen der Gravitation gekommen ist. Ich habe nun Herrn Miguel Rodriguez von der NASA am Telefon. Herr Rodriguez, können Sie uns erklären, was hier passiert ist?«

»Nein, das kann ich nicht«, antwortete Rodriguez knapp.

Und genauso absurd, wie die Bilder, die Elena und Wanko gerade sehen mussten, war auch der kurze und knappe Kommentar des NASA-Mitarbeiters. Die beiden wendeten sich von dem Schaufenster ab und gingen stumm zurück zum Van.

»Was war denn da drüben?«, fragte Wankos Vater, als sie sich gesetzt hatten.

»Nichts, Papa. Sie sagen nur, dass man sich mit Lebensmitteln und Wasser eindecken soll. Immer das Gleiche.«

Wanko startete den Motor des Vans. Für einen kurzen Moment starrte er über das Lenkrad auf die Straße von Schumen. Tränen stiegen in seine Augen. Er schluckte schwer, legte den ersten Gang ein und rollte an dem Schaufenster des Elektronikladens und der wachsenden Menschenmenge vorbei.

Ihr Daumen drückte die Wahlwiederholung, während der Van an Fahrt aufnahm. Eine gute Stunde sollte die restliche Fahrt nach Warna noch dauern. Zeit genug, sich mit Mark noch einmal auszutauschen, bevor die euphorische Begrüßung ihres Onkels und sein bekannter unendlicher Redefluss den Rest der Familie einlullen würde.

»Hallo Elena, ich habe es auch gesehen«, sagte Mark mit gedämpfter Stimme.

»Unglaublich. Kommt ihr voran? Gibt es etwas Neues?« Elena sprach leise, um die Familie im hinteren Teil des Wagens nicht zu beunruhigen.

»Die Meldungen über die Gravitationsstörung häufen sich. Das Phänomen scheint anders als bei den Wolken kurz zu sein. Wir hoffen, dass sich diese Vorkommnisse legen, sobald das Innere der Wolkenkreise komplett ausgefüllt ist. Der Zusammenhang zwischen der Verfärbung der Wolkenkreise und der Vibration steht außer Frage. Es ist wie ein schlechter Traum.«

Der Van erreichte die Schnellstraße, von hier aus waren es noch dreißig Kilometer, bis ihre lange Fahrt vorerst ein Ende finden sollte. Das plötzliche Aufheulen des Motors unterbrach das Gespräch zwischen Elena und Mark.

»Was zum Teufel war das?«, fragte Elena und drehte sich zu Wanko.

»Keine Ahnung, der Drehzahlmesser ist hochgeschossen. Womöglich ein kleiner Aussetzer. Der Wagen tut, was er soll. Alles okay«, antwortete Wanko, sichtlich unbeeindruckt von dem kleinen technischen Defekt.

»Wir sind bald in Warna. Ich werde mich heute wahrscheinlich nicht mehr melden können, da mein Onkel sicher viel zu erzählen hat, aber ...« Wieder unterbrach das laute Jaulen unter der Motorhaube das Gespräch.

»Wanko, was stimmt denn mit der Karre nicht?« Sie betrachtete das Armaturenbrett des Fahrzeugs.

»Ich weiß es nicht. Der Drehzahlmesser scheint nicht richtig zu funktionieren. Telefoniere ruhig weiter, ich habe alles im Griff.«

Kaum hatte Wanko seinen Satz ausgesprochen, röhrte der Motor wieder laut auf. Die Nadel des Drehzahlmessers klebte am Anschlag des roten Bereichs. Wanko nahm den Fuß vom Gas, ihre Fahrtgeschwindigkeit verlangsamte sich.

»Ich fahre einmal ran und sehe nach.« Er lenkte den Kleinbus nach rechts, um auf dem Seitenstreifen der Schnellstraße stehenbleiben zu können, als er entsetzt feststellen musste, dass das Lenkrad ihn keinen Widerstand spüren ließ. Wanko riss das Lenkrad nach links und rechts, spielend leicht ließ sich der Lenker bewegen, ohne dass der Van auch nur einen Millimeter von seiner Fahrspur abwich.

»Bitte nicht«, flüsterte Elena leise vor sich hin, während Wanko versuchte, die Kontrolle über den Wagen wiederzuerlangen.

»Elena, was ist los bei euch?«, schrie Mark ins Telefon.

»Ich weiß es nicht. Hier stimmt irgendetwas nicht«, flüsterte sie langsam und legte auf.

Ihre Mutter rief von hinten: »Ist das Auto kaputt, Elena?«

Wanko trat energisch das Bremspedal des Wagens durch, doch ihre Geschwindigkeit verringerte sich nicht. Der Wagen rollte konstant mit 32 km/h über die Schnellstraße. Er schien die Kontrolle über das Fahrzeug verloren zu haben.

»Wir müssen sofort aus dem Wagen raus, Wanko.«

»Bist du wahnsinnig? Hinter uns kommen Autos. Wenn du dir bei dem Sprung nicht alle Knochen brichst, wirst du überrollt!«, schrie Wanko.

»Was ist denn da vorne los bei euch?« Wankos Mutter beugte sich nach vorn.

Elena sah aus dem Fenster und blickte nach unten.

»Kein Boden mehr«, sagte sie mit zitternder Stimme und betrachtete den Schattenwurf der Autoreifen, der sich auf dem Asphalt abzeichnete. Der Van hatte die Bodenhaftung verloren und schwebte einen halben Meter über der Straße. Elena drehte sich um. Die herannahenden Fahrzeuge hinter ihnen bremsten und blieben stehen. Eine ältere Frau stieg aus ihrem Ford und schlug die Hände über dem Kopf zusammen. Der Van befand sich bereits vier Meter über dem Boden.

»Oh mein Gott, was passiert hier?«, rief ihr Vater.

Wanko umklammerte das Lenkrad und kniff die Augen zusammen. In einer absurden friedlichen Art und Weise schwebte der Van vollkommen gerade gen Himmel.

Elena drehte sich wieder zu ihrem Fenster und erkannte die Wipfel der umliegenden Bäume. Sie schoss ein Bild, wechselte zu WhatsApp und schickte es Mark.

»Wir schweben. Wir werden sterben. Danke für alles, Mark.«

Kaum hatte sie die Nachricht verschickt, ertönte der Ton einer eingehenden Nachricht. Elena schaltete das Handy auf stumm und schob es in ihre Hosentasche. Der Van hatte eine Höhe von 150 Metern erreicht. Elena hatte den Eindruck, dass der Sog an Kraft zunahm. Stille. Sie konnte das Geräusch des Windes hören, der die Karosse des Vans umgab. Unbeeindruckt von der Naturgewalt stieg der Van, ohne sich einen Millimeter nach rechts dem Wind zu beugen, weiter nach oben. Die Straße, die Bäume und die alte Frau, die aus ihrem Auto gestiegen war, konnte sie kaum noch erkennen. Wanko, der das Lenkrad so fest umklammerte, dass sich seine Knöchel weiß verfärbten, sah Elena traurig an. Der immer stärker werdende Wind ächzte an den Scheiben des Wagens, die Welt wurde klein und unbedeutend. Elena sah nach oben und erkannte, dass sie den Wolken näher waren, als sie vermutet hatte. Sie versuchte, die Höhe zu schätzen. Vielleicht waren es 1.000 oder 2.000 Meter. Doch was spielte es letztendlich für eine Rolle? Das Vibrieren ihres Telefons unterbrach ihren Gedankengang nur kurz. Sie sah wieder aus dem Fenster und betrachtete das unendliche Weiß, das sie umgab. Der Van durchflog die Wolkendecke. Elena lachte und wischte sich die Tränen aus den Augen. Der Druck in ihren Ohren tat schrecklich weh. Wenige Sekunden später betrachtete sie die Wolken von oben. Die Scheiben begannen zu vibrieren und es war nur eine Frage der Zeit, wie lange der Wagen dem stetig steigenden Luftdruck in der Atmosphäre standhalten würde.

»Es ist vorbei, ich liebe euch«, stammelte Wanko leise.

Er löste seine Hände vom Lenkrad und lehnte sich zurück. Ohne hinzusehen, nahm er Elenas Hand und streichelte sie sanft. Sie blickten aus den Fenstern und betrachteten still das Spektakel, in dem sie gefangen waren.

Der aufsteigende Flug verlangsamte sich, bis der Van auf einer Höhe von 3.584 Metern über Schumen zum Stehen kam. In den zehn Sekunden des Stillstandes fror die Zeit für Wanko und Elena ein. Wanko blickte ängstlich in Elenas Augen. Nichts schien anders, als es immer gewesen war. Die positive und mutige Frau übernahm auch in den letzten Momenten ihres Lebens das Ruder in der Beziehung. Sie lächelte ihn sanftmütig an.

»Alles wird gut, mein Schatz. Schließ deine Augen.«

Der Van nahm an Geschwindigkeit auf und schoss wie ein Stein nach unten. Auf einer Höhe von 1.427 Metern und einer Geschwindigkeit von 302 km/h verlor Piotr Yordanov, Vater von Elena, als Letzter sein Bewusstsein. Wenige Sekunden später schlug der Kleinbus, 30 Kilometer vor dem Ort Warna, mit einer Geschwindigkeit von 360 km/h ungebremst auf dem Asphalt der Schnellstraße auf. Die Teile des Busses fanden die

Einsatzkräfte bis zu zwei Kilometer von der Unfallstelle entfernt wieder.

Das Schicksal war Elena und Wanko wohlgesonnen.

Sie wurden keine Zeitzeugen der epochalen Veränderung, die dem Planeten noch bevorstand.

Kapitel 4 – Metamorphose

Er drehte sich vom Fenster weg und blickte die Kreatur, die wieder in ihrem Stuhl saß, an. Das Gesicht des alten Lebewesens blieb starr.

»Wie ist dein Name?«, fragte Michael. Er wollte die Situation entschärfen, weg von dem Wolkenthema und der angeblichen Kolonisierung durch die Menschheit.

»Weshalb bräuchte ich eine Betitelung meiner Selbst?«

Michael dachte für einen kurzen Moment darüber nach. »Ihr müsst euch doch beim Namen nennen, wenn ihr euch begrüßt oder ansprecht.«

»Wenn ich dich gesehen habe, weiß ich, wer du bist. Dazu muss ich Individuen nicht durchnummerieren. Wir vergessen nie. Wir verzeihen nie. Wir sind Quabec.«

»Ich nehme an, dass Quabec die Bezeichnung eurer Rasse ist, richtig?«

»Genau wie die Individuen brauchen wir keine Betitelung unserer Rasse. Das macht keinen Sinn. Quabec ist unser System, unsere Weltordnung. Quabec beinhaltet Regeln, Quabec beinhaltet Strategien. Quabec ist das Gleichgewicht unseres Seins.«

Michael verstand langsam, wie diese Welt aufgebaut war. Je mehr das alte Wesen sprach, umso mehr verstand er, dass auch diese Spezies Gewalt als Lösung sah, auch wenn es der Menschheit in vielem Überlegen schien. Auch hier galt, dass Intelligenz und Macht Hand in Hand gingen. Seine Aufregung hatte sich gelegt. Von einem sicheren Gefühl war Michael Miller Lichtjahre entfernt und dennoch fühlte er, dass er sich nicht in akuter Lebensgefahr befand.

»Was sind das für Kugeln, die ich seit meiner Ankunft überall sehe?«

»Du stellst sehr viele Fragen. Diese Kugeln, wie du sie nennst, sind Risgals. Sie analysieren das Wetter, erforschen auf allen Gebieten weitere Errungenschaften, töten Feinde, säubern, ernten und jagen essbare Individuen, operieren und transportieren. Risgals kommunizieren mit uns, spenden Energie und liefern uns wertvolle Statistiken in vielen Bereichen.«

Mit hochgezogenen Augenbrauen blickte Michael das Wesen an, das seinen Gesichtsausdruck nachahmte.

»Soll das bedeuten, dass diese Kugeln eigentlich alles für euch machen? Diese kleinen Metallkugeln?«

»Sicher nicht alles. Das wäre utopisch. Es ist eine künstliche Intelligenz, die vollbringt, wozu sie erschaffen wurde. Metall scheint ein wichtiger Rohstoff deiner niederen Welt zu sein. Offenbar habt ihr eure Elemente noch nicht effektiv genug studiert. Solltet ihr hier danach suchen, werdet ihr außer dem Tod nichts finden. Geh zurück in deine Welt.«

Die Kreatur stand auf und beugte sich langsam über Michael. Mit einmal Mal war die anscheinend harmlose Konversation beendet und das Wesen zeigte Michael seine unzähligen Zähne. Gestank drang aus seinem Mund und für eine Sekunde kämpfte Michael dagegen an, sich vor der Kreatur zu übergeben.

»Ich kann nicht nach Hause, weil ich nicht weiß, wie ich hierhergekommen bin. Anscheinend ist ein Experiment schiefgelaufen, deswegen bin ich hier. Nur deswegen.« Michael versuchte, seine Stimmlage stabil zu halten, auch wenn die Angst ihn in diesem Moment innerlich auffraß.

»Ihr spielt mit der Natur, ohne zu wissen, welche Konsequenzen es für euch hat? So dumm ist kein Wesen. Du lügst.«

Die Kreatur fletschte die Zähne und näherte sich Millers Gesicht. Michael hielt der Drohgebärde stand und spürte, wie Wut in ihm aufstieg. Er hatte es satt, der Gejagte zu sein. Die Opferrolle, in der er sich in dieser bizarren Welt befand, ermüdete ihn. Es raubte ihm jegliche Energie, in jeder Sekunde achtsam zu sein. Nicht richtig schlafen zu können und permanent seinen eigenen Tod vor Augen zu sehen. Michael war die Rolle des gehetzten Exoten über. Diese Welt mit ihren eigenartigen Bewohnern wollte ihn genauso wenig wie er sie. Sollte er wirklich bis zum Ende seiner Tage auf der Flucht sein? Gejagt von Kugeln und fletschenden Kreaturen? Schlagartig beruhigte sich sein Puls, er schob seine Brust nach vorn und lächelte.

»Warum haben mich eure Superkugeln bisher nicht getötet?« Es wirkte desinteressiert und furchtlos, als die Worte Michaels Mund verließen.

»Weil es dich nicht als Nahrung oder Rohstoff identifizieren kann. Du und deinesgleichen seid ein Gendefekt des Universums. Wenn du die Wahrheit sagst, seid ihr nichts weiter als eine Unterrasse, die es wagt, die Natur zu manipulieren.«

Das Monster klackerte und schob seine Lippen noch weiter auseinander. Der faulige Geruch stieg in Michaels Nase. Es war genug.

»Ich habe die Schnauze langsam voll von euch stinkenden Wesen. Ich werde mich nicht mehr verstecken. Ich habe keine Angst vor dir. Was gibt dir das Recht, dich über mich zu stellen?«, schrie Michael, packte die Kreatur an ihrem Hemd und drückte sie auf den Stuhl. Just in diesem Moment erinnerte er sich an die unsagbare Kraft, die diese Einwohner an den Tag legen konnten. Er hatte einen fatalen Fehler begangen. Seine unkontrollierte Wut über die Situation würde ihn das Leben kosten – dessen wurde Michael sich bewusst. Die Bestie sprang blitzschnell vom Stuhl auf, stellte sich auf die Hände und schlug mit der Ferse in Michaels Gesicht. Seine Nase knackte und schmerzte höllisch. Warmes Blut lief über seine Lippen. Wieder traf die Ferse der Bestie seinen Kopf mit voller Wucht. Michael wurde schwindlig.

Nicht ohnmächtig werden. Bleib wach. Wenn du die Augen schließt, wird es dich töten. Wehre dich. WEHRE DICH.

Die Ferse traf Michael erneut auf die Mitte seines Schädels. Für einen Augenblick verlor er sein Gleichgewicht und torkelte ein paar Schritte rückwärts. Er stützte sich an der Wand ab.

Michael erinnerte sich an die endlosen Judostunden, die er als Teenager nehmen musste. Wie sehr er diesen Sport doch gehasst hatte, bis seine Eltern ihn mit siebzehn Jahren letztendlich erlaubten, den Kampfsport gegen eine Gitarre auszutauschen. Die verschiedenen Übungen, die er gelernt hatte, blitzten vor seinem geistigen Auge auf. Das Wesen stand im Handstand vor ihm und gab schnelle klackende Geräusche von sich.

Michael fixierte den linken Fuß der Bestie und sah, wie die Ferse wieder auf ihn herunterraste. Ein weiterer Schlag würde auf ihn eintrommeln und ihn zu hundert Prozent aus dem Leben prügeln. Er schrie laut auf und warf sich auf den Rücken. Um drei Millimeter war Michael schneller und die Ferse verfehlte seinen Schädel. Mit seinen Beinen umklammerte er den Oberschenkel des Monsters. Er nahm all seine Kraft zusammen und drehte sich ruckartig auf den Bauch. Durch den Schwung seiner Beine katapultierte er das Wesen von seinem Handstand zurück auf seine Füße. Die Wucht der Drehung war so stark, dass die Kreatur mit dem Kopf gegen das Fenster des Raumes prallte. Es stöhnte laut und hielt sich den Kopf. Viel Zeit hatte Michael nicht, bis sich das Geschöpf wieder erholt auf ihn stürzen und zerfleischen würde. Er drehte sich auf den Rücken und griff in seine rechte Jackentasche. Seine Hand umklammerte das Glas mit dem Gelben. Er öffnete das Glas und schmierte sich das brennende gelbe Gelee in die Augen. Die Kreatur drehte sich, wie es Michael vermutet hatte, blitzschnell wieder um und sprang in den Handstand.

Bleib still auf dem Rücken liegen. Bewege dich nicht. Existiere nicht.

Das Geschöpf drehte seinen Kopf von links nach rechts, während es laute klackende Geräusche von sich gab. Langsam wechselte die Kreatur die Position und stand Momente später wieder auf beiden Beinen direkt vor Michael.

Es sieht dich nicht. Es kann dich nicht sehen.

Es würde mit dem Gelben wieder funktionieren, er glaubte ganz fest daran. Michael nahm die Umgebung nur noch schemenhaft war. Langsam war sich Miller sicher, dass diese gelbe Substanz die wichtigste Stelle seines Körpers unsichtbar wirken ließ. Offenbar identifizierten die Wesen einander nur an den Augen.

Er konnte nur einen großen Schatten vor ihm erkennen. Das Wesen neigte den Kopf zur Seite und blieb stehen. Die Minuten verstrichen. Das metallisch schmeckende Blut drang durch seine Lippen. Immer noch floss Blut aus seinen Nasenlöchern. Langsam setzte sich das Wesen auf den Stuhl und blickte eine Weile auf Michael. Erst nach einer halben Stunde drehte es den Kopf zum Fenster. Er hatte es überlebt und war dennoch gefangen in diesem kleinen Raum mit diesem Monster, keine zwei Meter entfernt von ihm. Leise hob Michael seinen Arm und wischte sich mit seinem Zeigefinger das Gelbe aus seinem rechten Auge. Er brauchte einen klaren Blick auf seine Umgebung, zumindest auf einem Auge. Langsam legte er den Arm neben sich. Es war geschafft.

Fenster, Stuhl, Monster, Kommode, Glas, Schuhe unbrauchbar. Noch mal, Fenster, Stuhl, Monster, Kommode, Glas, Schuhe, VERDAMMT.

So oft er auch die Gegenstände um sich herum prüfte, ihm fiel nichts Brauchbares auf. Die Kreatur würde sich nicht wegbewegen. Sie würde sitzen bleiben und warten. Michael wägte ab, wie gefährlich es war, leise aufzustehen und aus dem Zimmer zu schleichen.

Der Boden hat geknarzt, als du reingekommen bist.

Weglaufen war keine Option. Es würde sein sicheres Ende bedeuten.

Zerbrich das Glas, erstich es.

Skeptisch blickte Michael auf das Glas, das er immer noch in seiner Hand hielt. Das wertvolle Gelbe würde er verlieren, aber der Laden unten hatte vielleicht noch etwas in einem der anderen Regale. Würde überhaupt eine brauchbare Scherbe entstehen, wenn er das Glas auf den Boden schlagen würde? Er wollte sich nicht ausmalen, was über ihn hereinbrechen sollte, wenn das Glas nicht zersplittern würde.

Es gab keinen anderen Ausweg. Michael beäugte die Kreatur, während seine Hand das Glas fest umgriff. Langsam hob er den Arm höher und höher.

Nimm es seitlich. Nicht auf den Glasboden. Zerbrich es mit aller Kraft. Es funktioniert, es wird klappen.

Sein Arm verharrte einen halben Meter über ihm. Das Biest hatte nichts davon bemerkt und blickte starr aus dem Fenster des kleinen Dachgeschossraumes. Voller Konzentration betrachtete Michael seinen Arm, der wie ein Schafott nach unten raste. Das Glas zerbrach, die Splitter bohrten sich tief in seine Hand. Blitzschnell wischte sich Michael das andere Auge sauber und griff nach dem zerbrochenen Glasboden und den daraus entstandenen zwei großen Zacken. Der Kopf der Kreatur drehte sich zu Michael.

Er musste das Alter des Monsters falsch eingeschätzt haben. Seine Augen konnten die Bewegungen kaum greifen, als das Wesen aufsprang und auf ihn zustürmte. Miller hielt die Scherben vor sein Gesicht, konzentrierte sich auf die Beine des Monsters und wartete die Sekunde ab, in der er mit seinen Füßen die Kreatur zu Fall bringen konnte.

Er ist zu schnell. Viel zu schnell.

Blitzschnell winkelte Michael seine Beine an und presste sie mit voller Kraft nach vorn. Sein Kick traf und er stieß dem Monster die Füße nach hinten weg. Mit einem dumpfen Seufzer fiel die Gestalt direkt auf ihn. Genau in diesem Moment hielt Michael das Glas über sein Gesicht und streckte es der Bestie entgegen.

»Du nicht!«, schrie er aus voller Kehle und schloss seine Augen. Es folgten ein schmatzendes Geräusch und ein kräftiger Widerstand an seiner Hand. Er öffnete langsam die Augen und sah, dass sich die fünf Zentimeter langen Glaszacken in das linke Auge und durch den rechten Nasenflügel des Monsters gebohrt hatten. Mit offenem Blick starrte die Kreatur Michael an. Panisch schob er das Wesen weg und rappelte sich auf. Die Kreatur lag reglos auf der Seite. Eine kupferfarbene Flüssigkeit waberte aus den Wunden des Lebewesens. Er hatte es getötet. Es musste tot sein. Michael ließ sich in den Stuhl fallen und stöhnte laut auf. In seiner blutgetränkten Handinnenfläche glitzerten die Glassplitter, die sich in sein Fleisch gebohrt hatten. Erschöpft blickte er nochmals zu der Bestie.

»Ich muss weg hier«, stammelte er leise zu sich und stand auf. Michael hatte die rettende Tür aus diesem Horrorszenario erreicht und drehte den Knauf, als er hinter sich ein leises Klacken vernahm. Seine Augen weiteten sich. Er drehte sich zu dem Wesen um, das sich in der Zwischenzeit aufgerichtet hatte. Taumelnd und sichtlich benommen betrachtete es mit seinem rechten Auge Michael. Immer noch steckten die Scherben tief in seinem Gesicht. Es kam einen Schritt näher, stoppte und versuchte, das Gleichgewicht zu halten. Schließlich drehte es sich langsam zum Fenster um, streckte seine Arme weit auseinander, blickte nach oben und ließ ein ohrenbetäubendes Kreischen von sich. Die Frequenz des Schreis war so hoch, dass Michael sich die Ohren zuhalten musste. Das Wesen sackte auf den Boden und schloss langsam sein Auge.

Michael, der den Knauf in der Hand hielt, bewegte sich nicht von der Stelle. Etwas hatte sich verändert. Irgendetwas geschah. Sein Instinkt warnte ihn davor, diesen Raum zu verlassen. Langsam schloss er die Tür des Zimmers wieder und ging zum Fenster. Er blickte nach unten und entdeckte fünf Kugeln, die still und bedrohlich vor dem Vordereingang des Hauses standen. Was auch immer diese Kreatur von sich gegeben hatte, es musste ein Hilfe- oder Warnruf gewesen sein. Doch sollte die Gestalt mit ihrer Erzählung rechtbehalten, so würden diese künstlichen Intelligenzen untereinander kommunizieren, Hilfe holen oder den Vorfall wohin auch immer melden.

Michael saß in der Falle. Mit dem tödlichen Angriff auf dieses Wesen hatte er sich unweigerlich auf den Präsentierteller dieser barbarischen Horde gelegt.

»Es ist Michael!«, rief Martin Christine zu. »Wollen wir das Handy mit deinem Rechner …«

»Martin, was auch immer da draußen passiert, wir haben eine völlig normale Verbindung.«

Martin hob ab. »Michael, Gott bin ich froh, dich …«

»Hör zu, Martin. Ich weiß nicht, wie viel Zeit mir noch bleibt. Sie wissen von uns. Sie denken, wir planen eine Invasion. Dieses verdammte Experiment wird hier als kriegerischer Akt ausgelegt. Diese Wesen sind intelligenter und grausamer als wir. Macht das rückgängig, wie auch immer. Ihr müsst das stoppen, hörst du?«

»Okay, ich gebe das dem FBI weiter, die stehen jetzt mit uns in Kontakt. Hörst du ein Echo?«

»Nein, die Leitung ist klar und deutlich. Mache diesen Leuten bitte klar, dass wir hier auf eine Katastrophe zusteuern, solltet ihr das nicht bald wieder in den Griff bekommen.«

»Nein, ich meinte, ob du ein Echo bei dir hörst. Nicht in der Leitung. Einen Widerhall der Akustik.«

Verwundert sah Michael sein Handy an. Er dachte für einen Moment darüber nach, doch Martin hatte recht. Es gab kein Echo. Er erinnerte sich daran, wie er mit seinen Schuhen auf den Straßen dieser Stadt entlangging. Michael rief sich die Situation ins Gedächtnis, als er in dem Haus die vielen Gläser aus dem Küchenschrank hatte fallen lassen. Diese Tatsache war ihm, dem ständigen Überlebenskampf geschuldet, nie aufgefallen.

»Nein, Martin, es gibt hier tatsächlich kein Echo. Was bedeutet das?«

»Das weiß ich nicht. Ich soll nur danach fragen«, antwortete Martin knapp und bereute seine Entscheidung, Michael nicht direkt mit dem FBI sprechen zu lassen.

»Ich denke, es wäre besser, wenn du direkt mit ihnen sprichst.«

»Ja, sie sollen mich anrufen. Erledige das bitte gleich, uns läuft die Zeit davon. Hier geht etwas vor sich.«

Michael legte auf und beschloss, bis zum Anruf des FBI den Raum nicht zu verlassen. Wieder blickte er vorsichtig aus dem Fenster und erspähte die fünf silbernen Kugeln, die still in ihrer Position vor dem Eingang des Hauses verharrten. Er setzte sich wieder auf den Stuhl und starrte auf sein Handy und die ewig anhaltenden 100-Prozent-

Akkuanzeige seines Telefons. Als Michael nach wenigen Minuten beschloss, Martin eine WhatsApp zu schicken und nachzufragen, klingelte eine unbekannte Nummer auf seinem Telefon.

»Hallo?«

»Hallo Mr. Miller. Hier spricht Crowley vom FBI. Mark Allison, ein Wissenschaftler aus New York, ist auch in der Leitung. Können Sie mich gut verstehen?«

Erleichtert über den Anruf, der ihm sicher nicht die Rettung bringen sollte, aber ein Gefühl der Sicherheit und Vertrautheit gab, fiel Michael ein Stein vom Herzen.

»Ja, ich kann Sie laut und deutlich verstehen, Mr. Crowley. Ich bin verdammt froh, Sie zu hören.«

»Ich bin auch sehr froh, dass wir uns endlich kennenlernen, auch wenn die Umstände mehr als unglücklich sind. Kommen wir gleich auf den Punkt. Martin hat uns alle Informationen, die er hat, zur Verfügung gestellt …«

Michael unterbrach Crowley und erzählte ihm alles. Er erzählte alles, was ihm widerfahren war, jedes noch so kleine Detail, an das er sich erinnern konnte. Nach vierzig Minuten beendete Michael seine Erzählung. Es tat gut, sich den surrealen Wahnsinn, in dem er sich befand, von der Seele zu reden.

»Das ist harter Tobak. Sie sind ganz sicher, dass Sie kein Echo hören?«, fragte Crowley nach einer kurzen Pause.

»Ist das Ihre einzige Sorge, Mann?«, fauchte Michael ins Handy. Er konnte nicht fassen, dass es bei den unglaublichen Geschehnissen und sonderbaren Dingen, die er erleben musste, anscheinend der einzige Fakt war, den Crowley hinterfragt wissen wollte.

»Ich verstehe Ihre Aufregung, Miller. Mehr als Sie glauben. Aber es ist wirklich extrem wichtig, dass Sie sich ganz sicher sind, kein Echo zu hören.«

»Weshalb?«, zischte Michael.

»Mr. Miller, hier spricht Mark Allison. Ich werde Ihnen Ihre Frage beantworten: Echo ist eine Schallwelle, die unserer heimischen Atmosphäre geschuldet ist. Unter anderem besteht unsere Atmosphäre aus Stickstoff und Sauerstoff. Sie befinden sich offensichtlich an einem Ort, dessen Atmosphäre anders funktioniert und anders zusammengesetzt ist. Tatsache ist also, dass an Ihrem Aufenthaltsort kein Echo möglich ist. Wir befürchten, dass Mortensen mit seinem Experiment einen Riss in der natürlichen Atmosphäre verursacht hat.«

»Das soll bedeuten, sollte ich ein Echo hören, vereinen sich diese beiden Atmosphären?«, fragte Michael.

»Nicht ganz. Sie vereinen sich nicht, aber der Riss wäre größer und die Atmosphären würden sich vermischen. Ein unwiderrufliches Tor oder Portal, wie auch immer Sie es nennen möchten, würde dann geöffnet sein. Wie bei Stargate.«

»Wie bei Stargate? Gott im Himmel, das ist eine Hollywoodproduktion. Science-Fiction-Kram. Wovon reden wir denn da?«

»Die Landung auf dem Mond war auch einmal eine Hollywoodproduktion, Miller«, antwortete Mark trocken.

»Wir sollten uns wieder auf das Wesentliche konzentrieren. Wie groß sind diese Wolkenkreise bei Ihnen? Können Sie das schätzen?«, fragte Crowley.

»Wie gesagt: Ich sitze hier oben fest und habe Ihnen vorhin schon erzählt, dass diese blauen Wolken …«

»Blau? Sind Ihre Wolken durchgehend blau?«

Michael lehnte sich vorsichtig aus dem Fenster. Er beäugte kritisch die Kugeln unter sich und warf einen Blick auf den gigantischen Wolkenkreis zu seiner Linken. Schnell zog er seinen Kopf zurück und setzte sich auf den Stuhl.

»Sie sind komplett dunkelblau und rund. Ich schätze den Durchmesser auf ein paar Kilometer, der Trichter hat vielleicht noch einen halben Kilometer, bis er auf der Erde ist. Aber im Schätzen bin ich sehr schlecht, müssen Sie wissen.«

»Welcher Trichter?«, fragte Mark.

»Es sieht aus wie eine Windhose, allerdings nicht stürmisch wie ein Orkan. Das Ding steht still und stabil in der Luft. Es bewegt sich nicht. Unter der Wolke hängt ein umgedrehter Kegel. Wissen Sie, was ich meine?«

»Ja, ich verstehe. Schicken Sie mir bitte ein Bild davon«, stammelte Mark leise.

Er öffnete die Augen. Er versuchte seinen Blick zu schärfen und realisierte schnell, dass er immer noch auf diesem Bett fixiert war. Justin drehte seinen Kopf von der einen Seite zur anderen. Links von ihm standen ein Infusionsständer, ein kleiner Schrank neben seinem Bett und ein Fenster mit zugezogenen Vorhängen. Auf der rechten Seite erblickte er die Tür des Zimmers und in der Ecke einen Holzstuhl, auf dem ein Mann mit dem Rücken zu ihm saß. Justin hob seinen Kopf, so weit er konnte. Für einen Augenblick war er sich sicher, dass es der FBI-Agent war, der ihn so grob angegangen war. Doch er verwarf den Gedanken schnell wieder. Die Lederjacke des Mannes passte nicht zum Outfit des Geheimdienstes. Seine Sinne schärften sich. ER war da. ER saß mit ihm im Raum, mit dem Gesicht zur Wand.

»Du … du bist wieder da?«, fragte Justin mit trockener Kehle. Er hatte Durst und blickte zu dem Glas Wasser zu seiner Rechten.

»Du verlierst den Verstand, **Bustin**. Sie werden dich wegsperren und deine Schuhe verbrennen«, flüsterte der Mann hämisch.

»Mach mich hier los, ich kann dir alles erklären«, flehte Justin und riss an den Lederschlaufen, die ihn ans Bett fesselten.

Der Mann erhob sich, nahm die Lehne des Holzstuhles und schob ihn ein Stück weg. Er drehte sich um. Mortensen erkannte das gegelte Haar und den Zahnstocher in seinem rechten Mundwinkel. Sein anderes Ich zog die Augenbrauen nach oben und deutete mit dem Zeigefinger auf seine Brust.

»Du sagst mir, was ich zu tun habe? Du forderst mich auf, dich loszumachen?« Das sarkastische Lächeln auf seinen Lippen verschwand und er sah ihn zornig an. Langsam näherte er sich dem Bett und beugte sich über

Justin. »Du, wirst einen Dreck einfordern, **Bustin**. Du hast es verkackt, hast Hunderte von Menschen auf dem Gewissen. Sieh nur, wie erbärmlich du mich anstarrst. Du widerst mich an. Deine Chance, den Olymp zu erklimmen, weltweite Anerkennung zu ernten und in Geld zu schwimmen, – all das hast du verspielt, du Versager. Stattdessen wird der Name Mortensen in den Geschichtsbüchern für einen Massenmörder der Neuzeit stehen, wenn diese Bücher überhaupt noch geschrieben werden, **Bustin**.«

Justin schüttelte mit offenem Mund den Kopf.

»Nein … nein. Das wollte ich nicht. Sie sagen, es ist noch nicht vorbei. Es wächst noch. Es reift und wächst. Warte es ab, du wirst sehen.«

»Ich warte auf gar nichts, **Bustin**«, zischte er. »Du hast es nicht verdient, meine Luft zu atmen, du jämmerlicher Tropf. Du hast Menschen, Familien, Kinder getötet. Du bist ein Mörder.« Er zeigte mit seinem Finger auf den fixierten CEO und begann lauthals zu lachen.

Tränen bildeten sich in Justins Augen. Er hatte Durst, seine Kehle war wie zugeschnürt.

»Ich möchte bitte ein Glas Wasser und meine Schuhe. Wo sind meine Schuhe?« Justin hob den Kopf und versuchte vergeblich, am Bettrand vorbei auf den Boden zu blicken. Die Schnallen an seinen Armen ließen es nicht zu, sich weiter nach vorn zu beugen. Panik stieg in ihm auf. Schweißperlen rannen über sein Gesicht.

»Wo sind meine Schuhe?!«, schrie Justin. Wie ein wild gewordenes Tier riss er seinen Kopf von der einen Seite zur anderen.

Lachend nahm ER seinen Zahnstocher aus dem Mund. Er beugte sich nach vorn und blickte Mortensen mitleidig an.

»Also einen kann ich sehen, aber wo ist bloß der andere?«

Justin hörte das hämische Lachen in seinen Ohren. Er hasste ihn. In diesem Moment fühlte Justin nichts weiter als tiefen Hass.

Er hob die Hand hinter sein Ohr und sah angestrengt in den Raum.

»Was hast du gerade gesagt, **Bustin**?«, flüsterte er und kniff seine Augen ein wenig zusammen.

»Ich … ich habe nichts gesagt, ich möchte meine Schuhe haben. Bitte.«

»Hast du gerade gesagt, dass du mich hasst, **Bustin**?«

»Nein, ich habe nichts gesagt. Ich habe nur …«

Die Tür schlug auf und ein Mann in einem weißen Kittel betrat den Raum.

»Was ist los, Mr. Mortensen? Haben Sie Schmerzen?«

Der dunkelhäutige Mann sah prüfend in Justins Gesicht. Justin wechselte den Blick von dem Mann zu IHM und wieder zurück. ER stellte sich neben den Arzt und lächelte Justin diabolisch an.

»Schicken Sie IHN bitte weg. ER will meinen Schuhen etwas antun«, flüsterte Mortensen mit weit aufgerissenen Augen.

Der Arzt sah sich im Raum um, rieb sich sein Gesicht und widmete sich wieder seinem Patienten.

»Mr. Mortensen, wen soll ich wegschicken?«, fragte er ruhig und legte seine Hand auf Justins Schulter.

Justin runzelte die Stirn und sah dem Teufel mit dem Zahnstocher in die Augen.

»Ja, **Bustin**, wen soll er denn wegschicken?«, fragte er sarkastisch und sah sich ebenfalls im Raum um und kratzte sich am Kopf.

Der Arzt ging zu dem kleinen Schrank, nahm eine Spritze heraus und klopfte das letzte Sauerstoffbläschen aus der Kanüle.

»Nein, bitte nicht. Ich habe nur schlecht geträumt. Es ist niemand da. Ich kann auch niemanden sehen. Versprochen.«

»Es wird Ihnen bald bessergehen, Mr. Mortensen. Das ist nur ein Beruhigungsmittel. Nichts weiter.«

Kaum waren die Worte ausgesprochen, konnte er sehen, wie die Kanüle bereits in seinem Infusionsschlauch hineingesteckt wurde. Nach wenigen Momenten verspürte Justin ein wohliges Gefühl in seiner Magengegend. Der Arzt verließ den Raum und schloss leise die Tür. Verschwommen nahm Justin war, wie ER sich über ihn beugte.

»Ich brauche dich nicht mehr, **Bustin.** Ich denke, ich bin zu dem Entschluss gekommen, dass ich ab jetzt übernehmen sollte. Du machst nur noch alles schlimmer, als es sowieso schon ist.«

Nachdenklich schritt er im Raum auf und ab, während er immer wieder einen mitleidigen Blick auf Justin Mortensen warf.

»Du brauchst mich nicht mehr?«, lallte Justin.

»Nein, das tue ich nicht. Du solltest gehen, **Bustin**.« Überzogen beschäftigt sah er auf seine Uhr. »Vielleicht bekommst du wenigstens das auf die Reihe, **Bustin**. Es ist der Preis, den du zahlen musst. Du hast das Gleichgewicht der Natur aus der Bahn geworfen. Du hast dein Recht auf ein Leben verwirkt.«

Die Beruhigungsmittel und die Aufregung der letzten Stunde gaben ihm den Rest. Erschöpft verschwand Justin im Reich der Träume.

Als er zu sich kam, saß er auf einem Stuhl inmitten eines kleinen Raumes. Seine müden Augen erkannten einen großen Bildschirm, der an der gegenüberliegenden Wand installiert worden war. Er spürte, wie die schmerzenden Gelenkfesseln entfernt worden waren. Schlaftrunken blickte er auf seine Füße. Sie hatten ihm seine Schuhe angezogen. Seine geliebten Schuhe waren in der dunkelsten Stunde bei ihm.

»Wo bin ich?«, flüsterte er.

Jemand reichte ihm von der rechten Seite ein Glas Wasser. Er schluckte die kühle Flüssigkeit hinunter. Seine trockene Kehle lechzte nach Wasser. Erleichtert gab er das leere Glas der unbekannten Hand zurück, ohne daran interessiert zu sein, wer ihm das Wasser gereicht hatte. Der Fernseher wurde eingeschaltet. Justin sah die Aufnahme des Kriegsschiffes, das aus dem Wasser gehoben und in den Ozean fallengelassen wurde. Ein Nachrichtensprecher erschien und verlas ohne Ton offenbar die Nachrichten von einem Blatt Papier ab. Ein neuer Einspieler startete. Die Szenerie zeigte eine gigantische Wolkenformation. Die Kamera zoomte weiter hinein und Mortensen sah, wie der Wolkenkranz eine dunkelblaue Verfärbung aufwies. Unterhalb des Kranzes erkannte er eine kleine Spitze. Es glich einem kleinen Luftstrudel, der im Zentrum des Phänomens geboren worden war. Der Fernseher wurde abgeschaltet. Justin sah sein ausdrucksloses Gesicht auf dem matten Schwarz des Bildschirms.

»Es verändert sich, Justin«, sagte eine vertraute Stimme hinter ihm. Noch konnte er sie nicht zuordnen und dennoch war er sich sicher, diese Stimme schon etliche Male gehört zu haben.

»Es ist sehr traurig, dass wir uns unter diesen Umständen persönlich kennenlernen müssen. Ich bin nicht nachtragend. Warum sollte ich auch? Ich mache nur meinen Job, wie Sie Ihren. Wie dem auch sei, ich will nicht unhöflich wirken.«

Eine Hand erschien in Justins Blickwinkel. Mechanisch schüttelte er die Hand, ohne seinen Blick vom Fernseher zu nehmen.

»Ich bin Agent Crowley, Mr. Mortensen. Wir hatten bereits das Vergnügen, als die Welt noch im Gleichgewicht war.«

»Richtig, Crowley«, bestätigte Mortensen abwesend.

»Ich nehme an, Sie realisieren immer noch nicht, was Sie getan haben. Ich nehme weiterhin an, Sie erinnern sich an keine weiteren Details der Überwachungsmonitore, als der Teilchenbeschleuniger implodierte und die aufgeladenen Teilchen in einem zu kurzen Abstand rückwärts aufeinanderprallten?«

»Richtig.«

»Ich weiß nicht, ob Sie handwerklich begabt sind, Mortensen. Bei Gasflaschen nennt man so was Flammenrückschlag, der im schlimmsten Fall zu einer Explosion in der …«

»Ersparen Sie mir und Ihnen diese unsinnige Konversation. Ich habe meine Schuhe an und ich werde sie auch nicht mehr ausziehen. Sorgen Sie dafür, dass er aus meinem Zimmer verschwindet, die Fesseln möchte ich auch nicht mehr. Das wäre dann alles. Danke«, plapperte Mortensen los und sah weiterhin apathisch auf den ausgeschalteten Fernseher.

Crowley stellte sich vor Justin hin und ging in die Hocke, um das Blickfeld des Mannes zu erreichen.

»Justin, Sie verlieren den Verstand. Sie leiden an einer schweren psychotischen Störung. Ich bitte Sie inständig, falls ich in Ihrem Kopf noch jemanden erreichen kann: Versuchen Sie sich zu erinnern. Helfen Sie uns dabei, eine Lösung zu finden, um die Menschheit zu retten. Das sind Sie uns schuldig.« Mit sehr ruhiger und langsamer Stimme sprach Crowley seine Worte aus und sah Justin Mortensen dabei eindringlich in die Augen.

Mortensen sah in Crowleys Augen. Wütend hielt er dem Blick des Mannes stand und begann schließlich verächtlich zu lachen.

»Wissen Sie, Crowley, ich habe Sie noch nie gemocht. Generell mag ich keine Menschen, die versuchen, unterschwellig Druck auszuüben. Ich werde nach meinem Erfolg dafür sorgen, dass Sie Ihren Job beim FBI verlieren, mein Guter. Schafft ihn mir aus den Augen.« Genervt winkte Justin umher.

Crowley sah den ehemaligen CEO verdutzt an und rieb sich die Schläfen. Den offenbar geistig verwirrten Geschäftsmann mit Engelszungen zu einer Einsicht zu bekehren, schien vergeudete Zeit zu sein.

»Mortensen, das ist Ihre letzte Chance. Entweder Sie sagen mir jetzt, woran Sie sich erinnern können, auch wenn es nur ein noch so kleines Detail ist, oder Sie geben mir wenigstens das Gefühl, dass Sie kooperieren wollen. Andernfalls werden wir Sie für immer wegsperren.«

»Das dürfen Sie nicht. Ich werde Ihren Namen bei meiner Pressekonferenz in den Schmutz ziehen. Sie werden zurück in die Gosse ...«

»Wir brauchen in diesen Tagen keinen Gerichtsbeschluss, kein medizinisches Gutachten, Mortensen. Sollten Sie eine Strategie verfolgen, sich aus der Affäre ziehen zu wollen, wird das nach hinten losgehen. Ich sage es Ihnen ein letztes Mal: Wir brauchen jeden noch so kleinen Anhaltspunkt, der uns helfen könnte, diesen Wahnsinn zu stoppen. Haben Sie das verstanden?«

Justin schmunzelte und nickte.

»Werden Sie uns helfen?«

Justin stand langsam auf und schlenderte zu den heruntergelassenen Jalousien des Fensters. Er drückte den Knopf an der Wand und mit einem leisen Surren schoben sich die Lamellen nach oben. Am Himmel hing der Wolkenkranz. Justin drehte sich zu Crowley und sah ihn hasserfüllt in die Augen.

»Als der Teilchenbeschleuniger implodierte, habe ich auf einem Monitor eine Fehlermeldung gesehen.«

»Was stand dort?«, fragte Crowley. Offensichtlich hatte seine Ansage Wirkung gezeigt und allem Anschein nach schien Justin Mortensen wieder zu Besinnung zu kommen.

»Da stand: Fickt euch alle!« Justin lachte laut los. Er beugte sich nach unten und streichelte seine Schuhe.

Der kurze Moment der Hoffnung in Crowley starb ab.

»Bringt ihn zu Dr. Orosz. Wir sind hier fertig.« Crowley rieb sich die Augen.

Zwei Männer betraten den Raum und gingen auf Justin zu. Justin ballte seine Fäuste und hob sie drohend nach vorn.

»Wenn ihr meinen Schuhen etwas antut, töte ich euch alle. Bringt mich nicht wieder in den Raum zu ihm. Ich hasse ihn! Er hat mich verraten. Ich hasse euch!«, kreischte Justin wie von Sinnen los und begann wild mit seinen Armen zu fuchteln. Die Schizophrenie und die abgesetzten Medikamente von Dr. Oswald verschlimmerten den Zustand des Mannes dramatisch.

Nach wenigen Handgriffen war Justin bewegungsunfähig und wurde aus dem Raum getragen.

Zwei Spritzen später befand er sich gefesselt an sein Bett in seinem Zimmer.

»Meine Damen und Herren, der Präsident der Vereinigten Staaten wird nun eine Stellungnahme zur Lage der Vereinten Nationen abgeben.«

Der Sprecher im hellgrauen Anzug verschwand und Tom Midler betrat das Podest. Seitdem die Welt aus den Fugen geraten war, mehrten sich die Mikrofone vor dem Rednerpult stetig. Midler legte ein Blatt Papier vor sich hin und blickte ernst in die angespannten Gesichter der Journalisten und Journalistinnen.

»Ich werde Sie heute über den neuesten Stand der Ereignisse informieren. Vor zwei Tagen haben die Nationen dieser Welt den Bündnispakt KA ins Leben gerufen. Ausnahmslos haben alle Staaten dem Bündnis zugestimmt. KA steht für Konföderation Atmosphäre. Sie soll die Zusammenarbeit über neueste Erkenntnisse und Forschungsarbeiten dieser Phänomene erleichtern. Dieser Zusammenschluss befasst sich, abseits der religiösen und wirtschaftlichen Konflikte, ausschließlich damit, das Wetterphänomen und die Bedrohung, die davon ausgeht, in den Griff zu bekommen und zu lösen. Wie Sie sicher den Medien entnommen haben, verändert sich unsere Atmosphäre weiterhin. Die Gravitationsstörungen in einigen Teilen dieses Planeten lassen glücklicherweise nach. Dies hängt nach unserem neuesten Erkenntnisstand unweigerlich mit der Mutation der Anomalien zusammen. Die trichterförmigen Windhosen, die sich in den Zentren der Wolken gebildet haben, wachsen stetig an, sodass wir befürchten, dass sie den Erdboden erreichen werden. Wann das passieren wird und was es mit sich bringt, kann ich Ihnen nicht sagen. Gestern Nacht wurden russische und chinesische Kampfjets eingesetzt, um Messdaten aus dem Phänomen zu gewinnen. Die gute Nachricht: Aufgrund der Mach-Geschwindigkeit der Kampfjets war es möglich, sich aus dem Umkreis der Wolken wieder herauszubewegen. Trotzdem bleibt das weltweite Flugtransportverbot bestehen. Ohne diese Machgeschwindigkeit wäre ein Fortkommen unmöglich gewesen. Die Daten, die uns vorliegen, stellen uns vor ein noch größeres Rätsel. Die Mutation der dunkelblauen Wolken ergab eine Temperatur von minus 135 Grad sowie einen viel zu hohen Anteil an Sauerstoff und Wasserstoff in dieser Höhe. Die Schwefel- und Ammoniakverbindung betrug über 70 Prozent, was in dieser Konstellation gar nicht möglich wäre. In einfachen Worten ausgedrückt, bedeutet es, dass wir es hier mit einer Atmosphäre zu tun haben, die eine Mischung zwischen der Erde und dem Jupiter darstellt. Kurzum eine sehr bizarre Verbindung. Die Bitte der Konföderation an die Menschen aller Völker ist, Ruhe zu bewahren. Wir wissen nicht, ob oder wann die Wirbelstürme den Erdboden erreichen. Da sich der Zustand stetig verändert, können wir nicht absehen, wie der finale Zustand der Wolkenformationen sein wird.«

»Mr. President, sind Massenevakuierungen aus den betroffenen Gebieten geplant?«, unterbrach ein Journalist die Rede des Präsidenten.

»Nein, weder eine Massenevakuierung noch eine Massenpanik würde uns helfen. Wir müssen uns dem Problem besonnen und vernünftig stellen. Ich bin voller Zuversicht, dass wir diese schwere Zeit überstehen …«

Mark schaltete um.

»… haben wir nun den Sprecher des Vatikans zugeschaltet. Es gibt vermehrt Stimmen, die von dem Tag des Jüngsten Gerichts sprechen. Ist eine Stellungnahme des Papstes geplant?«

»Ich möchte an dieser Stelle Matthäus 16,3 zitieren: Und des Morgens sprecht ihr: Es wird heute ein Unwetter kommen, denn der Himmel ist rot und trübe. Über das Aussehen des Himmels könnt ihr urteilen; könnt ihr dann nicht auch über die Zeichen der Zeit urteilen?«

Mark schaltete den Fernseher ab.

Mit einem leisen Klopfen kündigte sich Crowley an. Er betrat den Konferenzraum. Mark saß am Kopfende des Raumes und hatte auf die vielen leeren Stühle geblickt und nachgedacht. Die Jalousien an den Fenstern verdunkelten den Raum. Ohne Licht konnte er besser nachdenken. Das blaue Farbspiel vor dem Gebäude lenkte ihn zu sehr ab. Stumm näherte sich Crowley Mark und legte sein Tablet auf den Tisch. Mark erkannte den Absender der geöffneten E-Mail: Dr. Rewcliff. Wie klein die Welt doch plötzlich geworden war. Der New Yorker nahm das Tablet zu sich und begann die Mail zu lesen.

Betreff: Prognose für die Eintrittserwartung 1. Mai
Geehrte Kollegen und Kolleginnen,
wir haben vor wenigen Stunden die Messdaten der Kampfjets sowie die übermittelten Daten der Raumstationen Tiangong2 und ISS ausgewertet. Meine Kollegen und Kolleginnen der NASA und das mir unterstellte Team des NASA Space Weather Prediction Centers sind einstimmig zu dem Ergebnis gekommen, dass die unter den Wolken entstandenen Luftzirkulationen am 1. Mai zwischen 10 Uhr vormittags und 13 Uhr die Erde erreichen werden. Der Bodenkontakt wird laut unserer Emulation weltweit zeitgleich auftreten. Die Satellitenaufnahmen im Zeitraffer zeigen, dass die Luftzirkulation unabhängig von der Größe der Wolkenringe gleichermaßen wachsen.
Da uns bis zum Eintritt des Phänomens nur neun Tage bleiben, erbitte ich von allen Teamleitern und Teamleiterinnen dieses Verteilers die Genehmigung für den Black Dance. Die Genehmigung des Black Dance seitens der NASA finden Sie im Anhang.
Mit kollegialen Grüßen
Dr. Rewcliff
NSWPC

Mark nahm das Tablet und gab es Crowley zurück. Er bekam stechende Kopfschmerzen.

»Black Dance?«, murrte Allison, während er aus seiner Jackentasche eine weitere Schmerztablette hervorzog.

»Hinter dem Code -Black Dance- steht ein Prozess, der im Falle einer globalen Katastrophe in Kraft treten soll«, antwortete Crowley und starrte auf das Tablet, das Mark ihm gegeben hatte.

»Aber Rewcliff schreibt nichts von einer globalen Katastrophe oder habe ich das zwischen den Zeilen nicht lesen können?«

»Das ist richtig. Da die NASA aber nicht weiß, was passieren wird, muss sie vom schlimmsten Fall ausgehen und Black Dance aktivieren, zum Schutz der Weltbevölkerung.«

»Eine Massenevakuierung?«

»Nicht ganz, Mark. Vielmehr werden die wichtigsten Regierungsmitglieder der Konföderation und deren Familien in Sicherheit gebracht. Wir müssen gewährleisten, dass die Weltordnung weiterhin bestehen bleibt, egal, was am 1. Mai passieren wird.«

»Und das nennt sich dann in Geheimdienstkreisen -zum Schutz der Weltbevölkerung- eine Farce, wenn Sie mich fragen. Möchten Sie auch eine?« Mark hielt Crowley eine Schmerztablette vor die Nase.

Der 23. April wurde von neuen bizarren und kuriosen Meldungen überschattet. Die Nachricht über die Basun-Sekte, die sich an diesem Morgen im östlichen Kalifornien im Anwesen ihres Sektenführers mit einem Massensuizid aus der Welt verabschiedet hatte, war nur eine Randmeldung an einem weiteren Tag, der zeigte, wie sehr alles außer Kontrolle geraten war. Die Meldungen von UFO-Sichtungen und vermeintlichen Augenzeugen, die von Aliens entführt, vergewaltigt oder ausgeraubt worden waren, nahmen in den Talkshows der einschlägigen TV-Sender zu.

Die Bürgermeisterin der französischen Gemeinde Asnières-sur-Vègre rief die Einwohner dazu auf, Opfergaben vor dem Rathaus zu platzieren, um die Ankunft Jesu Christi vorzubereiten. Im Nordosten Afghanistans kam es zu einem massiven Raketenbeschuss von dem höchsten Berg Noshak aus. Die Terrormiliz IS bekannte sich zu dem Bombardement und beteuerte den Erfolg, einen der Wolkenkreise südlich des Berges zerstört zu haben. Der vermummte Sprecher berichtete, dass sich die Wolke aufgelöst hätte.

An diesem 23. April häuften sich die grotesken Meldungen weltweit und wäre die Situation nicht so surreal und die Veränderungen am Himmel nicht so präsent gewesen, hätte man annehmen können, die Menschheit stünde unter Drogeneinfluss und nähme an einem Wettbewerb um die absonderlichste Meldung des Tages teil.

Der japanische Außenminister beging am späten Nachmittag Selbstmord. In seinem Abschiedsbrief schrieb er, dass die Menschheit versagt habe. Doch selbst diese Meldung wurde in Japan nach einer halben Stunde von den Breaking News genommen, da angeblich eine Invasion von Außerirdischen auf Tokio im Gange wäre. Nach zehn Minuten verschwand aber auch diese Meldung von den Newstickern der Kanäle.

Martin hatte sich bei Christine einquartiert. Seit der letzten Konfrontation mit Sandra hatte er das gemeinsame Haus nicht mehr betreten. Christine war dankbar, in diesen schweren Zeiten nicht allein sein zu müssen. Die alleinstehende Informatikerin hatte vor zwei Jahren ihre Eltern bei einem Autounfall verloren und musste ihr Leben seitdem ohne Familie bestreiten.

Martin und Christine saßen am Abend vor dem Fernseher und zappten von einem Nachrichtensender zum nächsten. Auch in München reihte sich ein Vorfall nach dem anderen in die Top Ten der befremdlichen Meldungen ein. Als ein siebenundzwanzigjähriger Mann den Olympiaturm bestieg und auf der Spitze des Sendemastes nackt um Erlösung schrie, stellte Martin fest: »Jetzt drehen alle durch.« Er öffnete sich noch eine Cola.

»Das ist erst der Anfang, Martin. Der richtige Wahnsinn hat noch gar nicht begonnen. Was meinst du, was erst passieren wird, wenn diese Wirbel den Boden erreichen? Nicht auszudenken.« Christine biss in den Schokoriegel und starrte in den Fernseher.

Nach einer Stunde ging sie ins Bett. Martin klappte die Couch aus. Er hatte sich an seinen neuen Schlafplatz gewöhnt und schlief erstaunlicherweise besser, als er es jemals im gemeinsamen Ehebett getan hatte. Er blickte wieder auf die Uhr. In dieser Nacht wollte keine Müdigkeit aufkommen. Der Stundenzeiger seiner Armbanduhr näherte sich der Drei. Martin setzte sich auf, zog seine Hose an und ging leise in die Küche, um sich einen Kaffee zu machen.

»Zwei Dumme, ein Gedanke«, sagte Christine, die gerade Wasser in die Kaffeemaschine goss.

Wenige Minuten später saßen die beiden am Tisch und tranken schweigend ihren Kaffee.

»Ich weiß gar nicht, wann ich das letzte Mal aus deinem Küchenfenster den Mond gesehen habe«, sagte Martin beiläufig.

Der Wolkenkranz nahm ihnen die Sicht auf den Mond. Stattdessen beleuchtete das kräftige dunkle Blau die weißen Fliesen der Küche. Mit einem lauten Knall schlug Christines Tasse auf dem Boden auf. Ihre Lieblingstasse zersprang in tausend Teile. Erschrocken sah Martin seine Freundin an, die offenbar absichtlich die Tasse hatte fallen lassen.

»Hol mein Handy, Martin. Bring mir sofort mein Handy!«, schrie Christine und starrte mit aufgerissenen Augen auf den Wolkenkreis.

Martin rannte ins Wohnzimmer und brachte Christine das Handy. Sekunden später wählte sie die Nummer von Michael und wartete ungeduldig darauf, dass er endlich abnahm.

»Christine?«

»Michael, wie weit bist du vom nächsten Wolkenkranz entfernt?«

»Das ganze verdammte Gebiet ist eine einzige Wolke, Christine.« Michael sah aus dem Fenster des kleinen Raumes in den Himmel.

»Kannst du schätzen, wie groß die Entfernung noch ist, bis der Wirbelsturm die Erde erreicht?«

»Es gibt keine Entfernung mehr, Christine. Die Spitze des Sturmes ist bereits auf dem Boden angekommen.«

Christines Atem stockte. »Warte bitte, ich schalte Mark und Crowley mit dazu.«

Nach zwei Minuten befanden sich Allison und Crowley in der Leitung.

»Bei Michael ist der Sturm bereits auf dem Boden angekommen«, sagte Christine einleitend.

»Nein, es ist kein Sturm«, sagte Michael.

»Was meinen Sie damit?«, fragte Mark.

»Dieser große Wirbelwind hat die Erde hier erreicht, aber es ist kein Sturm. Das Ding steht still auf der Erde. Hier weht nichts, hier stürmt nichts. Es ist absolut ruhig draußen.« Michael öffnete noch einmal das Fenster und beäugte die Spitze der Windhose, die sich keinen Kilometer von ihm entfernt befand.

»Sind Sie sich ganz sicher, Michael?« Mark fragte noch mal nach, während sein Gehirn auf Hochtouren verzweifelt versuchte, die Gegebenheiten zu kombinieren und zu einer Lösung zu kommen.

»Ja, Mark, ganz sicher. Die Spitze befindet sich etwas außerhalb in einem kleinen Waldgebiet. Es ist also ein Leichtes, anhand der Baumwipfel und Blätter zu erkennen, dass dort auch nicht nur das kleinste Lüftchen weht. Es ist absolut windstill.«

Für einen Moment herrschte Ruhe in der Leitung, dann stellte Crowley die entscheidende Frage.

»Michael, hier spricht Crowley. Haben Sie in Ihrem Raum irgendetwas, das Sie auf die Straße werfen können?«

»Ich soll etwas aus dem Fenster werfen?«

»Ja, wenn Sie etwas finden können, werfen Sie es hinunter und sagen Sie mir, ob Sie ein Echo hören können. Vielleicht hat sich etwas verändert.«

Michael sah sich in seinem kleinen Raum um, konnte aber außer der Kommode, dem Stuhl und dem Leichnam des Monsters nichts erkennen. Schließlich griff er in seine Hosentasche und holte seinen Schüsselbund heraus, den er immer noch bei sich trug.

»Ich kann meinen Schlüsselbund nach unten werfen und versuchen, etwas zu treffen, das Lärm erzeugt. Ich denke, so schnell werde ich meine Haustür wohl nicht mehr aufsperren.«

»Was sehen Sie da unten?«

Michael sah die fünf Kugeln, die regungslos vor der Haustür standen. Das gegenüberliegende Gebäude war zu weit entfernt. Sein Blick blieb an dem Vordach des Hauses haften.

»Das Hausdach da drüben scheint aus einer Art Metall zu sein. Zumindest sieht das Material danach aus. Moment.« Michael legte sein Handy auf den Stuhl. Nicht auszudenken, was passieren würde, wenn er mit seinem Wurf etwas aktivieren oder auslösen würde. Er versuchte, für einen Augenblick nicht nachzudenken, und öffnete das Fenster. Ein eigenartiger Geruch stieg ihm in die Nase. Der Geruch von Zimt und verbrannten Mandeln ließ ihn unwillkürlich an Weihnachten denken. Michael Miller konzentrierte sich auf den Wurf. Er holte aus, schloss sein linkes Auge, fixierte das Vordach und warf mit aller Kraft. Dafür, dass Michael in jungen Jahren von zwanzig Versuchen ein ganzes Mal den Basketballkorb getroffen hatte, schien dieser Wurf die Glanzleistung seines Lebens zu sein. Der Schlüssel landete fast mittig auf dem Vordach des gegenüberliegenden Hauses. Er sah zu den Kugeln, die zeitgleich ein schwaches rotes Licht in ihrer unteren Hälfte aktiviert hatten. Er nahm sein Handy.

»Hallo? Steht die Leitung noch?«

»Natürlich, Michael. Und?«, fragte Crowley.

»Das Echo war laut und deutlich. Was passiert jetzt?« Kaum hatte er die Frage gestellt, beschlich ihn ein schlechtes Gefühl. Eigentlich wollte er die Antwort nicht wissen und hatte den Drang, das Gespräch abrupt zu beenden.

»Die Atmosphären beginnen sich zu vereinigen.« Mark hatte das Wort ergriffen. Der Wissenschaftler sprach sehr langsam, als würde sein angestoßener Denkprozess kein schnelleres Reden zulassen.

»Michael, es gibt bei WhatsApp doch die Standortbestimmung. Kannst du bitte versuchen, mir deinen Standort zu schicken?«, fragte Christine und kam damit auf den eigentlichen Grund ihres Anrufes zurück.

Wenige Sekunden später ertönte ein Signalton auf Christines Handy. Sie nahm ihr Handy vom Ohr und öffnete die App. Wie erwartet hatte es funktioniert, doch schien die Grafik des Programmes, wie seinerzeit

Watchdogg, den Standort nicht richtig lokalisieren zu können. Michaels Pfeil erschien im weißen Nichts.

»Hat es funktioniert?«

»Jein. Kannst du ungefähr abschätzen, wie weit du von deinem ursprünglichen Eintrittsort entfernt bist?«

Michael blickte aus dem Fenster. Das rote Leuchten der Kugeln war stärker geworden, zumindest hatte er den Eindruck. Er sah nach links, von wo er gekommen war. Die Odyssee durch die Wälder, die Straße, an der Frederick und Armin gestorben sind, sowie das Haus, in dem er das Gelbe gefunden hatte, ließen sich schwer rekonstruieren.

»Ich weiß es nicht, Christine. Ich habe keine Ahnung.« Seine Orientierung litt unter dem Spießrutenlauf der letzten Tage.

»Ich brauche die Info nicht auf den Meter genau, Michael. Hast du dich fünf Kilometer entfernt? Fünfzehn? Fünfzig?«

Michael verstand die Frage nicht, versuchte sich aber, so gut er nur konnte, zu erinnern, es abzuschätzen, wie viele Kilometer er bereits hinter sich gebracht hatte.

»Es sind sicher keine fünfzig Kilometer. Weniger würde ich sagen.«

»Fantastisch. Mark, wenn wir davon ausgehen, dass Michaels Aufenthaltsort mehr oder weniger identisch mit dem Standpunkt zur Zeit des Unfalls bei Nofox ist, müssen wir doch nur kontrollieren, ob es im Umkreis von fünfzig Kilometern zur Nofox weitere Wolkenkränze gibt.«

Mark verstand nicht, worauf Christine hinauswollte.

Crowley loggte sich in das System des Geheimdienstes ein und hatte wenige Klicks später die Karte von Bulgarien auf dem Bildschirm seines Notebooks. »Wir haben das größte Exemplar direkt über dem Nofox-Gelände, der nächstgelegene befindet sich mittig zwischen Sofia und Burgas. Etwa 170 Kilometer von Sofia entfernt.«

»Das bedeutet, Sie befinden sich immer noch im Einzugsgebiet unseres Wolkenkreises. Michael, schaffen Sie es bis zum Zentrum der Wolke?«, fragte Mark.

»Wenn mich diese Dinger da unten nicht augenblicklich töten, wenn ich das Haus verlasse, dann ja.« Skeptisch betrachtete Michael die Kugeln, die zwischenzeitlich von dem permanenten schwachen roten Leuchten in einen pulsierenden Rhythmus übergegangen waren.

»Ich melde mich wieder bei euch.« Michael beschloss, das Gespräch zu beenden, er musste nachdenken. Ohne weitere Fragen zu stellen, war er sich sicher, dass Christine wusste, was sie tat. Der Hauptausgang des Gebäudes war keine Option. Würde er die Tür öffnen, stünden keinen halben Meter von ihm entfernt die Wächter. Er wollte sich nicht ausmalen, was dann passieren würde. Sein Blick ging wieder zu der zerbrochenen Glasscherbe, die tief in dem Gesicht der Kreatur steckte. Selbst wenn er das Gelbe noch hätte, würde er sich nicht nach unten wagen. Der Schrei hatte offenbar einen Alarm ausgelöst.

Er hatte keine Ahnung, wie weit die Intelligenz dieser Technologie vorangeschritten war, und dennoch war es ein Versuch wert. Mit einem schmatzenden Geräusch entfernte er das zerbrochene Glas aus dem Gesicht des Wesens. Anschließend öffnete er so leise wie möglich das Fenster. Michael blickte nach unten. Das Haus, in dem er sich befand, hatte glücklicherweise kein Vordach, sodass die Kreatur direkt auf die Straße fallen und hoffentlich keine der merkwürdigen Kugeln beschädigen würde. Er ging zurück und packte die Kreatur unter den Achseln. Brennende Stiche durchfuhren seine zerschnittene Handoberfläche. Michael biss die Zähne zusammen und schleifte die Leiche zum Fenster. Für die Größe des Wesens war sein Gewicht enorm leicht. Nach zwei Minuten hingen die leblosen Arme des Geschöpfes aus dem Fenster. Michael sah noch einmal nach unten, es schien, als würden die Wächter keine Reaktion zeigen. Er legte das Wesen auf das Fensterbrett, packte es an den Beinen und stieß es nach draußen.

»Gott steh mir bei«, flüsterte er, als das Wesen mit einem dumpfen Geräusch auf dem Boden gelandet war.

Das Ding hatte nur um Zentimeter die linke äußere Kugel verfehlt. Die Kugeln reagierten nicht.

Die nächsten fünf Minuten kamen Michael wie eine Ewigkeit vor. Gebannt wechselte seine Blickrichtung von einer Kugel zur nächsten. Nichts geschah.

Ihr säubert doch, verdammt noch mal. Dann tut es auch.

Michael rieb sich verzweifelt die Augen, als ein leises Summen die Stille durchbrach. Das pulsierende Licht der äußeren Kugeln wechselte von Rot zu Grün. Von welcher der Kugeln dieses Summen herrührte, konnte Michael nicht feststellen. Er beobachtete, wie das rote Licht der inneren drei Kugeln erlosch und sie sich von dem Haus entfernten. Die beiden grün leuchtenden Wächter versprühten die graue Substanz auf die Kreatur und binnen Minuten hatte sich der Leichnam aufgelöst. Der Hauseingang war wieder sauber und Michael hoffte inständig, dass die Kugeln nun ihre Arbeit als erledigt ansehen würden. Sein Plan schien aufzugehen. Die Wächter verließen den Ort und gaben somit den Hauseingang wieder frei. Michael verharrte noch eine Dreiviertelstunde im Raum, bis er es wagte, die Treppe nach unten zu schleichen und die Tür zu öffnen. Er ging in den kleinen Laden, in dem er eine weitere Flasche mit dem Gelben fand. Anschließend machte er sich auf den Weg, raus aus der stummen Stadt, weit weg von den Kugeln, und lief in Richtung Wald.

In kurzen Abständen kontrollierte Michael während seines Fußmarsches immer und immer wieder alle Richtungen auf Kugeln und Kreaturen. Es blieb ruhig und nach einer guten Stunde fand sich Michael Miller inmitten des kleinen Waldstückes wieder. Immer wieder sah er zwischen den Baumwipfeln in den Himmel, um den Weg in das Auge des lautlosen Wirbels zu finden. Die gigantische Wolke schien den gesamten Wald zu bedecken. Als ihn nur noch zehn Meter von der Spitze, die auf einem großen, mit Moos bewachsenen Stein ruhte, trennten, schoss er ein Foto. Er sendete es Christine. Michael näherte sich dem seltsamen Schauspiel und betrachtete das trichterartige Gebilde, das kein Orkan und keine Windhose war. So gigantisch der Kegel in seiner vollen Größe war, so grotesk schien ihm die Tatsache, dass die Spitze, die den Stein berührte, nicht größer als sein Zeigefinger war.

»Was zur Hölle ist das? Das ganze Ding ist so groß wie der Mount Everest.«

Der umgedrehte Berg schlug die Größe des Mount Everest tatsächlich um Längen. Michael Miller stand inmitten des imposanten Zentrums wenige Meter von der Spitze entfernt. Ohne den Stein und das weiße Licht aus den Augen zu lassen, holte der Informatiker sein Handy hervor und rief Christine an.

»Michael?«

»Ich stehe davor.«

»Warte bitte, ich hole die anderen mit rein. Bleib dran.« Hektisch verabschiedete sich Christine für einen Moment.

»Michael? Christine hat mir Ihr Bild weitergeschickt. Wir analysieren es gerade. Sind Sie okay?«, fragte Mark Allison.

»Ja, ich bin okay«, murmelte Michael, immer noch tief beeindruckt von dem unfassbaren Spektakel, dem er beiwohnte.

»Wir können auf dem Foto keine Anzeichen einer Rotation erkennen«, stellte Crowley fest.

»Da ist keine Rotation. Da ist kein Lärm, kein Wind. Hier ist nichts. Es ist eine leuchtende grauweiße Spitze, die einfach nur diesen Stein berührt. Es ist ruhig hier. Unglaublich still.« Michael erinnerte sich an seinen Fußmarsch zum Zentrum der Wolke und an die leichte Windbrise, die er auf seinem Gesicht gespürt hatte.

»Auf dem Weg hierher hat ein leichter Wind geweht, doch hier ist nichts mehr. Kein Wind, kein Echo. Ich kann auch den Geruch des Waldes nicht mehr riechen. Hier scheint alles irgendwie ausgesetzt zu sein.«

Michael bückte sich und griff in die feuchte Erde. Sie roch nach nichts. Instinktiv ließ Michael die Erde auf den Boden rieseln und trat ein paar Schritte von dem Wirbel zurück. Etwas schien hier ganz und gar nicht zu stimmen.

Mark bat Michael, sich nicht von der Stelle zu bewegen und nicht das Ende des Wirbels zu berühren. Während seines Fußmarsches zu der besagten Stelle hatten sich Martin, Christine, Mark und Crowley abgestimmt. Es war einen Versuch wert und Allison erzählte Michael, dass sie auf dem Weg zum Nofox-Gelände waren. Der Sog des Wolkenrings befand sich einen knappen Kilometer über den Erdboden. Vielleicht war es zu hoch für dieses Experiment, doch Mark wollte keine Zeit vergeuden. Sollte Christines Theorie stimmen, gäbe es zwar keine

Lösung, aber dennoch eine Reihe von Theorien, auf die sich die Welt vorbereiten musste.

Zwanzig Minuten später erreichten Mark und Crowley dank einer Eskorte von Blaulichtern das Auge der Wolke.

»Das ist kein Kilometer mehr, es muss viel näher sein«, sagte Crowley.

Mark dachte an Rewcliffs E-Mail. Sein Team musste sich getäuscht haben, es würde unmöglich noch neun Tage dauern, bis die Spitze des Sturmes den Erdboden erreichen würde.

»Michael, wir sind jetzt da. Sehen Sie in Ihrer Nähe etwas Großes, das Sie anheben können?«

Kaum hatte Mark seine Frage ausgesprochen, wusste Michael, was er vorhatte.

»Sie wollen, dass ich etwas auf diese Spitze werfe?«

»Ja, vielleicht hat Christine mit ihrer Theorie recht.«

Michael sah sich um. Außer festverwachsenem Buschwerk, ein paar abgebrochenen Zweigen, Laub und kleineren Steinen konnte er nichts weiter entdecken.

»Hier ist nichts. Nur Laub und Zweige.«

»Haben Sie etwas bei sich, das nicht organisch ist? Irgendetwas, das nicht zerbrechen oder verbrennen könnte?«, fragte Mark und fixierte die Spitze über sich.

Michael griff in seine Gesäßtasche. Just in diesem Moment fiel ihm wieder ein, was er aus dem Laden in der Stadt aus der Auslage mitgenommen hatte. Langsam zog er das dünne Tablet aus der Hose. Er betrachtete das schwarze Display.

»Ich habe ein Tablet in dem Laden in der Stadt gefunden. Es ist nicht dicker als ein Blatt Papier. Ich habe es zusammengeknüllt und gerollt, es entfaltet sich immer wieder in die ursprüngliche Form. Das Ding könnte es schaffen, auch wenn es nicht schwer ist.«

»Das werden wir niemals erkennen, falls es durchkommt.«

»Warten Sie.« Crowley ging zu einem der Wagen und tauschte ein paar Sätze mit einem Soldaten.

»Das Militär bringt uns Fernsichtgläser.«

»Auch damit werden wir in der Höhe nichts erkennen«, antwortete Mark resigniert.

»Das sind keine Ferngläser aus dem Supermarkt, Mark. Diese Hightechsichtgeräte verfärben metallische Gegenstände gelb und messen die Distanz zu ihnen. Solche Instrumente werden oft in Kriegsgebieten eingesetzt.«

Mark zog seine Augenbrauen nach oben und sah Crowley ungläubig an.

Crowley grinste. Ab und an amüsierte ihn die Unwissenheit von Zivilisten.

Keine fünfzehn Minuten später raste ein Jeep des Militärs mit Blaulicht auf das Gelände der Nofox. Neugierig betrachtete Mark die vielen kleinen Knöpfe und Regler des schweren Fernglases.

»Es ist alles eingestellt, bitte drücken Sie da oben nicht herum.« Crowley klopfte Mark auf die Schulter.

Mark nickte und holte sein Handy hervor. Die Vorbereitungen waren abgeschlossen und die Leitungen zu Michael, Christine und Martin standen.

»Michael, wir sind jetzt bereit. Achten Sie unbedingt darauf, nicht mit Ihrer Hand in dieses Ding zu gelangen. Wir wissen nicht, was dann passieren würde.«

Stumm nickte Michael und betrachtete die Spitze des Soges. Zwangsläufig erinnerte ihn die Situation an ein Foto, an ein Stillleben. Die Blätter auf den Bäumen vor ihm bewegten sich nicht. Kein Geräusch war zu hören und in diesem Moment vergaß Michael auch seinen unermüdlichen Blick nach hinten, um sich zu versichern, dass keine Gefahr drohte. Seine Augen blieben an dem eigenartigen Tablet haften. Michael näherte sich dem Stein auf einen Meter. Der Sog gab keine Geräusch oder Hitze von sich. Er atmete tief ein und wieder aus, tat mit seinem rechten Fuß einen weiteren Schritt nach vorn und warf das Tablet auf den Stein.

Was passiert, wenn ich es verfehle? Was passiert, wenn es ein paar Zentimeter neben dem Stein aufschlägt?

Das federleichte Tablet tänzelte aus der Höhe von etwa einem halben Meter nach unten. Immer wieder änderte es die Fallrichtung minimal, kam der Spitze in einem Moment sehr nah und entfernte sich in der nächsten Sekunde wieder. Etwa dreißig Zentimeter vor dem Erdboden berührte das rechte Eck des Tablets den Sog und fiel wenige Millimeter neben der Spitze auf den Stein. Es hatte nicht funktioniert. Mit weit aufgerissenen

Augen fixierte er das Tablet, das nun viel zu nahe an der Spitze lag, die aus dem Wolkenkranz herausragte.

»Verdammt.« Michael fuhr sich durch sein Haar und blickte das Monstrum im Himmel an. Ein knisterndes Geräusch ertönte. Er betrachtete das Tablet, das sich hob und langsam in die Spitze des Trichters gezogen wurde, bis es verschwand.

»Weg. Es ist einfach verschwunden«, schrie Michael in das Handy und ging um den Stein herum.

»Okay, es geht los, wir rufen Sie gleich wieder an, Michael.« Mark steckte das Handy weg, hob das Fernglas an seine Augen und visierte die Spitze des Kegels an.

»Ich sehe nichts. Das ist rot verfärbt«, murmelte Mark, ohne die Augen von den Gläsern zu lassen.

»Das ist okay so. Konzentrieren Sie sich einfach nur darauf, ob Ihnen etwas Gelbes vor die Linse kommt, dann ist es metallisch«, sagte Crowley, der ebenfalls durch sein Fernglas sah.

Die beiden Männer standen inmitten des Blaulichtmeers, das sich unter dem Zentrum des Wolkenringes ausgebreitet hatte, und starrten nach oben. Nach ein paar Minuten senkte Mark sein Fernglas.

»Es ist nicht hier.«

»Ich sehe es!«, sagte Crowley aufgeregt.

Mark blickte Crowley entgeistert an und sah wieder durch das Fernglas. In einer Distanz von 876,44 Metern erkannte er ein rechteckiges, gelb leuchtendes Objekt durch die Hightechlinsen des Militärs.

Der Westwind gab dem Objekt Auftrieb, sodass Mark Schwierigkeiten hatte, den Gegenstand im Auge zu behalten. Mit einem kräftigen Schwung flog es Richtung Osten auf eine Höhe von über 1.190 Metern, als langsam der Sinkflug einsetzte und das Tablet zu Boden segelte.

»Sollen wir Sie fahren, Sir?«, fragte ein Soldat.

»Nein, wir laufen. Das ist nicht weit.« Crowley klopfte Mark auf den Rücken und die beiden Männer begannen ihren Fußmarsch zu der knapp sechshundert Meter entfernten Landestelle des Objektes.

Mitten im unbebauten Acker lag das dünne Tablet mit schwarzem Display. Hätte Mark nicht alle hundert Meter die Position durch sein Sichtgerät in Erfahrung gebracht, wäre es ein Ding der Unmöglichkeit gewesen, das DIN-A-5-große Objekt zu finden. Die beiden Männer sahen den fremdartigen Gegenstand lange an.

»Es ist tatsächlich durchgekommen. Was auch immer Michael da hineingeworfen hat. Christine hat rechtbehalten. Das macht die ganze Sache weitaus dramatischer, als sie es zuvor schon war«, sagte Mark und ging in die Hocke.

»Weshalb?«, fragte Crowley, der seine Augen nicht von dem Ding nehmen konnte, das direkt vor seinen mit Erde überzogenen Halbschuhen lag.

»Das bedeutet, dass diese Kontaktpunkte sich miteinanderverbinden.«

»Fantastisch. Ein wahrgewordener Science-Fiction-Film. Aliens kommen durch ein Dimensionstor auf die Erde und ballern uns mit Laserstrahlen über den Haufen.

Ich fasse es nicht.« Crowley rieb sich die Augen und wusste nicht, ob er lachen oder weinen sollte.

»So lapidar wird das nicht vonstattengehen. Das glaube ich nicht. Ich denke nicht, dass es ein Tor sein wird, wie es Hollywood darstellt. Ich habe die Befürchtung, dass sich die Atmosphären vermischen werden. Halten Sie mich jetzt für völlig durchgedreht, aber irgendetwas sagt mir, dass die Gefahr besteht, dass sich diese beiden Planeten in einer uns unbekannten Form vereinen könnten.«

Kaum hatte Allison seinen Satz ausgesprochen, begann Crowley lauthals zu lachen. Es war kein verächtliches Lachen, vielmehr der verzweifelte Versuch, die Situation nicht zu akzeptieren.

»Eine Transformation zweier Planeten? Es wird immer besser, Allison. Sagen Sie doch gleich, dass die Menschheit kurz vor ihrem Ende steht.«

Mark sah Crowley ernst an und der Blick des New Yorkers ließ den Bundesagenten spüren, dass diese Option tatsächlich im Raum stand.

»Na dann wollen wir mal.« Mark beugte sich nach vorn und war gerade im Begriff, den Gegenstand aufzuheben, als Crowley ihn an der Schulter packte und grob nach hinten wegzog.

»Was zum Teufel soll das?« Mit schmerzverzerrtem Gesicht rieb sich Mark seine Schulter und sah den FBI-Agenten fragend an.

»Sind Sie wahnsinnig? Wir wissen doch gar nicht, was das ist. Ich werde ein Team verständigen, das sich …«

»So ein Schwachsinn. Michael hat es berührt, somit können wir das auch. Für so was haben wir keine Zeit! Machen Sie sich nicht nass, Crowley.«

Mark nahm den dünnen Gegenstand.

»Das soll ein Tablet sein?«

Verwundert begutachtete Crowley das leichte Display. Mark dachte an Michaels Worte und begann, zögerlich das Objekt zu falten und zu kneten.

»Es fühlt sich an wie Aluminiumpapier, das man zusammenknüllt. Ich spüre keinen Widerstand, ich habe den Eindruck, es beugt sich meinem Druck und passt sich der Gegebenheit an.«

Mark öffnete seine Faust und das Objekt entfaltete sich in rascher Geschwindigkeit, bis es nach wenigen Sekunden in seiner ursprünglichen Form wieder auf seiner Handfläche lag. Irritiert betrachtete Allison das Ergebnis und wiederholte den Vorgang immer und immer wieder. Crowley wendete sich ab und wählte eine Nummer.

»Hallo Freddie, ich habe hier einen N13. Schickst du bitte ein paar Leute zu uns? Danke dir.« Crowley legte auf und wendete sich Marks Hand zu, die sich unermüdlich schloss und öffnete.

»Ich nehme an, das war irgendein Code für etwas Nicht identifizierbares«, sagte Mark.

»Ja, so etwas in der Art. Wir bringen es ins Labor. Unsere Leute werden sich damit beschäftigen. Ich werde Professor Chestner von dem Vorfall berichten. Ich denke, die NASA kann mit der Information sicherlich etwas anfangen.«

Marks Telefon klingelte und er übergab dem Agenten den seltsamen Gegenstand. Christine hatte Michael in der Leitung. Einen Atemzug später hörte Allison, der den Lautsprecher seines Handys wieder aktiviert hatte, die hektische Stimme von Michael Miller.

»Es zieht sich zurück. Es ist einen halben Meter über der Erde.«

»Was meinen Sie damit, Michael?«

»Dieser Wirbel, die Spitze hat den Stein verlassen und zieht sich zurück.«

Crowley nahm sein Fernglas und betrachtete den Sog am Himmel.

»Mark, ich habe das Gefühl, dass sich unser Sog auch vom Boden entfernt. Das ist doch unmöglich.«

»Anscheinend hat der Transport des Tablets durch die unterschiedlichen Atmosphären eine Reaktion ausgelöst, die diese Mutation unterbricht. Weg von dem Ding, Michael. Ich habe keine Ahnung, was gerade passiert. Bei uns scheint sich der Sog auch wieder zurückzuziehen. Wir werden mit der NASA telefonieren, ich rufe Sie so schnell es geht wieder an.« Mark legte auf und wählte Chestners Nummer.

»Mark, warten Sie, ich muss erst einen Bericht an die …«, sagte Crowley.

»Dafür ist keine Zeit. Etwas geht hier vor sich. Ich gebe dem Professor eine Kurzfassung, er muss sofort informiert werden.«

Crowley sah durch sein Fernglas, stetig schien sich die Spitze des Wirbels in das Zentrum des Wolkenkranzes zurückzuziehen.

»Wenn mich meine Augen nicht komplett täuschen … Das ist unmöglich.«

»Was sehen Sie?«

»Die Farbe verändert sich. Der innere Teil der Wolke wird wieder hellblau. Als würde der ganze Prozess rückwärtslaufen.«

Kapitel 5 – Wirre Wagnis

Ausgeschlafen?

Justin öffnete schlaftrunken die Augen und versuchte sich zu orientieren. Die Fixierung seiner Handgelenke erinnerte ihn daran, was geschehen war. Ruckartig hob er seinen Kopf und sah voller Entsetzen auf seine Socken. Sie hatten ihn von seinen Schuhen getrennt. Mortensen kämpfte dagegen an, nicht hysterisch loszuschreien.

Es gibt einen Weg aus dieser Hölle.

Seine trockene Zunge suchte den Rest Speichel in seinem Mund, um seine Lippen zu befeuchten. Er ließ seinen Kopf wie einen nassen Sack nach hinten auf das Kissen fallen und starrte an die weiß gestrichene Decke und die kalten Neonröhren, die den Raum beleuchteten.

Eine letzte Chance. Oder du wirst hier verrecken.

Justin drehte seinen Kopf zu der Stimme, die rechts von seinem Bett kam, und sah in seine Augen. Der Mistkerl stand rechts neben seinem Bett und kaute auf einem Zahnstocher.

»Was willst du?«, krächzte er erschöpft und erschrak selbst vor seiner heiseren Stimme. Wie lange hatte er geschlafen? Einen Tag? Eine Woche?

Ohne dich kann es mich nicht geben, Bustin. Das ist die Misere, in der ich mich befinde.

Er öffnete den Reißverschluss seine Lederjacke und schritt nachdenklich von links nach rechts, ohne seinen amüsierten Blick von Justin Mortensen zu lassen.

Lass es mich so formulieren, alter Freund. Wenn du kooperierst, werde ich dir eine letzte Chance geben damit du unsere Existenz sicherst. Das ist der Deal. Solltest du dich dagegen entscheiden, werde ich dir das Leben zur Hölle machen und du wirst dir wünschen, etwas greifen zu können, um es dir selbst in deine Halsschlagader rammen zu können, **Bustin**.

»Nenn mich nicht Bustin … Hör auf, mich Bustin zu nennen. Ich heiße nicht Bustin. Mein Name ist Justin Mortensen.« Justins weinerliche Stimme steigerte sich in Jammern. Tränen liefen über seine Wangen und tropften auf das Kopfkissen.

Blitzschnell lehnte ER sich über das Bett und starrte in Justins Augen.

Falsch. Du bist **Bustin**. Du warst es seit deiner Geburt und wirst es bis zu deinem Tode auch bleiben. Haben wir uns verstanden? Vielleicht sollte ich deine Schuhe aus dem Fenster werfen? Ich denke, das sollte dich zur Vernunft bringen.

Wie beiläufig entfernte er sich wieder von Justin und ging summend zum Fußende des Bettes.

Da sind sie ja. Wahrlich schöne Schuhe. Schade, dass du sie nie wieder …

»Nein!«, schrie Justin und riss mit aller Kraft an den Schlaufen.

Nein? Ich deute dein -Nein- als Zustimmung unserer Vereinbarung, richtig?

Justin ballte seine Hände so fest er nur konnte zu Fäusten. Seine Fingernägel bohrten sich in sein weiches

Fleisch. Schließlich öffnete er wieder seine Hände und betrachtete den kleinen Schnitt in seiner Handinnenfläche und das Blut, das sich den Weg auf das Laken bahnte.

»In Ordnung«, stöhnte er. Justin Mortensen ergab sich seinem Schicksal.

Braver, tapferer **Bustin**. Du wirst kooperieren. Du wirst ihnen mitteilen, dass du dich an die Daten auf dem Monitor während des Unfalls erinnern kannst. Du wirst Forderungen stellen. Vor allen Dingen wirst du nur tun, was ich dir sage.

»In Ordnung.«

Mit leerem Blick fixierte Justin einen Punkt an der Decke. Wieder löste sich eine Träne aus seinem Auge und er spürte, wie sie seine Schläfe herunterlief.

ER beugte sich über Justin und sah ihn mitleidig an. SEIN Mund näherte sich seinem Ohr und ER begann zu flüstern. Minutenlang drangen die Worte eines diabolischen Plans in Justins Gehirn. Justin schob seine Augenbrauen nach oben, seine Pupillen weiteten sich. Er blickte ungläubig in die Augen seines anderen Ichs.

ER nahm seinen Zahnstocher in den Mund, zwinkerte Justin zu und entfernte sich von dem Bett. Justin versuchte, die Worte, die er gerade gehört hatte, zu verarbeiten. Er schloss die Augen, atmete tief ein, hielt die Luft für einen Moment an und atmete befreit wieder aus. Seine Lider öffneten sich und Justin Mortensen, der Mann, der die Welt ins Unheil gestürzt hatte, grinste.

»Crowley! Ich will mit Agent Crowley sprechen! Ich erinnere mich!! Bringt mir diesen Agenten!!«, schrie Justin plötzlich aus Leibeskräften los.

Keine Minute nach seinem Geschrei wurde die Tür zum Krankenzimmer aufgerissen und ein Arzt stürmte in das Zimmer.

»Was schreien Sie so herum, Mortensen?«

Justin kannte den Arzt mit dem Pferdeschwanz nicht, aber es spielte für ihn keine Rolle. Der Übermittler diente nur dem Mittel zum Zweck.

»Ich kann mich an die Messdaten erinnern. Machen Sie mich los und bringen Sie Crowley her.« Mit gelangweilter Mimik wendete er seinen Blick desinteressiert von dem Arzt ab und sah auf den Vorhang, der der sein Zimmer verdunkelte.

Eine Stunde später saß Mortensen mit seinen Schuhen an den Füßen auf einem Stuhl in einem Raum ohne Fenster. Um ihn herum standen drei FBI-Agenten. ER hatte recht behalten. Justin und seine Schuhe waren wieder vereint. Er spürte, wie das weiche Leder seine Füße umschlang und sie wärmte.

»Agent Crowley wird gleich da sein.«

Die Worte des namenlosen Mannes in der rechten Ecke des Raumes erwiderte Justin mit einem kurzen Nicken. Mortensen erschrak, als die Tür aufgerissen wurde und Crowley ihn erzürnt ansah.

»Mortensen, wenn das nicht wirklich wichtig ist, dann gnade Ihnen Gott! Die Ereignisse überschlagen sich da draußen gerade. Sollte das ein Versuch sein, ein wirres Spiel mit mir zu spielen, werden die Konsequenzen höchst unangenehm sein«, zischte Crowley, schnappte sich einen Stuhl und setzte sich schnaufend Justin gegenüber.

»Es tut mir leid, dass ich Ihre Arbeit unterbreche, Mr. Crowley. Aber ich kann mich an die Messdaten erinnern, die ich zum Zeitpunkt des Unfalls auf dem Monitor gesehen habe, bevor alles schwarz wurde. Wenn es allerdings keine Rolle mehr spielt, möchte ich mich bei Ihnen in aller Form …«

»Was stand da?«

»Was bekomme ich im Gegenzug?«

»Denken Sie allen Ernstes, Sie sind in der Situation, etwas einfordern zu können? Wollen Sie mich verarschen?«, schrie Crowley ihn an.

Mit regungslosem Gesicht hielt Justin Crowleys Blick stand. Er wischte sich den Speichel von der Wange und sagte: »Ja, in der Situation bin ich.«

Für einen Moment herrschte Stille und Crowley musterte Mortensens Gesicht prüfend. Dann erhob er sich, ging um den Stuhl herum und drehte sich zur Tür. Justin konnte erkennen, wie der Mann den Kopf schüttelte und ein leises Lachen ausstieß.

»Sie sind sich Ihrer Lage nicht bewusst, Mortensen. Immer noch nicht«, murmelte Crowley und drehte sich wieder um.

»Dürfte ich die Fakten kurz zusammenfassen?«

Crowley sah gestresst auf seine Uhr und presste seine Zähne aufeinander, um die Worte bei sich zu halten, die ihm auf der Zunge brannten.

»Der Teilchenbeschleuniger hat etwas hervorgerufen, das nicht zu kontrollieren ist. Ich bin mir meiner Schuld bewusst. Ich bin mir weiterhin bewusst, dass viele Menschen wegen meiner Raffgier sterben mussten. Das kann ich nicht rückgängig machen. Aber ich kann mit meiner Erinnerung dafür sorgen, dass nicht noch mehr Menschen ihr Leben verlieren werden.«

Das war mit Abstand der vernünftigste Satz, den Crowley von Mortensen je gehört hatte, dennoch ließ ihn seine Erfahrung als langjähriger Agent an der Ernsthaftigkeit der Worte zweifeln.

»Wir haben bereits einen Weg gefunden, die Dinge umzukehren. Zumindest scheint es so.«

»Und warum sind Sie dann zu mir gekommen?«, konterte Justin schnell und zog seine Augenbrauen verwundert nach oben.

Irritiert sah Crowley ihn an. Diese Auffassungsgabe hatte er Mortensen nach dem Unfall nicht zugetraut.

»Wir haben eventuell einen Weg gefunden, diese Wirbel aus den Wolkenkränzen zu stoppen, haben aber nach wie vor keine Ahnung, was danach passieren wird. Im Moment sieht es so aus, als würde sich der ganze Prozess umkehren. Da wir aber keine Garantie dafür haben und uns die Zeit wegläuft, brauchen wir jede erdenkliche Hilfe, um jegliche auch noch so kleine Eventualität in Betracht zu ziehen. Was mich wieder zu dem Faktor Zeit bringt. Denn genau die haben wir nicht, Mortensen. Was wollen Sie und was wissen Sie?«

»Ich möchte zurück in mein Apartment. Ich möchte Zugang zum Internet und ich möchte mit Professor Chestner reden, um ihm davon zu erzählen, woran ich mich noch erinnern kann.«

»Ausgeschlossen.«

»Dann sind wir hier fertig, Mr. Crowley. Sehr, sehr schade.« Justin presste seine Handgelenke zusammen und streckte sie einem Agenten entgegen.

»Sollte das ein Scherz sein, ein dilettantischer Versuch, sich aus der Verantwortung zu ziehen, werde ich Sie eigenhändig umbringen, Mortensen. Haben Sie mich verstanden? Ich werde Ihnen mit meiner Dienstwaffe einfach in den Kopf schießen.«

»Klar und deutlich, Sir.« Justin hielt Crowleys Blick stand.

»Gut. Geben Sie mir eine halbe Stunde, dann wird Ihr Abtransport organisiert. Sie werden bald mit Chestner telefonieren. Sollte das Gespräch auch im Nichts verlaufen oder sollte der Professor mir sagen, dass er keine nachhaltigen Informationen erhalten hat, liegen Sie schneller wieder fixiert auf Ihrem Krankenbett, als Sie Ihre gottverdammten Schuhe zuschnüren können. Glauben Sie mir, Mortensen, das möchten Sie nicht. Das möchten Sie wirklich nicht.« Crowley sprach seine Worte sehr langsam und ruhig aus.

Justin war sich der Ernsthaftigkeit der Worte sehr bewusst. Die Worte, die ER Justin ins Ohr geflüstert hat, während er gefesselt auf seinem Bett lag, würde er nie wieder vergessen. Was sollte das FBI schon ausrichten können, wenn ER ihm die Hölle auf Erden bescheren würde? Justin Mortensen hatte sich mit dem mächtigeren Feind verbündet.

Justin ließ seinen Blick durch das Apartment schweifen, das er bei seinem Arbeitsantritt bei dem Forschungsinstitut vor vier Jahren bezogen hatte. Die drei Agenten blieben in der Eingangstür stehen. Seit er vor gefühlten Jahren völlig übernächtigt seine Wohnung verlassen hatte, um den Start von Projekt Nehebkau von seinem Büro aus zu verfolgen, hatte sich nichts geändert. Justin betrat die Küche und erinnerte sich daran, dass er die halbe Nacht aus dem Fenster gestarrt und die kleinen Lichter der gegenüberliegenden Wohnungen betrachtet hatte. Er sah zu der halbvollen Kaffeetasse, die er an jenem Morgen nicht einmal mehr in die Spüle geräumt hatte. Auf der dunkelbraunen Brühe schwammen kleine Schimmelinseln, die er als wunderschön empfand. Justin drehte sich zu den drei Männern, die regungslos an der geschlossenen Haustür standen und Mortensen beobachteten.

»Bekomme ich auch ein bisschen Privatsphäre?«

Einer der Männer, offensichtlich der Leiter der Eskorte, nickte und sah auf seine Uhr.

»Wir sind vor der Tür, falls Sie sich zu einsam fühlen sollten, Mr. Mortensen.«

Sie verließen seine Wohnung und schlossen die Tür leise von außen. Im Wohnzimmer ließ Justin sich erschöpft auf die weiße Ledercouch fallen. Er hatte das Spiel bisher gut gespielt. Genau wie ER es wollte. Justin hatte alles richtig gemacht und hielt sich an den Plan, um den Drohungen, die ER ihm ins Ohr gesäuselt hatte, zu entgehen. Er schloss die Augen. Ein stechender Schmerz breitete sich in seinem Kopf aus.

Das hätte ich dir nicht zugetraut, Bustin. Wenn du dich brav an den Plan hältst, besteht eine Chance für uns. Ich weiß, es fällt dir sehr schwer, nicht dumm zu sein, aber versuche dich anzustrengen. Dad hätte es sicher gefreut, wenn du wenigstens eine Sache in deinem Leben richtig machen würdest.

»Hör auf. Lass mich in Frieden. Ich halte mich an den Plan, lass mich allein«, flüsterte Justin mit geschlossenen Augen ins Nichts.

Er konnte die Augen nicht öffnen. Nicht jetzt. Er würde seinen Anblick nicht ertragen.

Laute Schritte weckten Justin. Die Erschöpfung der letzten Stunden hatte ihn einschlafen und eine Odyssee von wirren Albträumen durchleben lassen. Er öffnete die Augen und blickte in das Gesicht eines der Männer, die ihn in die Wohnung begleitet hatten.

»In fünf Minuten wird Sie der Professor anrufen. Sie sollten aufstehen.«

Mortensen nickte, der Mann verließ die Wohnung.

Halt dich an den Plan, Bustin.

Erschrocken drehte sich Justin nach hinten um. Niemand befand sich in dem großen Wohnzimmer. Er rieb sich den Schlaf aus den Augen, nahm sein Telefon und starrte das schwarze Display ungeduldig an.

Vermassele es nicht, **Bustin.** *Konzentrier dich auf die Worte, die ich dir gesagt habe,* **Bustin.**

»Geh weg. Lass mich in Frieden.«

Justin presste seine Hände auf die Ohren. Das Display leuchtete. Er hob ab.

»Hallo?« Justin erschrak vor seiner eigenen viel zu hohen Stimme.

»Mortensen, hier spricht Professor Chestner. Mr. Crowley bat mich, Sie anzurufen, Sie hätten Informationen.«

»Die Fehlermeldung, die ich Ihnen genannt hatte, war unvollständig. Ich erinnere mich auch an die Meldung des PS.«

ER war es gewesen, der seine partielle Erinnerung an die Schulung vor drei Jahren aufleben ließ. Mortensen und die anderen Mitglieder des Board of Directors waren seinerzeit zur Einweihung der neuen Steuerungssoftware des Teilchenbeschleunigers eingeladen worden. Bei Snacks und Erfrischungsgetränken hatten die Hersteller des Programmes voller Stolz erzählt, welche neuen Funktionen die unglaublich teure Software bot. Nach zwei Stunden und vier unendlichen Präsentationen widmete sich der Redner der Fehleranalyse. Natürlich nur rein theoretisch beschrieb der Präsentator in übertrieben lustiger Art und Weise, welche Fehlermeldungen welche Ursache haben könnten. Bei dem unendlichen Spiel der

Fehlerkombinationen hatte Justins Erinnerungsvermögen eingesetzt.

»Natürlich können wir auch folgendes Szenario durchspielen, meine Damen und Herren. Schauen Sie mal hier, nichwahr.«

Der beleibte Mann im hellblauen Anzug hatte beinahe jeden Satz mit-nichwahr- geschlossen. Er hatte auf die Wand getippt, auf die der Beamer folgende Daten geworfen hatte:

Protonen-Synchrotron (PS): negativ, 3

Gigaelektronenvolt: 12,8 Billionen V

Photonenbeschuss: -1%

Fehlermeldung/Sektoren: 41 -3

»Das Beispiel würde bedeuten, dass sich Ihr LHC in Luft aufgelöst hat, nichwahr. Das Szenario beschreibt eine Implosion, gefolgt von einer chemischen Massenzersetzung. Natürlich ein groteskes und unmögliches Szenario. Aber damit möchte ich Ihnen zeigen, dass unsere Software selbst solche Eventualitäten darstellen kann, nichwahr? Auf diese Meldung würde ein Berichtsfenster folgen, da 42 -3 eine Negativmeldung ist im Gegensatz zu der Protonen-Synchroton-Meldung, die hinten eine 3 zeigt, was positiv und nicht negativ sein kann, nichwahr.«

An mehr konnte sich Justin nicht mehr erinnern, aber das war auch nicht notwendig. Er zog die wichtigen Informationen aus seinem Gedächtnis und tat, was ER von ihm verlangte.

»Woran können Sie sich erinnern, Mr. Mortensen?«, fragte Chestner .

»Protonen-Synchrotron: negativ, 3 und Fehlermeldung, Sektoren: 42 -3«, antwortete Justin knapp.

Er wartete, wohlwissend, dass diese Kombination schier unmöglich war, auf eine Reaktion des Professors.

»Das kann nicht sein«, säuselte der Professor kaum hörbar.

»Was auch immer nicht sein kann, das stand auf meinem Monitor, Professor.«

Du machst das gut, kleiner **Bustin**.

Justin zuckte zusammen, er versuchte, sich wieder auf das Telefonat zu konzentrieren und die Stimme in seinem Kopf zu ignorieren.

Für einen Moment herrschte Stille in der Leitung. Justin gab sich Mühe, das Grinsen, das sich auf seinem Gesicht ausbreiten wollte, zu unterdrücken. Sollten doch die anwesenden FBI-Agenten nichts von seinem hinterlistigen Plan ahnen. Er konnte hören, dass der Professor etwas tippte und mit Papier raschelte. Es wurde wieder still.

»Sie ... also Sie müssten noch eine Meldung bekommen haben.«

Alles schien zu funktionieren, so wie ER es vorausgesagt hatte. Wieder einmal war Justin von der Prophezeiung und dem funktionierenden Plan seines anderen Ichs verblüfft. Was hatte der dicke Präsentator der Softwarefirma gesagt? Ein weiteres Berichtsfenster würde sich nach dem Paradoxon öffnen und eine Vielzahl an tabellarisch angeordneten Daten sollte erscheinen, um den Widerspruch zu erklären und zu lösen.

»Da war auch ein weiteres Fenster mit Daten, Professor«, bestätigte Justin beiläufig.

»Was stand in dem Fenster? Bekommen Sie die Daten noch zusammen?«, fragte Chestner schnell.

»Natürlich bekomme ich es noch zusammen. Wir wissen beide, dass das Fenster dazu beitragen könnte, diesen Wahnsinn zu stoppen, richtig?« Justin begann die nächste Phase seines Spiels einzuläuten.

»Möglich. Was stand dort?«

»Ich möchte Strafimmunität und die Garantie, in keiner psychologischen Einrichtung mehr festgehalten zu werden. Außerdem möchte ich, dass Sie mich zum NASA-Stützpunkt in Bulgarien bringen.«

Nun lag es an Chestners Einschätzung, welche Wendung Justins Spiel nehmen würde.

»Sind Sie wahnsinnig, Mortensen? Die Welt steht vor einer ungewissen Zukunft, möglicherweise dem Ende der Menschheit und Sie haben nichts Besseres zu tun, als Ihre egomanische Ader auszuleben?«, schrie Chestner.

Genau auf diese Reaktion hatte Justin gehofft. Er antwortete nicht auf den Ausbruch des Professors und wartete ruhig auf eine weitere Reaktion.

»Sie sind ein Riesenarschloch, Mortensen!«, schoss der Physiker hinterher.

»Was auch immer, Chestner. Glauben Sie mir oder lassen Sie es bleiben. Es ist mir völlig egal. Sie und Ihre FBI-Lakaien haben doch förmlich darum gebettelt, dass ich doch bitte kooperieren soll. Ich sollte mich doch erinnern, haben Sie das vergessen? Die Welt stünde doch Kopf und mein ach so schreckliches Projekt hat die Menschheit vor den Abgrund gestoßen. Können Sie sich entsinnen? Also machen Sie mich nicht an, Professor. Entweder Sie wollen Ihre bescheuerten Daten oder nicht. Ich weiß, was mir blühen wird, sollten Sie diese Daten gegen mein Projekt einsetzen. Das werde ich zu verhindern wissen. Ich habe nichts zu verlieren, Chestner. Absolut gar nichts.«

Außer dem wilden Schnaufen seines ehemaligen Mitarbeiters konnte Justin nichts hören. Es war gut so. Er dachte nach und er wusste, dass der Professor letztendlich einlenken würde.

»Was wollen Sie bei der NASA?«

»Ich möchte mit eigenen Augen auf den Bildschirmen sehen, wie mein Baby, mein Projekt Nehebkau vor die Hunde geht. Dieses Recht nehme ich mir heraus, PROFESSOR.« Justin zischte und biss die Zähne zusammen. Es sollte genervt klingen, es sollte nach dem Zugeständnis, versagt zu haben, klingen. Und genau das tat es auch.

Mark hatte sich über die neuesten Ereignisse in Sofia informiert. Die vielen Veränderungen gaben in diesen Minuten nicht genügend Raum, um das Gespräch mit seinen neuen Freunden weiterzuführen.

»Es dauert zu lange. Sie werden jetzt erst mal analysieren, Meetings einberufen und sich beraten. Bis die KA alles abgesegnet hat und Gegenmaßnahmen einleiten wird, ist es zu spät«, sagte Christine.

»KA?«

»Die Konföderation Atmosphäre. Martin, du hast doch neben mir gesessen, als der Präsident der Vereinigten Staaten gesprochen hat, oder?«

»Oh verdammt, zu viele Informationen prasseln hier von allen Seiten auf mich ein. Natürlich, ich erinnere mich wieder.«

An diesem Morgen des 25. April saßen Martin und Christine mit ihren Kaffeetassen am Küchenfenster. Besorgt beobachteten sie die Veränderungen des Wolkenkranzes. Wie jeden Tag. Wie fast jede Stunde. Über Nacht war die Spitze, die aus dem Wolkenkranz in der Nähe von Christines Eigentumswohnung zu sehen war, der Erde bedrohlich nähergekommen. Christine konnte Menschen erkennen, die sich um das Auge des Phänomens scharrten und ratlos in den Himmel blickten, lamentierten und Fotos schossen.

»Ich denke, wir haben noch zwei Tage, bis die Spitze den Erdboden erreichen wird. Vielleicht drei. Mehr sicherlich nicht.«

Martin betrachtete den Abstand zwischen der Spitze und der Erde. Christine hatte recht. Er hatte das Gefühl, dass der Sog, umso näher er der Erde kam, an Fahrt aufnahm und schneller wuchs, als es ursprünglich der Fall gewesen war.

»Hast du eine Nachricht von Allison oder Michael erhalten letzte Nacht?«, fragte Christine und füllte die Tassen mit Kaffee auf.

»Nein, nichts. Wollen wir Michael anrufen?«

»Nein, komm bitte mal mit.«

Christine setzte ihre Kaffeetasse ab und ging mit Martin in den Flur. Sie öffnete die schmale Tür gegenüber ihrem Badezimmer und betrachtete ihren kleinen Abstellraum. Außer dem Staubsauger, Unmengen an Tüten, Putzmitteln und einer Werkzeugkiste konnte Michael nichts weiter entdecken und sah Christine irritiert an.

»Kommst du an den kleinen Koffer da oben oder soll ich eine Leiter holen?« Christine zeigte auf das Regal, das sich oberhalb der Putzutensilien befand.

Martin streckte seine Hand nach oben und schob den Koffer mit den Fingerspitzen in seine Richtung, bis er ihn zu fassen bekam. Wenige Momente später befanden sich Martin, Christine und der geheimnisvolle Koffer, der sich anfühlte, als wäre er leer, wieder in der Küche. Christine hatte den Koffer sorgsam auf den Küchentisch gelegt. Sie starrte auf den geschlossenen Deckel, während sie in ihrer Tasse rührte.

»Was ist da drin?«

»Mein Vater war zu Lebzeiten immer dem Wasser verbunden. Er war ein leidenschaftlicher Segler und hat jede freie Minute auf den Seen in der Umgebung verbracht. Leider hat es finanziell nie für ein eigenes Boot gereicht und dennoch war das sein Leben. Nach ihrem Tod konnte ich mich von ein paar Gegenständen, die meinen Eltern persönlich viel bedeutet haben, einfach nicht trennen. Auch wenn sie für mich absolut unnütz waren. Wer weiß, wofür das alles gut war. Vielleicht gibt es doch so etwas wie Schicksal.«

Christine stellte ihre leere Tasse in die Spüle, ging zum Küchentisch und öffnete die zwei Klappverschlüsse des Koffers. Zum Vorschein kam ein aus Hartschaum hergestellter Deckel, der den Inhalt offensichtlich schützte. Langsam nahm sie den Deckel ab.

»Ist das etwa …?«

»Ja, ist es.«

Martin inspizierte ungläubig die Schusswaffe mit dem übergroßen, viel zu kurz geratenen Lauf. Die Leuchtpistole lag in ihrer dafür vorgesehenen Auskerbung. Oberhalb der Pistole lagen sieben dicke Patronen, die in den rund ausgestanzten Löchern der Hartschaumumrandung ihren Platz gefunden hatten. Christine legte den Deckel wieder auf den Inhalt und schloss den Koffer.

»Ich nehme an, dass du jetzt nicht segeln fahren willst, Christine. Also was soll das?«

»Du wirst filmen, wie ich das Ding beschieße. Uns bleibt keine Zeit für Bürokratie. So wie ich die Lage einschätze, wird uns genau das zum Verhängnis werden, wenn wir nicht beweisen, dass das funktioniert. Die Medien sind schneller als die Politik. Das war schon immer so. Hast du gesehen, wie nahe die Spitze über Nacht dem Boden gekommen ist?«

»Natürlich habe ich das gesehen, ich bin ja nicht blind. Aber ich glaube nicht, dass ein Amateurvideo von zwei freigestellten IT-Angestellten die Regierungen dieser Welt dazu bringen wird, die 53.860 Wolkenphänomene zu beschießen. Der Test mit Michael verlief doch positiv und das FBI ist bereits involviert. Wir müssen nichts beweisen, Christine.«

»Doch, das müssen wir. Was meinst du, was gerade passiert? Das FBI untersucht das Ding, das Michael in den Sog geworfen hat. Unnötig. Es wird ein Bericht von dem Vorfall von a nach b geschickt, damit sich FBI und NASA den Kopf darüber zerbrechen, sich beraten, um dann schlussendlich eine Stellungnahme und eine Empfehlung an die Konföderation zu schicken. Eine gefährliche Zeitverschwendung. Bis die Entscheidungsträger der Nationen die Augen aufmachen, ist es zu spät. Wir machen das, schicken das Video an Mark und anschließend an die Medien. Das wird den nötigen Druck erzeugen, sodass die Regierungen schneller reagieren müssen. Zudem wirst du berühmt, alter Freund. Ist doch auch was.«

Christine hatte ihren Humor trotz des bizarren Wahnsinns, der sich um sie herum abspielte, immer noch nicht verloren. Genauso wenig wie ihren endlosen Trieb,

Schokoladenriegel zu vernichten. Die Informatikerin nahm sich drei Banane-Joghurt-Riegel als Wegzehrung aus der Schublade, zog ihre Jacke an und wartete ungeduldig an der Tür auf Martin, der immer noch nicht fassen konnte, was seine Kollegin vorhatte. Zwanzig Minuten später erreichte der kleine Golf, der es erstaunlicherweise auch dieses Jahr noch einmal durch den TÜV geschafft hatte, das Zentrum des Münchner Wolkenkranzes. Die lokalen Medien berichteten von zwei Wolkenphänomenen in München, einem südlich der Millionenmetropole und einem nördlich. Dem Zufall war es geschuldet, dass sich Christine und Martin mit dem südlichen und somit größeren der beiden Kränze auseinandersetzen wollten. Noch gestern hatte Martin im Radio gehört, dass der Durchmesser dieses Giganten über zwei Kilometer betrug. Als sie sich dem Sog näherten, schien es Martin, als würde die Wolke bis zur Stadtgrenze reichen.

Christine und Martin schlossen sich der Menschentraube an.

»Siehst du Polizei?« flüsterte Christine.

Martin konnte keine Polizisten oder Streifenwagen sehen. »Nein. Niemanden. Seltsam.«

»Nicht seltsam, was sollen sie auch machen? Die Menschen wegscheuchen? Wofür? Ich wollte nur sichergehen«, sagte Christine leicht amüsiert und bahnte sich mit ihrem Ellenbogen den Weg immer weiter nach vorn. Nach zehn Minuten hatten sie sich ihren Platz unter der Spitze des stummen Orkans erkämpft.

Das Gemurmel um sie herum nahm zu. Die Menschen schossen Fotos, posteten Selfies in den sozialen Medien oder telefonierten angeregt. Michael und Christine beobachteten stirnrunzelnd die Leute, die keine Furcht vor dem Phänomen zeigten.

Christine dachte darüber nach, was sie wusste und von wem. Sie versuchte ihre Informationen zu differenzieren und kam erstaunt zu der Feststellung, wie naiv die Bevölkerung doch von den Regierungen gehalten wurde. Ironischerweise schien selbst in diesen neuen Zeiten die alte Regel der Verblendung zu greifen.

»Bist du bereit?«, fragte Christine und griff in ihre Jackentasche.

Martin drehte sich zu ihr um. »Bist du wahnsinnig? Hier wimmelt es nur so von Menschen? Willst du, dass jemand von dem Geschoss getroffen wird?«

»Vertrau mir, niemand wird verletzt. Ich zähle bis drei. Manchmal hat die simpelste Idee die größte Wirkung. Nicht denken, einfach machen.«

»Was meinst du mit …«

»Drei«, flüsterte Christine und zwinkerte Martin an.

»Der Antichrist wird auf die Erde kommen und uns alle töten! Lasst uns in das Reich unseres Herrn eintreten!«, schrie Christine aus voller Kehle und hob ihre Waffe.

Die Menschen sahen sie zunächst irritiert an, dann stolperten sie nach hinten, rappelten sich auf und rannten davon. Martin beobachtete ungläubig, wie sich die Menschenmenge innerhalb von wenigen Minuten auflöste. Christine nickte zufrieden, als sich auch die letzten Frauen und Männer entfernt hatten und sich hinter Mauern und Containern versteckten.

»Typisches Herdenverhalten«, sagte sie und nahm die Waffe herunter. Martin und Christine standen allein unter dem Wolkenkreis.

»Wir haben nicht viel Zeit, bis jemand die Polizei ruft. Nimm dein Handy und filme.«

Christine nahm ihre Waffe runter, klappte den Lauf nach unten und lud sie mit einer der dicken Patronen.

»Bereit?«

»Ja.«

Martin hielt das Smartphone mit zitternden Händen fest. Mit weichen Knien konzentrierte er sich darauf, ein ruhiges Video zu produzieren. Christine hob ihre Hand, schloss ein Auge und drückte ab. Mit einem Knall schoss die Leuchtpatrone in den Himmel. Sie verfehlte die Spitze des Soges um gut fünfzig Meter.

»Du musst besser zielen«, sagte Martin nervös.

»Sehr witzig, Luber. Weißt du eigentlich, was das Ding für einen Rückschlag hat? Ich habe noch nie mit so etwas geschossen.«

Christine lud nach und umschloss die Leuchtpistole mit beiden Händen. Sie visierte die Spitze des Soges erneut an, schloss ihr linkes Auge und feuerte die Leuchtrakete ab. Diesmal verfehlte der rote Schweif die Spitze um mehr als hundert Meter und krachte in die Windschutzscheibe eines Sportwagens. Die Alarmanlage jaulte auf. Das Innere des Fahrzeugs leuchtete hellrot auf und begann zu brennen.

»Christine!«

»Ganz großes Kino. Verdammt noch mal!«, fluchte sie, lud nach, ging in die Knie und zielte. Ihre Zungenspitze ragte aus ihrem Mundwinkel, als sie den Abzug drückte.

»Andere Farbe, aber wieder daneben. Vier haben wir noch. Polizei da?«

Sie lud erneut nach und starrte auf die verdammte Spitze, die so nah schien und doch so fern war. Martin drehte sich hastig zu allen Seiten um und prüfte die Lage.

»Nein, niemand da. Noch nicht. Das muss jetzt bitte sitzen«, flehte Martin und spürte, wie langsam Panik in ihm aufkam.

»Also gut, du Mistvieh«, murmelte Christine und umklammerte die Waffe mit beiden Händen.

Martin hörte aus der Ferne Sirenen und wusste, dass ihnen nicht mehr viel Zeit blieb. Er startete die Aufnahme erneut und konzentrierte sich auf das Bild. Ein weiterer Knall hallte durch das nahegelegene Wohngebiet und ein roter Schweif schoss in den Himmel, weit entfernt von der Spitze des Wirbels.

»Geh ein Stück weg von der Spitze. Du stehst direkt darunter, vielleicht triffst du es von der Seite besser.«

Martin drehte sich um und sah Streifenwagen heranrasen.

»Nein, von hier aus muss es funktionieren. Das gibt es doch einfach nicht. Wie blind kann man sein?«, fluchte

Christine laut, lud nach und feuerte die Patrone auf das Ende des Wirbels.

Sie verfehlte es nur knapp. Die Leuchtrakete schlug auf der entgegenliegenden Häuserwand ein und explodierte wie eine Feuerwerksrakete.

»Du hast nur noch zwei Schuss, die Polizei wird gleich da sein«, brüllte Martin seine Freundin an.

Christine drehte sich zu ihm um. »Versteck dich! Vergiss nicht zu filmen. Ich werde das Ding treffen und wenn es das Letzte ist, was ich mache. Geh jetzt!«

Martin nickte und rannte zu der Menschentraube, die sich unweit von dem Spektakel versammelt hatte und aus sicherer Entfernung das Treiben der offenbar geistig verwirrten Frau beobachtete. Während seines Sprints hatte Christine erneut nachgeladen. Sie nickte ihm zu, Martin erwiderte die Geste und wieder ertönte der ohrenbetäubende Knall. Christine hatte wenige Meter danebengeschossen. Panik kam in ihr auf und sie sah in das verzweifelte Gesicht von Martin. Die Einsatzwagen kamen mit quietschenden Reifen zwanzig Meter vor Christine zum Stehen. Geistesgegenwärtig steckte sie die letzte Patrone in den Lauf der Leuchtpistole und zielte auf die Beamten, die gerade auf sie zustürmen wollten.

»Hey, ganz ruhig. Wir wollen Ihnen nichts tun.«

Der Einsatzleiter gab ein Handzeichen. Die Beamten blieben stehen und zielten auf Christine.

Christines Blick schnellte zu Martin, zur Spitze des Wirbels und wieder zu den Polizisten.

»Legen Sie die Waffe weg. Alles wird gut. Es ist nichts passiert. Nehmen Sie die Waffe runter.«

»Sie verstehen das nicht! Bleiben Sie weg von mir!«

Die Mündung ihrer Waffe machte die Runde und nahm jeden der umherstehenden Polizisten kurz ins Visier. Mit einem gesamtheitlichen Schritt nach hinten nahmen die Beamten Abstand von der Frau und beobachteten die Situation, während Christine weitere Sirenen aus der Ferne hören konnte.

Bleib ruhig. Der Schuss muss sitzen. Du wirst treffen. Beruhige dich, konzentriere dich auf die Spitze des Wirbels. Du wirst treffen.

Für eine Sekunde schloss Christine ihre Augen, atmete tief ein und aus. Sie umklammerte den Griff der Waffe. Ihr Puls beruhigte sich. Ihre Hände hörten auf zu zittern.

»Bitte nehmen Sie die Waffe herunter. Sie machen alles nur noch schlimmer. Was möchten Sie? Welche Forderungen wollen Sie stellen?«

Nun begann der psychologische Teil, der Christine nicht weiter beeindruckte. Sie schüttelte den Kopf, hob langsam ihre Waffe und verbannte die Polizisten, die Menschentraube und die immer lauter werdenden Sirenen aus ihrem Kopf.

Mit einem Mal wurde es still um sie herum. Sie visierte die Spitze des Wirbels an. Es gab nur noch ihre Leuchtpistole und den verdammten Sog über ihr.

Der Text von Terry Jacksons -Seasons in the Sun- kam ihr in den Sinn. Christine summte leise die Melodie und zielte vollkommen ruhig und entspannt in dem Moment des Stilllebens auf die Spitze des Wirbels. Sie drückte ab.

Goodbye Papa please pray for me
I was the black sheep of the family
You tried to teach me right from wrong
Too much wine and too much song
Wonder how I got along
Goodbye Papa it's hard to die
When all the birds are singing in the sky
Now that the spring is in the air
Little children everywhere

Die rote Leuchtrakete schoss. Die Rakete blieb auf dem richtigen Kurs, traf die Spitze des Wirbels exakt von unten und verschwand. Christine fuhr herum und sah Martin an, der freudig nickte.

»SENDE ES SOFORT AN MARK. SOFORT!«

Weiter kam Christine nicht, denn vier Beamte rissen sie mit voller Wucht zu Boden. Geschockt beobachtete Martin die Festnahme für einen Moment und tat dann, was Christine von ihm verlangte. Er öffnete den Messenger, lud das Video hoch und schickte es weg.

Mark, wir haben die Spitze beschossen. Christine wird gerade verhaftet. Bitte helfen Sie mir!! Ich lade es jetzt auf alle meine sozialen Kanäle hoch.

Wenige Sekunden später verfärbten sich die grauen Häkchen blau. Luber sah auf den Wolkenkranz und konnte erkennen, wie sich die Mutation veränderte.

»Die Spitze entfernt sich von der Erde«, flüsterte er zunächst leise, bis die Euphorie in ihm immer stärker wurde und er alle wissen lassen wollte, dass Christine recht hatte.

»Es löst sich auf. Schaut nach oben. Das verdammte Ding löst sich einfach auf!«, schrie er so laut er nur konnte und zeigte auf den Sog.

Die Menschen folgten Martins Fingerzeig und das Raunen wurde lauter. Sie holten ihre Handys hervor, um das Schauspiel zu filmen. Die Polizisten blickten ungläubig in den Himmel, kümmerten sich dann aber wieder um den Abtransport von Christine.

Das Handy in seiner Hosentasche vibrierte. Martin entfernte sich von den Menschen, um etwas zu verstehen.

»Mark?«

»Was haben Sie getan?«

»Es hat funktioniert! Es löst sich auf. Christine war der Meinung, dass es zulange dauern würde, bis die Behörden und Regierungen eine Entscheidung treffen. Nun wird es wahrscheinlich in wenigen Minuten auf allen Kanälen, allen Sendern weltweit zu sehen sein. Man muss exakt die untere Spitze treffen, Mark. Genau die Spitze, dann funktioniert es. Oh mein Gott, der Wirbel hat sich fast komplett zurückgezogen. Mark, sind Sie noch dran?«, johlte Martin begeistert los und konnte nicht fassen, was er da sah.

Minuten später erreichten die ersten Übertragungswagen der örtlich ansässigen Fernsehsender den Ort. Von Minute zu Minute füllte sich der Platz inmitten eines Wohngebietes im Münchner Süden mit Reportern, Kamerateams und Polizeiwagen. Der Ansturm war gewaltig. Martin traute seinen Augen nicht, als er zwischen zwei Polizeibussen hindurch Militärfahrzeuge auf den Platz zufahren sah.

»Das Militär kommt, Mark.«

»Ich sehe es. Es ist auf allen Kanälen live zu sehen. Crowley spricht mit seinem Vorgesetzten. Christine sollte in den nächsten Minuten freigelassen …«

»Sie räumen den Platz, Mark. Hier sind sehr viele Soldaten und drängen die Menschen ab. Ich sehe zwei Straßen weiter Panzer kommen«, stammelte Martin in das Telefon.

»Martin, gehen Sie zu einem Streifenwagen und sagen Sie den Beamten, dass Sie mit dem FBI kooperieren. Hören Sie mich? Ich hole Crowley an den Hörer. Geben Sie dem Beamten Ihr Handy.«

Der Lärmpegel stieg. Die Megafondurchsagen des Militärs erschwerte das Gespräch zwischen Mark und Martin. Luber kämpfte sich durch die Menschenmasse und versuchte, den Polizeiwagen mit der Aufschrift »Einsatzleitung« nicht aus den Augen zu verlieren. Die Soldaten bildeten einen Ring um den Kern des Wolkenkreises. Der Wagen der Einsatzleitung befand sich inmitten dieser Sperrzone, der Martin immer näher und näher kam.

Verlassen Sie unverzüglich das Gelände. Dieses Gebiet ist militärische Sperrzone.

Die Durchsagen aus den verschiedenen Lautsprechern rund um das Gebiet ertönten und dröhnten in Martins Trommelfell. Noch ein Meter trennte ihn von den

Soldaten, die Schulter an Schulter standen. Sie hielten ihre Schutzschilde vor die Oberkörper.

»Es tut mir leid, hören Sie!«, sagte Martin zu einem Mann, der neben ihm stand und versuchte, in dem Gedränge Fotos von dem schrumpfenden Wirbel zu machen.

»Er hat eine Waffe!«, schrie Martin plötzlich los und deutete von oben mit seinem Zeigefinger auf den verdutzen Mann, der ihn fragend ansah.

Der Plan schien zu funktionieren. Zwei Soldaten traten aus der Reihe und warfen den Mann auf den Boden. Martin ergriff seine Chance. So schnell er nur konnte, sprintete er durch die entstandene Lücke nach vorn, direkt auf den Wagen der Einsatzleitung zu.

»Bleiben Sie stehen!«, rief ihm ein Soldat hinterher.

Martin hörte die schnellen Schritte der schweren Stiefel hinter sich. Es waren letztendlich nur einhundert Meter, die Martin von dem Einsatzwagen trennten, und tatsächlich schaffte er es. Erstaunt von seiner Leistung, trotz seiner fehlenden Kondition, erreichte er völlig außer Atem den Polizeiwagen und klopfte hektisch an die Fensterscheibe. Die Tür öffnete sich und ein Mann in Jeans und einem beigen Anorak stieg aus.

»FBI … hier!!«, japste Martin.

Martin wurde von einem Soldaten gegen den Wagen gedrückt. Mit letzter Kraft streckte er dem Beamten in Zivil sein Handy entgegen.

»Lassen Sie ihn los. FBI?«

Die Soldaten positionierten sich mit ihren Waffen im Anschlag hinter Martin.

»FBI für Sie … bitte …«

Sein Puls trommelte in seinem Hals, zitternd übergab er dem Beamten sein Handy.

Ohne ein Wort zu sagen, hielt der Einsatzleiter das Handy an sein Ohr und hörte konzentriert zu.

»In Ordnung. Vielen Dank. Auf Wiederhören.«

Der Mann gab Martin das Handy zurück und beugte sich in das Innere des Wagens, um mit seinem Beifahrer zu sprechen.

»Dieser Mann bleibt bei mir. Gehen Sie bitte wieder zurück zu Ihrem Einsatz.«

Die Soldaten entfernten sich, der Beamte winkte Martin zu sich.

»Die laufenden Ermittlungen liegen in der Zuständigkeit des FBI. Wir bringen Ihre Kollegin jetzt her. Wir werden noch Ihre Personalien aufnehmen, anschließend bitte ich Sie, die Sperrzone zu verlassen.«

Eine Gruppe von Soldaten führte Christine in das Innere des Sicherheitsbereiches. Nach einer halben Stunde, zwei geleisteten Unterschriften, welche die Richtigkeit und Vollständigkeit der Personalien versicherten, fanden sich die beiden außerhalb der Sperrzone wieder. Wortlos blickten die freigestellten Mitarbeiter der Firma Culligs auf den verblassenden Wolkenkranz. Die Spitze des Soges war mit bloßem Auge kaum noch zu erkennen. Ein dünner hellblauer Ring zierte den äußeren Kranz des Wolkenkreises.

Martin und Christine beschlossen, nach diesem aufregenden Vormittag bei Papa Giovanni zu essen. Christines Lieblingsitaliener befand sich in der Nähe ihrer Wohnung. Sie konnte sich nicht daran erinnern, wie oft sie nach den unzähligen misslungenen Dates in dem Restaurant wieder nach Hause getrottet war, um ihren Kummer in Rotwein zu ertränken.

»Schnuckelchen, wie immer?«

Fabio küsste Christine herzlich. Trotz oder gerade wegen der Welt, die gerade aus den Fugen geriet, präsentierte sich ihr Lieblingskellner in ihrem Lieblingsrestaurant fröhlich und sorglos.

»Ja, und das Gleiche für meinen lieben Freund, der mir gerade den Arsch gerettet hat.«

Lachend und ohne nachzufragen, verließ Fabio den Tisch und verschwand in der Küche.

»Du magst doch Lasagne und Rotwein?«

»Rotwein am Vormittag? Ach, welche Rolle spielt es schon? Na klar.«

Martin war froh, Christine wieder an seiner Seite zu haben. Er dachte darüber nach, welches Band es war, dass die beiden so sehr aneinander hielt. Eine körperliche Beziehung würde mit Christine niemals funktionieren, optisch war sie einfach nicht sein Typ und Martin wusste, dass sie genauso für ihn empfand. Dennoch verband die beiden eine tiefe Sympathie, eine Seelenverwandtschaft, die viel wichtiger schien als alles andere. Er erschrak bei dem Gedanken, dass sie eines Tages nicht mehr an seiner

Seite sein würde. Er wollte sich so ein Leben nicht mehr vorstellen.

»Fabio, mach den Fernseher mal lauter«, rief Christine in Richtung Küche und blickte auf den kleinen Fernseher, der in der oberen rechten Ecke des schmucken Restaurants hing.

»Fang, Schnuckelchen!«

Fabio trat aus der Küche und warf Christine die Fernbedienung zu. Christine fing die Fernbedienung und schaltete den Fernseher lauter.

»... sehen wir hier Bilder, die uns in diesem Augenblick aus München erreichen. Es macht den Anschein, als würde sich einer der über 53.000 Wolkenringe auflösen oder zurückziehen. Ich begrüße an dieser Stelle unseren Gast, Pfarrer ...«

Christine schaltete zum Kanal von KBC um. Der amerikanische Nachrichtensender gehörte zu ihren Favoriten in Bezug auf schnelle Reportagen und Exklusivität. Irritiert betrachtete sie sich selbst dabei, wie sie im Fernsehen die letzte Patrone abfeuerte.

»Wie hast du das Video so schnell an die amerikanischen Nachrichtensender schicken können?«

Martin grinste und holte sein Handy hervor. »Erinnerst du dich noch an die Schulung vor einem Jahr? Die Sache mit dem neuen Virus und dem Hype in den Medien? Was hatte Norman damals gesagt? Das Internet ist entweder dein größter Freund oder dein größter Feind. Das war der einzige sinnvolle Satz, den ich jemals von ihm gehört habe.«

Christine lachte los. Martin öffnete seinen Facebook-Account und zeigte ihr das hochgeladene Video.

»Ich habe es an kein Medienhaus geschickt. Ich habe es nur auf Facebook, Instagram und Twitter gepostet und habe dank deiner Aktion jetzt knapp 37 Millionen Likes. Sieh mal auf die Freundschaftsanfragen.«

Christine beobachtete, wie die Anfragen sekündlich im Tausenderschritt nach oben schnellten. Martin schaltete das Handy ab und steckte es in die Hosentasche.

»Die Anfragen nehme ich an, wenn der ganze Wahnsinn vorbei ist.«

Beide lachten und stießen aufeinander an. Sie wussten, dass Christines Aktion die globale Situation ändern würde und eine Eigendynamik angestoßen hatte, die nicht zu stoppen war.

»… haben wir aus Regierungskreisen erfahren, dass der Präsident der Vereinigten Staaten die Konföderation zu einer Dringlichkeitssitzung in einer Stunde einberufen hat. Die Ereignisse aus München riefen hochrangige Militärs auf den Plan, die das Videomaterial in diesen Minuten sichten und auswerten. Sie sehen hier Livebilder aus München. Hier ist ein Wolkenkranz, der komplett weiß erscheint. Auch der Wirbel in der Mitte hat sich aufgelöst. Der dunkelblaue Schleier, der sich über alle Wolkenkreise gelegt hat, ist hier verschwunden. Wir … uns erreicht gerade die Meldung, dass der erste Wolkenkranz über Sofia verschwunden ist. Ob es einen Zusammenhang zwischen den beiden Wetterphänomenen gibt, ist momentan noch unklar. Der Sprecher des Weißen

Hauses äußerte sich nicht zu den Ereignissen, die sich momentan überschlagen, und verwies auf eine Pressekonferenz, die in drei Stunden stattfinden wird. Einen Moment bitte.«

Die US-Moderatorin hielt ihre Hand ans Ohr und nickte seitlich an der Kamera vorbei.

»Wir versuchen, Ihnen alle Meldungen so schnell wie möglich weiterzugeben. Es handelt sich um einen gewissen Martin Luber, der das Video als Erster in die sozialen Netze geladen hat. In welchem Zusammenhang Luber mit der Frau in dem Video steht, bleibt abzuwarten. Wir erfahren gerade von unserem Partnersender France Nouvelles, dass es nahe der französischen Hauptstadt zu Schüssen gekommen ist. Offenbar handelt es sich hierbei um Trittbrettfahrer, die begonnen haben, die Wolkenkreise zu beschießen. Das Militär bittet die Bevölkerung, auf keinen Fall Selbstjustiz zu üben und sich den Wetterphänomenen auf keinen Fall zu nähern. Das französische Militär gab bekannt, in diesen Minuten Sperrgebiete unter jedes Wolkenphänomen in Frankreich zu errichten. Wir möchten nun in eigener Sache die Bevölkerung bitten, Ruhe zu bewahren und keine eigenständigen Aktionen durchzuführen. Das gefährdet nicht nur Ihr Leben, sondern auch das Ihrer Mitmenschen.«

Christine schaltete den Fernseher ab und sah Martin entgeistert an.

»Das habe ich nicht erwartet«, flüsterte sie erschrocken und nahm einen großen Schluck Rotwein.

»Bleib ruhig, Christine. Du weißt nicht, wie sich die Dinge entwickeln. Es war auf alle Fälle besser, als ruhig dazusitzen und zu warten, bis irgendwelche Analysen oder Berichte erstellt worden sind.«

»Da bin ich mir langsam nicht mehr so sicher, Martin. Panik und überlegtes Handeln vertragen sich meistens nicht wirklich.«

Kapitel 6 – Dilemma

Nach dem gelungenen Experiment hatte sich Michael wieder in die Geisterstadt zurückgezogen. Bis auf die runden, stummen Wächter schien ihm der ausgestorbene Ort am sichersten. Zumal hatte er aus dem zweiten Stock eine gute Sicht auf den Großteil der verlassenen Gebäude. Seine Expedition durch die Geschäfte der Stadt hatte sich gelohnt. Völlig erschöpft kehrte Michael mit seiner Beute zurück in den kleinen Raum. Neben der wertvollsten Entdeckung, den vier Gläsern mit dem Gelben, reihte Michael noch etliche Dosen und Gläser mit dem Schwarzen vor sich auf. Das Schwarze bescherte ihm wenigstens keine Übelkeit und er war dankbar dafür, nicht nur das Gelbe entdeckt zu haben. So wichtig es für sein Überleben auch war. Gierig leerte er ein Glas des Gelees binnen Minuten und ließ sich auf den Stuhl fallen, auf dem vor weniger als zwei Tagen noch die Kreatur gesessen hatte und ihn hatte umbringen wollen.

Er blickte aus dem Fenster und dachte an Rachel. Sein Verlangen, mit seiner Frau zu sprechen, sie in seine Arme zu schließen und zu küssen, wuchs mit jeder Minute in diesem kleinen Raum.

Nach seinem vermeintlichen Tod war Rachel nach ihrem Selbstmordversuch in die Psychiatrie eingewiesen worden. Christine und Martin hatten ihrem Freund nichts von dem tragischen Schicksalsschlag erzählt. Sollte sich doch alles wieder zum Guten wenden, wenn Michael wieder auf der Erde war. Irgendwann. Irgendwie.

Er musste sich ablenken, der Gedanke an Rachel machte ihn wahnsinnig. Doch die Hoffnung, seine Frau eines Tages wieder in den Armen halten zu können, wuchs nach dem gelungenen Test immer mehr und mehr. Michael wischte sich die Tränen aus dem Gesicht, seufzte tief und öffnete das Fenster. Die Wächter waren wie vom Erdboden verschluckt und der Wolkenkreis war verschwunden.

Er dachte darüber nach, dass er in der Stadt die nächsten Tage, womöglich Wochen überleben könnte. Fünf der umliegenden Geschäfte hatte er noch nicht durchsucht. Leise schloss er das Fenster und legte sich auf den Holzboden des kleinen Raumes. Die Müdigkeit übermannte ihn, Michaels Augen fielen zu und er schlief sofort ein.

Das Brummen setzte wieder ein. Er hatte vergessen, auf den Rhythmus zu achten, und übergab sich im Halbschlaf.

»Verdammt noch mal«, fluchte er wütend, rieb sich die Augen und sah auf sein Handy. Zumindest hatte sein Körper zwei Stunden Schlaf bekommen und ein wenig Energie getankt. Der Gestank seines Erbrochenen staute sich im Raum. Während er das Fenster öffnete, überlegte Miller, womit er diese Sauerei beiseiteschaffen könnte, als plötzlich ein leiser summender Ton von außen in den Raum drang. Mit einem Mal war Michael hellwach. Er duckte sich und versuchte herauszufinden, woher dieses Geräusch, das er bisher noch nie gehört hatte, kam.

»Oh nein«, stammelte Michael mit zitternder Stimme.

Sein Blick haftete an der Stelle im Himmel, an der sich zuvor noch die Spitze des Wolkenkreises befunden hatte. Eine Heerschar von Kreaturen, Fahrzeugen und fliegenden Objekten, die ihn an Hubschrauber ohne Rotorblätter erinnerten, erspähte er an jener Stelle des verschwundenen Wolkenkranzes. Diese Hubschrauber erzeugten das summende Geräusch. Geistesgegenwärtig nahm er sein Handy aus der Hosentasche, schoss ein Bild und schickte es in die WhatsApp-Gruppe. Einige der Kreaturen blickten auf die Stelle, an der das Tablet verschwunden war. Wie auch bei seinen Begegnungen zuvor mit diesen Monstern schienen sie auf keine ersichtliche Art und Weise zu kommunizieren und standen regungslos da, während die summenden, flügellosen Hubschrauber ihre Bahnen von links nach rechts zogen. Es erinnerte ihn an die tödliche Begegnung seinerzeit auf der Straße. Die Arme der Wesen hingen schlaff vom Körper, während sie die Köpfe seitlich neigten. Der schauderhafte Anblick verursachte eine Gänsehaut auf Michaels Armen. Vor seinem geistigen Auge sah er seine beiden Freunde erneut sterben. Wie so oft in seinen Träumen.

Leise schloss Michael das Fenster und betrachtete das geschossene Foto. Er zoomt an die Fahrzeuge heran. Sie hatten keine Reifen, sondern Ketten, wie er es von Panzern kannte. Allem Anschein nach war das das Militär, das die Veränderung untersuchte. Schweiß bildete sich auf seiner Stirn. Er hatte Mühe, sein Handy ruhig zu halten. Das Foto verschwand vom Display und Marks

Nummer erschien, gefolgt dem bekannten Summton. Michael drückte den Anruf weg und sah aus dem Fenster. Die Wesen bewegten sich. Die Geschöpfe versammelten sich im Kreis, neigten synchron den Kopf nach links und drehten sich plötzlich in die Richtung seines Hauses. Michael erschrak und zog den Kopf ein. Hatten sie ihn gesehen? Nein, das war unmöglich. In seiner geduckten Haltung hätten sie unmöglich auch nur die Spitze seiner Haare erkennen können. Er aktivierte die Kamera seines Handys und hielt so weit nach oben, dass die Kameralinse das Geschehen einfangen konnte. Er drückte ab, nahm das Handy wieder nach unten und betrachtete die eingefangene Szenerie. Das Waldstück war leer. Die Handykamera hatte außer der Natur nichts eingefangen. Keine eigenartigen fliegenden Objekte, keine Kettenfahrzeuge und keine Kreaturen waren auf dem Bild zu sehen.

»Das ist unmöglich.« Seine Pupillen rasten von einer Ecke des Fotos in die andere.

Was war das?

Er dachte, ein Geräusch zu hören, und riss seinen Kopf in Richtung der Tür. Michael hörte auf zu atmen und betrachtete den Türknauf. Nein, nichts. Seine Nerven lagen blank. Ohne den Blick von der Tür zu nehmen, griff er das Glas mit dem Gelben und schraubte den Deckel ab. Er wagte es wieder und sah ängstlich aus dem Fenster. Langsam und vorsichtig kam er aus seiner Deckung, bis er schlussendlich die Waldlichtung sehen konnte. Mit eigenen Augen sah er, was sein Foto eingefangen hatte.

Eine leere Lichtung, kein Summen war mehr zu hören, keine Kreatur zu sehen. Zögerlich sah er weiter Richtung Osten, konnte aber nichts Auffälliges entdecken. Michael zog seinen Kopf wieder zurück, als er im Augenwinkel etwas direkt unterhalb des Fensters registrierte. Michael hob sein Handy noch einmal hoch, um ein Foto zu schießen. Sein Herz blieb stehen, als er das Foto öffnete. Um ein Haar hätte er geschrien. Die Aufnahme zeigte Wächter. Diesmal war es allerdings nicht mehr die Fünferformation des letzten Besuches. Michael zählte nach. Es waren fünfundzwanzig. Diese waren zumindest auf seinem Foto zu sehen. Wie viele Kugeln sich außerhalb des Objektivs befanden, wollte Michael gar nicht wissen. Alle zeigten das bedrohliche rote Leuchten im Zentrum der Kugeln. Sie hatten ihn entdeckt. Zweifelsohne. Miller versuchte sich zu beruhigen. Er setzte sich auf den Boden und starrte auf das Bild. Wieder summte sein Handy, doch Michael ignorierte es. Wächter. Es waren viele Wächter, doch nicht eine der Kreaturen war auf dem Foto zu sehen. Planten sie einen Hinterhalt? Waren sie schon in seinem Gebäude?

Auf allen Vieren krabbelte er zu Tür, öffnete sie leise einen Spalt und spähte in das Treppenhaus des Gebäudes. Kein Geräusch, kein Klacken, nichts, was darauf hinwies, dass diese Geschöpfe in seiner Nähe wären.

Keine Kreaturen. Das ist gut. Keine Monster. Nur Kugeln. Kugeln können keine Treppen hochgehen. Das ist gut. Alles wird gut.

Er setzte sich in den Schneidersitz und schloss seine
Augen. Michael zählte bis zehn und versuchte, seine
Atmung unter Kontrolle zu bekommen. Es funktionierte.
Sein Zittern ließ nach und sein Herzschlag beruhigte sich.
Michael schloss leise das Fenster. Sein Handy summte
erneut. Er nahm ab.

»Michael? Alles okay? Können Sie mich hören?«

Bevor Michael antwortete, öffnete er nochmals die
WhatsApp-Gruppe und sendete das Bild der Wächter.

»Ich habe ernste Probleme, Mark. Haben Sie das Bild
bekommen?«

»Ja, ich sehe es mir gerade an. Was zum Teufel geht da
vor?«

»Sie haben mich entdeckt. Sie waren an der Stelle, an
dem die Spitze des Wirbels den Stein berührt hat. Sie
wissen von der Veränderung und sie wissen von mir.«
Mit brüchiger Stimme nahm er seine eigenen Worte wahr.

»Ganz ruhig, Michael, wir haben in der Zwischenzeit
daran gearbeitet, Sie von diesem Ort zu holen. Sie müssen
nur noch ein paar Stunden ausharren. Es wird bald
losgehen. Westlich von Ihnen müssten Sie einen weiteren
Wolkenkreis sehen.«

Zögerlich näherte sich Michael wieder dem Fenster und
sah Richtung Westen.

»Der ist mindestens zehn Kilometer entfernt. Es scheint
ein sehr kleiner Wolkenkranz zu sein.«

»Gut, dann stimmen die Standpunkte mit unseren
Wolken überein. Der Plan ist folgender: Sie müssen sich
sofort auf den Weg dorthin machen, uns bleibt nicht mehr

viel Zeit. Die Wirbel bei uns nähern sich immer schneller dem Erdboden. Wir werden Ihnen die Ausrüstung, die ursprünglich für die nächste Exo-Mars-Mission geplant war, durch diesen Wirbel schicken. Das seltsame Tablet, das Sie uns rübergeschickt haben, wurde im Labor auf Schäden bei dem Erdeintritt untersucht. Es ist scheinbar vollkommen unbeschadet bei uns angekommen. Das ist natürlich keine Garantie, aber uns bleibt nur dieser eine Weg.«

»Sie wollen mir einen Raumanzug schicken?«

Michael wusste nicht, ob er lachen oder weinen sollte. Nach einem kurzen Moment schien ihm aber die Option von Mark die einzige Möglichkeit zu sein, diesen Ort ein für alle Mal zu verlassen.

»Im direkten Sonnenlicht herrschen mehrere hundert Grad Celsius plus und im Schatten bis zu 269 Grad Celsius minus. Der Raumanzug schützt Sie vor diesen Temperaturen und vor gefährlicher Strahlung. Der Anzug besteht aus dreizehn Schichten. In die Innenschicht sind dünne Schläuche und Kabel eingearbeitet, durch die Wasser fließt. Das kühlt Ihre Haut. Ich weiß, dass Sie sich nicht im Orbit befinden, und mir ist auch durchaus bewusst, dass dieser Versuch Sie das Leben kosten kann. Zumindest ist es eine Option und tausendmal besser als ungeschützt.«

»Wenn Sie das durch den Sog schicken, wird sich die Spitze so schnell vom Erdboden entfernen, dass ich ihn nicht mehr erreichen kann. Ich muss mir den Anzug auch erst einmal anziehen.«

»Daran haben wir natürlich gedacht. Wenn Sie die Position im Westen erreicht haben und es funktionieren sollte, werden Sie von Ihrem Standpunkt aus südwestlich einen weiteren Wolkenkreis entdecken. Es gibt zwei Probleme bei der Sache: Erstens wissen wir nicht, ob die Gebiete unter den Wolkenkreisen gefährlich sind. Zweitens befindet sich der zweite Wolkenkreis laut unseren Berechnungen circa fünfzehn Kilometer vom ersten entfernt und die Zeit drängt.«

Michael sagte nichts und dachte über all die Informationen, die ihm Mark als Plan für seine Rettung mitteilte, nach. Er nickte und betrachtete skeptisch die rot pulsierenden Wächter, die stumm und regungslos vor dem Haus standen und offensichtlich abwarteten.

»Ich nehme das Gelbe. Damit müsste es funktionieren. Ich habe keine andere Wahl«, murmelte er.

Die beiden Männer beendeten das Gespräch. Es war keine Zeit mehr zu verlieren und Michael traf alle Vorbereitungen, sein Versteck zu verlassen und sich so schnell wie möglich auf den Weg zu besagter Stelle zu machen. Die kleinsten der Dosen und Gläser fanden mehr oder minder Platz in seinen Hosentaschen.

»Showtime.«

Michael öffnete die Tür, stieg leise die runden Stufen nach unten und es geschah, was nicht geschehen durfte. Für einen Augenblick, in dem er ein herausrutschendes Glas zurück in seine linke Hosentasche stopfte, achtete er nicht auf die abgerundeten Stufen, verlor das

Gleichgewicht und krachte laut schreiend den Rest des Weges nach unten.

Er landete mit der Hüfte auf dem harten Fußboden. Er stöhnte und spürte, dass die linke Hälfte seines Hinterns pulsierte. Das Glas in der Tasche war zerbrochen und die Splitter hatten sich tief in sein Fleisch gebohrt. Das Blut sickerte durch seine Hose. Miller presste die Hand auf seinen Mund und zog die Splitter heraus. Nach zwanzig Minuten ebbte der Schmerz ab, das Blut wurde weniger.

Du warst zu laut. Du hast deine Flucht grandios angekündigt. Du Idiot.

Ihn trennten nur wenige Zentimeter von der verschlossenen Eingangstür. Was würde ihn erwarten? Höchstwahrscheinlich würden sie ihn sofort eliminieren und den Eingangsbereich säubern. Es gab keine Option, keinen Plan B, Michael hielt an seinem Vorhaben fest. Leise öffnete er eine der Dosen und schmierte sich das Gelbe in die Augen. Das Brennen auf seinen Pupillen setzte ein. Er wartete, bis der Schmerz nachließ. Michael drehte den Knauf und öffnete die Tür Zentimeter für Zentimeter. Da standen sie. In anderer Formation und viel mehr, als er auf dem Foto hatte erkennen können. Sein tollpatschiger Abstieg hatte offenbar eine neue Befehlskette der Kugeln ausgelöst. Still und pulsierend hatten sie sich vor der Haustür positioniert.

Bleib ruhig. Die Monster haben dich nicht gesehen, die Wächter werden es auch nicht. Nicht analysierbar. Denke daran, nicht analysierbar.

In kleinen Schritten näherte sich Michael den Wächtern. Er kniff die Augen zusammen, um die Umrisse besser erkennen zu können. Ein Feld aus silbernen, runden Dingern stand ihm entgegen.

Das sind fünfzig Meter bis zum Ende der Kugeln, vielleicht hundert. Sie stehen im exakten Abstand zueinander, um eine Reihe versetzt. Geh geradeaus, dann links, wieder geradeaus, dann rechts. Das Spiel von vorne bis zum Ende. Langsam. Schritt für Schritt.

Michael Miller trat nach vorn und stand wenige Zentimeter vor der ersten Kugel. Das schwache rote Licht pulsierte ruhig in regelmäßigen Abständen in der Mitte der Kugel. Offensichtlich schien sein Sturz bis auf eine neue Formation nichts weiter ausgelöst zu haben.

Sie erkennen dich nicht. Du hast das Gelbe. Du schaffst es. Bewege dich. JETZT.

Michael tat einen Schritt vor den nächsten und passierte langsam die Reihe der ersten Formation. Er blieb stehen, drehte seinen Kopf nach hinten. Nichts geschah. Die Reihe der ersten Wächter stand in der Position wie zuvor auch. Es hatte funktioniert. Sein Blick richtete sich wieder nach vorn.

Noch fünfzehn Reihen. Jetzt links, dann wieder geradeaus, dann rechts. Bewege dich.

Er presste seine rechte Hand fest auf seine Brust. Nachdem er sich durch mehrere Reihen gekämpft hatte, drehte sich Michael um. Ihm wurde schwindlig bei dem Anblick der unzähligen pulsierenden Kugeln. Die Erinnerung an das Tier vor dem Haus, das von den

Wächtern getötet und entsorgt worden war, ließ ihn kurzzeitig übel werden. Es war kein guter Gedanke. Nicht hier, nicht jetzt. Sein Blick richtete sich wieder nach vorn. Noch sieben Reihen lagen vor ihm, bis er endlich in Sicherheit wäre. Für den Moment zumindest.

Wieder links, gerade aus und wieder rechts. Du machst das gut. Die Hälfte hast du schon. Vergiss die Zeit nicht.

Miller verharrte. Mit seiner linken Hand versuchte er, seine rechte Hosentasche zu erreichen und zog vorsichtig das Handy hervor. Der Faktor Zeit ließ ihn panisch werden. In all der Aufregung und Vorbereitung auf seinen weiten Fußmarsch hatte er den Rhythmus des schmerzhaften brummenden Geräusches außer Acht gelassen. In zwei Minuten würde das tiefe Vibrieren seine Organe durchschütteln und seinem Trommelfell das Gefühl geben, jede Sekunde zu zerplatzen. Zwei Minuten, in denen er seine sichere Position im Schneidersitz einnehmen müsste, nach vorn gebeugt, die Hände schützend auf seinen Ohren und abwartend.

Zwei Minuten. Schneller.

In seinem jetzigen Tempo würden die 120 Sekunden vielleicht nur noch für vier Reihen reichen. Für das Ende des Wächtermeeres sicherlich nicht. Michael steckte das Handy in seine linke Hosentasche und lief los.

Links, gerade, rechts, weiter, links, von vorne.

Die Angst vor dem Brummen ließ Michael hektisch und unkonzentriert werden. Mit dem linken Fuß stieß er gegen eine der massiven Kugeln. Ein dumpfer Schmerz breitete sich in seinem Zeh aus. Er hielt die Luft an und fixierte die Kugel. Das rote Pulsieren erlosch. Im Augenwinkel registrierte Michael, dass dieser Impuls auch alle anderen Kugeln betraf. Schnell rieb er sich das Gelbe in die Augen und setzte sich zwischen den Kugeln im Schneidersitz auf den Boden. Alles war besser, als schmerzerfüllt loszuschreien, um sich anschließend völlig unkontrolliert auf die silbernen Kugeln zu übergeben. Das Brummen setzte ein. Michael versuchte, die Augen offen zu halten, um die Wächter, die nun orange leuchteten, im Blick zu haben.

Die Kugeln setzten sich in Bewegung und rollten wie in einer perfekt einstudierten Choreografie um Michael herum. Der Druck in seiner Magengegend ließ nach. Er nahm die Hände von den Ohren. Soweit das Gelee in seinen Augen es zuließ, erkannte er, wie sich eine der Kugeln aus dem inneren Ring löste und auf Michael zukam.

Es ist vorbei. Es ist endlich vorbei.

Auf obskure Art und Weise fühlte Michael eine Erleichterung. Er konnte nicht mehr. Es war ihm egal, was jetzt passieren würde. Sollten sie ihn doch zerschneiden, verbrennen oder auf eine andere bestialische Art und Weise hinrichten. Letztendlich würde dieser Albtraum enden und Michael sehnte sich nach nichts mehr, als diesen Ort für immer zu verlassen. Er stand auf. Die Kugel vor ihm kam zum Stehen.

»Macht schon.« Er flüsterte nicht, seine Stimme zitterte nicht. Laut und deutlich hatte er das Ding vor sich angesprochen.

»Hast du nicht verstanden? Macht schon!«, schrie Michael martialisch los.

Miller ging in die Knie, presste die Zähne aufeinander und näherte sich dem Wächter bis auf wenige Millimeter.

»Komm schon, du Blechhaufen. Mach dein Partylicht an und töte mich«, zischte er und zeigte dem Ding seine Zähne.

Das Licht der Kugel erlosch. Michael sah zu den anderen Wächtern, deren Lichter auch abschalteten. Langsam formierten sich die Kugeln hintereinander neu und bildeten eine lange Schlange. Erst jetzt wurde ihm bewusst, wie viele von ihnen vor dem Gebäudeeingang in Position gegangen waren. Sie rollten in die entgegengesetzte Richtung. Michael sah ihnen mit offenem Mund hinterher. Die Kugeln verschwanden zwischen den Häuserreihen der Geisterstadt. Perplex wischte sich Michael das Gelbe aus den Augen. Sie waren weg.

»Sie können mich nicht einordnen. Ich bin für sie nutzlos.«

Er orientierte sich neu und setzte seinen Fußmarsch fort. Fast zwei Stunden folgte er dem stetig wachsenden Wolkenkranz am Himmel. Die meiste Zeit führte ihn sein Weg durch Wälder, über eine verlassene Straße und an einem merkwürdigen alten Schuppen vorbei, der in einem Kornfeld stand. Eine weitere Kuriosität einer fremden

Welt, tat sich ihm auf. Miller legte bei dem Schuppen eine kurze Rast ein und betrachtete das kleine Gebäude ohne Fenster und Tür neugierig. Die Bauweise des sehr kleinen Häuschens erinnerte ihn an eine Kapelle. Michael überlegte, ob ein unterirdischer Gang in das Gebäude führte. Er hatte sich im Laufe der Zeit angewöhnt, nicht mehr über die befremdlichen Gegebenheiten dieser Welt zu grübeln. Schlussendlich würde das Fragzeichen in seinem Kopf fortbestehen und weiterwachsen, ohne dass er auch nur ansatzweise eine Lösung oder Logik gefunden hätte.

Exakt 140 Minuten, nachdem er sein Versteck verlassen hatte, blickte er auf den kleinen Wolkenkranz direkt vor ihm. Die Spitze traf einen kleinen Busch mit großen braunen Beeren. Seine größte Sorge, vor einer Schlucht oder gar einem hohen Gebäude zu stehen, verblasste.

»Mark, ich stehe vor der ersten Wolke.«

»Wir sind vor zwanzig Minuten eingetroffen. Wie weit sind Sie von der Spitze entfernt?«

»Zwei, höchstens drei Meter.«

»Entfernen Sie sich bitte um mindestens zehn Meter. Unsere Spitze des Wirbels befindet sich auf einer Höhe von 78 Metern über dem Erdboden. Wir werden Ihr Paket hochschießen. Hoffen wir mal, dass es auf Anhieb funktioniert.«

»Warum werfen Sie es nicht von einem Helikopter ab, wäre doch einfacher?«

»Michael, auf der Erde ist seit Tagen nichts mehr in der Luft. Es ist nicht mehr möglich, zu fliegen. Das ist unser einziger Weg, den Wirbel zu treffen.«

Miller war geschockt von Marks Aussage. Die Vorstellung, dass kein Flugzeug und kein Hubschrauber mehr am Himmel zu sehen war, irritierte ihn.

Mark näherte sich dem Artilleriestützpunkt des Militärs. Das Paket war am Ende des Mündungslaufes befestigt, während ein schweres Gummigeschoss im Inneren des Geschützes seinen Platz fand. Die Ausrichtung der Experten dauerte nicht lange und Allison war sich sicher, dass der erste Versuch funktionieren würde.

»Michael, ich zähle bis drei, dann feuern wir das Paket ab.«

»Eins.«

»Zwei.«

»Drei.«

Durch die Leitung hörte Michael einen lauten Knall und starrte auf die Spitze des Wirbels.

Das Paket traf die Spitze des Soges und verschwand.

»Können Sie es sehen, Michael?« Allisons Handy meldete eine ankommende E-Mail. Schnell nahm er das Handy vom Ohr und las Rewcliffs Nachricht.

Betreff: Korrekturberechnung - Update 25.April

Sehr geehrte Kolleginnen und Kollegen,

das NASA Space Weather Prediction Center hat folgende Korrekturmeldung mitzuteilen:

Die Prognose der Eintrittserwartung wird von dem ursprünglich genannten Termin 1. Mai, zwischen 10 Uhr und 13 Uhr, auf den 27. April, zwischen 8:00 und 11:00 Uhr, korrigiert. Die Messdaten der Raumstationen Tiangong 2 und ISS zeigen einstimmig, dass sich die Mutation der Wetterphänomene beschleunigt hat. Alle der 53.860 erfassten Wolkenringe weisen die gleiche Distanz zur Erdoberfläche auf (78, 24 Meter - Abweichung 3 Nanometer). Das Ergebnis der Emulation besagt, sollte sich die Abnormität im gleichen Tempo der Erdoberfläche nähern, einen Erstkontakt am 27. April um 8:14:32 Uhr. Aufgrund der immer wiederkehrenden Veränderung der Phänomene haben wir die Eintrittserwartung auf zwischen 8:00 Uhr und 11:00 Uhr festgelegt.

Aufgrund der Ereignisse in München und Sofia raten wir der Konföderation dringlich, mit dem Beschuss der Wetterphänomene zu starten. Da uns nur partiell Messdaten über die Konsistenz der Wirbel vorliegen, ist es unmöglich, zu berechnen, was bei einem Bodenkontakt passieren wird. Allerdings möchte ich im Namen meines Teams folgende vage These erläutern:

Wir gehen zum jetzigen Erkenntnisstand davon aus, dass es eine physische, atmosphärische Reaktion hervorrufen wird. Der Beschuss der Wirbel löste in München sowie in Sofia eine Umkehrfunktion der Mutationen aus. Es scheint nicht um das Material zu gehen, dass das Phänomen trifft. Vielmehr scheinen die entständene Geschwindigkeit und der Schall eine Reaktion der atmosphärischen Anomalie hervorzurufen.

»… dauern kann.«

Mark hob das Handy ans Ohr. »Was haben Sie gesagt?«

»Ich habe gesagt, dass noch nichts da ist.«

Allison sah auf die Spitze des Wirbels und anschließend zu dem Offizier zu seiner Rechten, der den Daumen nach oben hielt.

»Warten Sie noch einen Moment. Michael, es gibt ein Problem. Die Wirbel nehmen hier immer mehr an Fahrt auf. Die NASA rechnet damit, dass der Bodenkontakt in eineinhalb Tagen stattfinden wird. Wer weiß, ob sich das in den nächsten Stunden nicht noch einmal ändert. Ihr Paket wiegt vierzehn Kilo. Haben Sie eine Idee, wie lange Sie damit zum nächsten Wolkenkranz brauchen werden? Der ist etwa fünfzehn Kilometer von Ihnen entfernt.«

»Ich denke, einen halben Tag. Eventuell ein bisschen länger«, sagte Michael nachdenklich, als plötzlich ein Meter neben seinem Kopf ein Geschoss mit irrsinniger Geschwindigkeit vorbeiraste und gegen einen Baum krachte.

Der in einem Carbonkoffer verpackte Rucksack hatte einen großen Teil der Rinde des Baumes weggerissen. Michael wurde schlecht bei dem Gedanken, dass er in einer ähnlichen Geschwindigkeit durch den Sog fliegen würde, um sich letztendlich in einem Astronautenanzug verpackt den Kopf an einem irdischen Baum zu zertrümmern.

»Es ist da, Mark. Ihr Paket hat den halben Baum zerfetzt.«

»Machen Sie sich keine Sorgen, wir treffen bereits Vorbereitungen, damit Ihnen das nicht passieren wird. Machen Sie sich auf den Weg. Rufen Sie mich an, wenn Sie da sind.«

Die beiden beendeten das Gespräch. Miller schnallte sich die vierzehn Kilo auf den Rücken und ächzte, als er die Last auf seinen Schultern spürte.

»Vierzehn Kilo, fünfzehn Kilometer. Wenn du da mal nicht rank und schlank ankommst, Miller, dann weiß ich es auch nicht.«

Die Selbstironie hatte ihn noch nicht verlassen. Er blickte zu dem Wolkenkreis südlich von ihm. Die Entfernung schien Michael eher wie hundert Kilometer vorzukommen; ein halber Tag Fußmarsch stand ihm bevor.

Soweit sein Blick es zuließ, sah er zumindest auf den ersten sieben oder acht Kilometern ein freies Feld. Die Erde und die vereinzelten Bäume vermittelten den trügerischen Eindruck, wieder zu Hause zu sein. Die Gefahr, auf die Kreaturen zu stoßen, verringerte sich, was Michael für einen Moment aufatmen ließ. Allerdings war das Risiko hoch, ungeschützt auf freier Fläche entdeckt zu werden.

Sein Fußmarsch Richtung Süden begann. Die ackerähnliche Bodenkonsistenz war besser zu begehen, als er angenommen hatte. Anders als auf der Erde schien der Boden unter seinen Schuhen nicht nachzugeben, auch spürte er keinen harten Widerstand an seinen Schuhen. Es fühlte sich an, als würde ihn die Erde bei jedem Schritt nach oben heben. Er bahnte sich seinen Weg über das riesige Trampolin immer weiter Richtung Süden. Nach etwa zwei Stunden verließen den untrainierten Büroangestellten die Kräfte. Er hatte es doch tatsächlich geschafft, das Feld in einem Zug zu überqueren, ohne Pause, ohne Gefahren. Michael nahm die Dose mit dem Schwarzen aus seiner Hosentasche und steckte Zeige- und Mittelfinger tief in das Glas. Was auch immer das für ein Gelee war, es stillte Hunger und Durst zugleich. Gierig aß er davon. Er hatte sich im Laufe der Zeit angewöhnt, den dickflüssigen schwarzen Schleim, der ihn an altes Motoröl erinnerte, nicht mehr zu betrachten. Es erfüllte seinen Zweck und sein Magen kam damit klar.

»Halbleer.«

Nachdenklich drehte er den Deckel wieder auf den Behälter. Es musste funktionieren. Das Gelbe war zu wichtig für seine Augen und letztendlich bekam er davon neben den unsagbaren Magenschmerzen auch Durchfall. Eine halbe Dose von dem Schwarzen musste genügen, bis er den letzten Wolkenkreis endlich erreichen sollte.

Hinter ihm lag das Trampolinfeld und vor ihm erstreckte sich ein kleiner, mit saftigem Grün bewachsener Berg. Michael hoffte, dass sein Fußmarsch genauso ruhig wie bisher weitergehen würde. Nach zwanzig Minuten hatte er die Spitze des kleinen Berges fast bestiegen. Angespannt versuchte er zu erkennen, was sich hinter der Anhöhe verbarg. Drei Minuten später stand Michael starr vor Angst auf der Kuppe des Hügels, nahm langsam seinen Rucksack ab, holte sein Handy hervor und schoss ein Foto von dem, was sich ihm darbot. Die Nachricht schickte er in die WhatsApp-Gruppe.

Dreißig Sekunden später öffnete Mark Allison als Erster seine App auf seinem Handy.

Das Ende meiner Reise.

Das Foto zeigte eine apokalyptische Szenerie aus einem der B-Movies, die Allison in seiner Jugend oft mit seinen Studienkollegen bei Popcorn auf der Couch gesehen hatte. Der Hintergrund der Aufnahme vermittelte einen positiven Eindruck, denn es zeigte einen nicht mehr allzu weit entfernten Wolkenkreis mit einem weißen Trichter, der bis zum Boden ragte. Jene Spitze, die Michael endlich in seine alte Welt teleportieren sollte. Doch der Vordergrund ließ Mark erschaudern und zerstörte die Hoffnung auf Michaels Rettung. Ein Heer von Kreaturen belagerte den Wolkenkreis. Fliegende Objekte standen still auf dem Foto und umzingelten offenbar das Naturphänomen. Mark vergrößerte das Bild. Diese Geschöpfe trugen einheitliche Anzüge. Es musste sich um eine Armee oder das Militär dieses Planeten handeln. Daran bestand kein Zweifel. Der New Yorker Wissenschaftler zählte auf dieser Aufnahme dreiundzwanzig Kettenfahrzeuge, die in einer U-

Formation unter dem Wolkenkreis standen. Zwischen den Fahrzeugen entdeckte Allison zehn dieser silbernen Kugeln. Akkurat auf den Zentimeter genau abgestimmt schien die Anordnung der silbernen Kugeln.

»Was zum Teufel geht dort vor sich?«, flüsterte Mark zu sich und begann zu tippen.

Mark: Können Sie telefonieren?

Michael: Geben Sie mir ein paar Minuten, ich gehe von dem Hügel runter.

Mark schaltete Martin, Christine und Crowley dazu.

»Das Foto zeigt das Ende meiner Odyssee. Ich bin am Arsch«, zischte Michael völlig entnervt ins Telefon.

»Was machen die da? Können Sie irgendeine Bewegung erkennen?«

»Es sieht so aus, als würden sie etwas vorbereiten oder bewachen. Ich habe keinen blassen Schimmer. Was Sie nicht sehen können, außerhalb des Bildes, links und rechts vom Wolkenkreis, befindet sich die doppelte Anzahl von den Biestern und Fahrzeugen. Ich habe keine Chance, auch nur einen Meter weiterzugehen. Wenn ich den Hügel bergab gehen würde, trennen mich nur noch sechs oder sieben Kilometer von dem Nest. Abgesehen davon, dass der restliche Weg wie mein Fußmarsch bisher auch völlig ungeschützt über das freie Feld verlaufen würde, so wäre es nur eine Frage der Zeit, bis sie mich entdecken und töten. Gibt es noch einen Wolkenkreis in der Nähe?«

»Hallo Michael, hier spricht Agent Crowley. Der nächste Wolkenkreis ist 285 Kilometer von Ihnen entfernt. Abgesehen davon, dass diese Entfernung zu Fuß unmöglich zu erreichen ist, bleibt uns keine Zeit mehr. Wir müssen handeln, die Konföderation stimmt gerade über den Beschuss der Phänomene ab. Wenn das geschieht, gibt es kein Zurück mehr für Sie. Es muss dieser Wolkenkreis sein.«

Mit halb offenem Mund starrte Michael das Smartphone an.

»Sie haben sich das Bild aber schon angesehen, oder?«, fauchte er.

»Sie haben doch von diesem gelben Glibber erzählt. Meinen Sie, es würde damit funktionieren? Wir haben keinen Plan B, Michael. Es ist die einzige Chance, Sie wieder zurück auf die Erde zu holen.« In Marks Stimme schwang Verzweiflung.

Michael dachte über Allisons Satz nach. Er hatte recht. Ihm blieb nichts anderes übrig, als das Ein-Mann-Himmelfahrtskommando Richtung Süden zu starten.

»Und wie soll ich mich dort umziehen?«

»Das müssen Sie tun, bevor Sie losgehen. Lassen Sie das Visier offen und ziehen Sie einen Handschuh aus, damit Sie im schlimmsten Fall mehr vom Gelee auf Ihre Augen schmieren können.«

Allison instruierte Michael detailliert, welchen Verschluss und welchen Druckknopf er betätigen musste, damit sich die vielen Einzelteile des Anzuges öffneten und er Schritt für Schritt das Vierzehn-Kilo-Gewand anziehen konnte.

Nach einer halben Stunde stand Michael im Anzug auf der halben Höhe des Berges. Sein Helm konnte sich glücklicherweise problemlos mit seinem Handy verbinden, sodass er sich nur noch mit dem Glas Gelben in seiner Hand beschäftigen musste. Die Stimme von Mark ertönte in seinem Helm.

»Sie haben es geschafft, Michael. Wenn es so weit ist, müssen Sie den Handschuh anziehen, ihn mit dem Druckknopf schließen, das Visier nach unten schieben und ebenfalls verriegeln. Ganz wichtig, vergessen Sie nicht den blauen Knopf auf Ihrem Oberarm zu drücken, wenn alles hermetisch geschlossen ist.«

»Was passiert, wenn ich den Knopf drücke? Diese Lautsprecher in dem Helm geben mir das Gefühl, als wären Sie überall in meinem Kopf.« Seine Augen kreisten beeindruckt von links nach rechts.

»Wenn Sie den blauen Knopf drücken, wird sich der Anzug mit Sauerstoff füllen, um Ihnen genügend Schutz bei dem Eintritt in unsere Atmosphäre zu gewährleisten und um Sie mit genügend Luft zu versorgen.«

»Wir werden sehen, Mark. Ich schalte mal ab. Drücken Sie mir die Daumen, dass ich es bis dahin schaffe. Vielleicht sind alle diese Instruktionen gar nicht notwendig. Ich melde mich.«

Michael beendete die Verbindung und bestieg den Berg. Er kämpfte gegen den schweren Anzug und die lähmende Angst an. Er würde sich direkt in das Nest der Kreaturen begeben. Absichtlich und ohne die Möglichkeit, sich zu verstecken. Die zusätzliche Last an seinem Körper erschwerte jede einzelne Bewegung. Michael wollte nicht darüber nachdenken, was passieren würde, wenn er das Gleichgewicht verlieren und auf den Boden fallen würde. Schritt für Schritt stieg er den Berg herunter und näherte sich entgegen seinem inneren Widerstand den Kreaturen.

Es ist so heiß hier drin. Ich werde ohnmächtig. Es ist so verdammt heiß.

Michael biss die Zähne aufeinander. Jegliches Zeitgefühl war verloren, die Distanz zum Auge des Wolkenkreises schätzte der Informatiker auf drei Kilometer. Es war notwendig, sich nun um das Gelbe zu kümmern. Miller erkannte die ersten Kettenfahrzeuge erschreckend detailliert. Die schuppenartige Panzerung der Fahrzeuge glänzte schwarz und wirkte frisch poliert.

Es wird funktionieren. Es hat immer funktioniert.

Michael schmierte sich das Gelbe in die Augen. Der graue Schleier legte sich auf seinen Blick. Der Schweiß lief seine Schläfen hinab, jede Stelle seines Körpers fühlte sich feucht an. Er passierte das erste Kettenfahrzeug. Seine Augen fixierten den weißen Sog.

Mehr Fahrzeuge, die erste Gruppe Kreaturen. Bewege dich langsam weiter. Schau nur auf den Wirbel.

Er setzte sich wieder in Bewegung. Die schemenhafte Optik verdunkelte sich schlagartig und Michael hörte gedämpft durch seinen Helm das altbekannte Klackern mehrerer Kreaturen.

Bleib stehen. Sie stehen vor dir. Wie viele sind das? Fünf? Zehn? Ich erkenne nichts, verdammt noch mal. Bewege dich nicht mehr.

Michael erstarrte. Der Kopf einer Kreatur näherte sich seinen Augen so sehr, dass er ihn fast deutlich erkannte. Das Klackern wurde lauter, deutlicher. Der faulig riechende Atem stieg in seine Nase. Michaels Pulsschlag hämmerte in seinen Schläfen. Er sah mutig in das Gesicht des Monsters.

Kapitel 7 – Umbruch

»… bleibt abzuwarten, wie sich das Gremium der Konföderation entscheiden wird. Sollte ein Beschuss der Naturphänomene beschlossen werden, bleibt das Ergebnis trotz alle dem ungewiss. Es mag sein, dass sich diese Wolken auflösen, dennoch halte ich die Folgen dieser Umkehr für unkontrollierbar. Wir sollten uns nicht schon wieder in die Evolution der Natur einmischen, Herr Kollege.«

»Das ist vollkommener Blödsinn. Es ist genauso unkontrollierbar, wie das Momentum an sich. Wollen Sie diesem Wahnsinn weiterhin tatenlos zusehen? Sind nicht schon genügend Menschen gestorben? Ist es nicht jetzt schon wie in Sodom und Gomorra? Das Problem wurde von Menschen erschaffen, das hat nichts, aber auch gar nichts mit der Evolution der Natur zu tun, Herr Kollege.«

Justin schaltete ab. Eine weitere Diskussionsrunde im Fernsehen verstummte. Er ertrug die klugen Ratschläge, Sicherheitshinweise sämtlicher Regierungen und beruhigenden Worte sogenannter Spezialisten nicht mehr. Im Grunde genommen hatten diese Experten mit ihrem ach so heuchlerischen, besorgten Blicken keine Ahnung. Wie so oft. Projekt Nehebkau war einzig und allein sein Erfolg. Die Welt würde schon noch erfahren, welch gravierender Schritt das für die Menschheit und die Zukunft des Planeten Erde mit sich brachte. Seine Zeit war nicht gekommen. Noch nicht.

»Hören Sie auf zu klopfen! Sie können doch sowieso jederzeit herein«, rief er gelangweilt zur Tür und stand auf, um sich einen Kaffee zu kochen.

Ein Agent betrat das Apartment und folgte Mortensen in die Küche.

»Professor Chestner möchte Sie sprechen.« Der Mann übergab ihm das Handy und verließ die Wohnung.

»Und?« Justin klemmte sich das Handy zwischen Ohr und Schulter und goss die aufgeschäumte Milch in seine Tasse.

»Was meinen Sie mit -und-, Herr Mortensen?«

»Haben Sie und Ihre Gefolgsleute eine Entscheidung getroffen, oder nicht?«

Der desinteressierte und hämische Ton von Justin machte es dem Professor schwer, sachlich zu bleiben.

»Wie Sie sicher den Medien entnommen haben, wird höchstwahrscheinlich in wenigen Stunden der Beschuss Ihrer erschaffenen Monstrosität genehmigt. Ihr Pokerspiel wird also nicht aufgehen, da die Lösung des Problems …«

»Welche Lösung?«, unterbrach er lachend den Professor.

»Sie beschießen die Wolken. Fantastisch. Die Monstrosität, wie Sie es nennen, wird sich auflösen. Haben Sie die Gewissheit, dass die Atmosphäre wieder so hergestellt sein wird, wie sie zuvor war? Haben Sie die Sicherheit, dass Sie mit Ihrem Beschuss nicht einen Kollaps der Sphäre auslösen und das Leben auf diesem Planeten auslöschen?« Nachdem Justin seinen Satz in gewohnt gelangweilter Tonlage zum Besten gegeben hatte, herrschte wieder Stille in der Leitung. Mortensen konnte förmlich spüren, wie Professor Chestners Synapsen auf Hochtouren arbeiteten.

»Nein, das haben wir nicht.«

»Sie wissen genauso gut wie ich, und dass obwohl ich kein Physiker bin, dass die Fehlermeldung der Schlüssel zur sicheren Umkehr von Projekt Nehebkau ist. Ein Beschuss der Ringe ist nichts anderes als ein Glücksspiel. Ohne Berechnung, ohne Emulation oder Sicherheit. Ihre Entscheidung, Professor.«

Justin blickte durch die offene Küche zur Couch im Wohnzimmer. Da saß ER.

Er hatte die Beine überschlagen und musterte Justin mit dem Zahnstocher im Mund. Er lächelte und nickte zufrieden. Justin war glücklich, dass er wieder da war. Er war wieder im Spiel, dank ihm kehrte das Selbstbewusstsein zurück in seine kranke Seele.

»Sie fordern also ausschließlich, das NASA-Kontrollzentrum zu besuchen, um die Anzahl der Wolkenkreise und die im Orbit befindlichen Satelliten zu sehen, die diese registriert haben. Verstehe ich Sie richtig?«

»Exakt, das ist alles, was ich von Ihnen fordere. Kein besonders hoher Preis.«

»Warum, Mortensen? Ich verstehe nach wie vor nicht, was das für einen Sinn haben soll.«

»Ich habe es Ihnen schon einmal erklärt, aber ich werde es gerne ein zweites Mal tun: Ich möchte auf dem

Bildschirm sehen, wie viele dieser Wolkenphänomene weltweit existieren. Nicht als Screenshot, nicht als Bilddatei, sondern live auf einem Monitor im NASA-Kontrollzentrum. Wenn mein Wunsch, einfach nur auf die Monitore zu starren und das ganze Projekt für mich abzuschließen, für Sie nicht zu realisieren ist, werden wir nicht zusammenkommen. So einfach ist das, Chestner.«

»Sie haben Ihren Verstand verloren, Mortensen. Gut, ich werde alles in die Wege leiten, damit Sie abgeholt werden und unter Aufsicht einen Blick auf das Steuerzentrum der …«

»Nicht einen Blick, Professor. Ich möchte dort so lange drauf sehen, wie ich es für nötig halte. Keine Wochen, keine Tage. Aber wenn ich zwanzig Minuten, eine Stunde oder zwei brauche, um mit der Sache abzuschließen, dann ist das so. Danach bekommen Sie Ihre Informationen.«

»Halten Sie sich bereit, die Zeit drängt. Ich werde dafür sorgen, dass Sie heute hingebracht werden.«

Professor Chestner legte auf.

Justin sah IHN hoffnungsvoll an.

Gut gemacht, **Bustin**. Du hast es fast geschafft. Danach stehen deine Chancen gut, dass wir wieder Freunde werden.

»Was machen wir dort?«

Justin folgte dem obskuren Plan seines perfekten und besseren Ichs bedingungslos, doch war der Zeitpunkt gekommen, an dem sich Hilflosigkeit und Panik in Justins Kopf breitmachten. Was wäre, wenn ER nicht mitkäme? Was würde passieren, wenn ER ihm nur eine Falle stellte, um ihn für sein Versagen bei Projekt Nehebkau zu bestrafen?

Alles zu seiner Zeit. Ich werde nicht zulassen, dass du es wieder verbockst, **Bustin**.

»Ich verstehe schon. Aber ich habe keine Ahnung, was ich denen erzählen soll, wenn ich nach der Fehlermeldung gefragt werde. Ich habe keine Ahnung, was ich dort überhaupt soll, wenn …«

Im nächsten Augenblick stand ER vor ihm. ER war ihm so nah, dass es Justin die Kehle zuschnürte. Er rang nach Luft und spürte Panik in sich aufkommen. SEIN hämisches Lächeln jagte Justin mehr Angst ein, als es bisher der Fall gewesen war. Bedächtig nahm ER den Zahnstocher aus dem Mundwinkel und steckte ihn in die Tasche seiner schwarzen Lederjacke. Er musterte Justin verächtlich von unten nach oben. Schließlich trafen sich ihre Blicke. ER trat einen kleinen Schritt zurück. Justin versuchte, seine Selbstbeherrschung wieder zu erlangen, und konzentrierte sich darauf, nicht hysterisch los zu weinen. Er wollte ihn nicht mehr verärgern. Nicht noch einmal. Nie wieder.

Sieh dich an, **Bustin**. *Du bist ein gebrochener Mann. Du hast Menschen getötet, wirst kontrolliert von deinen Psychosen und hast unser Lebenswerk beinahe zerstört. Dummer, dummer Junge. Folge meinen Anweisungen und alles wird sich wieder zum Guten wenden.*

ER hob die Hand an Justins Wange, so als wolle ER ihn streicheln. Millimeter vor seinem Gesicht spürte Mortensen keinen Luftzug. Langsam drehte ER sich um, summte eine Melodie und schlenderte in das Wohnzimmer zurück.

Ein weiterer Kaffee landete in der Tasse des ehemaligen CEO der Nofox. Die Zeiger auf der Uhr verrieten ihm, dass er nun schon zwei Stunden auf die Abholung wartete. ER war verschwunden. ER würde ihn wahrscheinlich dort wieder aufsuchen, um ihn weitere Instruktionen an die Hand zu geben. Justin war froh, dass ER wieder mit ihm sprach und ihm eine neue Chance gab. Ihm, seinen Schuhen, die ihn niemals im Stich ließen, und seiner Zukunft. Justin wusste, dass ER recht behalten würde. Alles würde sich zum Guten wenden. Der Start von Projekt Nehebkau war holpriger als gedacht, aber sicherlich nicht gescheitert. Das wusste Justin. Zusammen würden sie das Ruder herumreißen und die Welt eines Besseren belehren.

Sie werden dich lieben und dir dafür danken, dass du das Projekt nicht aufgegeben hast. Trotz der widrigen Umstände, trotz der Tatsache, dass die Welt sich gegen dich verschworen hat. Sie werden dich nach deinem grandiosen Erfolg ...

Das Klopfen an der Tür riss ihn aus dem Gedankenlabyrinth. Die Tür öffnete sich und drei Männer traten ein. Die dicken hellblauen Jacken ließen ihn erahnen, dass es sich diesmal nicht um das FBI handelte. Justin nahm einen letzten Schluck aus seiner Tasse und blickte auf das Abzeichen, das sich auf einer der Jacken in Brusthöhe befand.

NASA – Homeland Security

Es war so weit. Justin machte sich für den Showdown bereit und setzte seine Tasse vorsichtig auf dem Küchentisch ab. Er ließ den Blick durch das Apartment schweifen. Ein Gefühl sagte ihm, dass er seine Wohnung nicht noch einmal sehen würde.

Er zog seinen Mantel an und folgte den Männern auf die Straße. Der verdunkelte Van stand mit laufendem Motor vor dem noblen Haus inmitten des ärmlichen Viertels von Sofia. Justin war von der Wortkargheit seiner Begleiter überrascht. Tatsächlich verbrachten die vier Männer die gesamte Fahrt von über zwei Stunden, ohne auch nur ein Wort miteinander zu wechseln. Der Bus hielt an einer Schranke, Ausweise wurden vorgezeigt, um schließlich die Fahrt auf dem gesicherten Gelände der NASA fortzuführen. Mortensen ließ sich seine Verwunderung über die hohen Sicherheitsbestimmungen der Weltraumbehörde nicht anmerken, als der Van die vierte Schranke passierte, um letztendlich nach wenigen Metern zum Stillstand zu kommen.

Fremde Männer öffneten von außen die Schiebetür. Justin folgte ihnen in ein graues Gebäude mit Flachdach und wenigen Fenstern. Sieben kontrollierte Sicherheitstüren weiter fand sich Justin in einem kleinen Zimmer wieder. Auf dem Tisch in der Mitte des Raumes standen Kaffee, Orangensaft, Wasser und Tee. Wenigstens schienen die Angestellten der NASA mehr von Gastfreundlichkeit zu verstehen als das FBI. Die Tür öffnete sich und ein älterer Herr betrat den Raum. Der Anblick des weißen Kittels versetzte ihn in die Zeit zurück, als er noch die unzähligen Meetings mit den Forschern und Wissenschaftlern des Projekts Nehebkau abgehalten hatte. Er erinnerte sich, wie sein Blick über die blauen und weißen Kittel der anwesenden Mitarbeiter gehuscht war. In blaue und weiße Zwerge hatte er die Physiker damals insgeheim unterteilt. Ein Schmunzeln huschte ihm über die Lippen.

»Schön, Sie kennenzulernen, Mr. Mortensen.« Der Fremde streckte ihm die Hand zum Gruß entgegen und lächelte Justin an. Es war ein ehrliches Lächeln. Justin erwiderte den Handschlag irritiert.

»Möchten Sie Kaffee oder Tee?«, fragte der Mann in dem weißen Kittel höflich.

Die skurrile Situation ließ Justin beinahe laut loslachen, doch er bremste sich und winkte lächelnd ab.

»Mein Name ist Lucas Olson. Ich leite das NASA-Zentrum in Bulgarien. Professor Dr. Chestner hat mich bereits darüber informiert, wer Sie sind, was Sie wollen und wie die äußeren Umstände zusammenspielen. Sie müssen verstehen, dass wir Sie nicht unbeaufsichtigt in die Kommunikationszentrale lassen können. Von hier aus werden wie in allen Kommunikationszentralen der NASA die aktuellen Veränderungen überwacht. Sie werden, so wie Sie es gefordert haben, eine Übersicht aller Wetterphänomene bekommen, die von 844 der 1.734 Satelliten, die im Orbit die Erde umkreisen, kontrollieren und verfolgen. Da die Kommunikation der Satelliten untereinander von unseren Steuerungselementen beeinflusst werden kann, verstehen Sie bestimmt diese Sicherheitsvorkehrungen.«

»Natürlich.«

»Das freut mich zu hören, Mr. Mortensen. Wir werden die gewünschte Übersicht auf die Leinwand projizieren. Professor Dr. Chestner hat Ihnen sicherlich von dem Zeitdruck erzählt, der aufgrund des bevorstehenden Bodenkontakts auf uns lastet. Wir sollten uns direkt an die Arbeit machen. Wir gehen davon aus, dass innerhalb der nächsten Stunden eine Entscheidung gefällt wird. Sollte dem Beschuss der Wolkenringe zugestimmt werden, bleibt nicht viel Zeit, um eine andere Lösung herbeizuführen.«

Olson öffnete die Tür und Justin folgte ihm. Sie durchschritten einen Flur ohne Türen und Fenster. Das kalte Licht der Neonröhren und der Linoleumbelag erinnerten ihn an die Gefangenschaft, an das Bett, an das er ohne seine Schuhe gefesselt gewesen war. Nie wieder würde er das zulassen. Nicht noch einmal. Der schmale Gang neigte sich leicht nach unten. Justin realisierte, dass sie sich stetig abwärts bewegten. Am Ende des tristen, in Grau gehaltenen Ganges führten mehrere Treppen weiter nach unten. Olson öffnete mit seinem Ausweis eine Tür. Sie betraten einen großen Raum mit etlichen Bildschirmen und Schreibtischen. Auf der gegenüberliegenden Seite hing eine riesige Leinwand. Justin sah sich in dem Raum um. Fünf Mitarbeiter saßen an den Tischen. Gerade als er seinen Blick wieder Lucas

Olson zuwenden wollte, erkannte er IHN im Blickwinkel und riss seinen Kopf schnell nach links. Da stand ER am Ende eines Schreibtisches, kaute lässig auf seinem Zahnstocher und winkte Justin gelassen zu. Mortensen konzentrierte sich wieder auf seine Aufgabe und sah zu Olson.

Schick sie weg, **Bustin**. Schick sie weg, sie behindern unseren Plan. Sie stören, **Bustin**.

Er zuckte zusammen. ER hatte sich hinter ihn gestellt, flüsterte in sein Ohr.

»Nun, das ist ein sehr emotionaler Moment für mich, Mr. Olson«, sagte Justin in viel zu hoher Stimmlage.

Olson zog seine Augenbrauen nach oben und schüttelte leicht den Kopf.

»Nun, wie auch immer, Mr. Mortensen. Wenn Sie bereit sind, legen wir los.«

»Ich weiß, dass ich hier nicht allein sein kann, allerdings möchte ich mich nicht vor all diesen fremden Menschen entblößt fühlen. Projekt Nehebkau war wie ein Kind für mich. Mein eigenes Kind, das ich zu Grabe tragen muss. Verstehen Sie das nicht?«

»Doch … natürlich, Mr. Mortensen. Ich verstehe nur nicht ganz, was Sie mir damit …« Olson zog die Augenbrauen zusammen und sah Justin irritiert in die Augen.

»Ich möchte doch nur etwas Privatsphäre. Mehr nicht. Können Sie nicht wenigstens ein paar von diesen Mitarbeitern wegschicken?«

Justin begann mit seinen Händen auf die Menschen zu zeigen und wild zu fuchteln. Seine schauspielerische Leistung brachte mehr zum Vorschein, als er jemals gedacht hatte. Tränen sammelten sich in seinen Augen. Doch schnell verstand er, dass diese Tränen nicht gespielt waren. Es war die nackte Panik, seinen Teil des Theaterstücks nicht erfüllen zu können und erneut, unwiderruflich die Argwohn vom IHM auf sich zu ziehen.

Für einen kurzen Augenblick erkannte Justin in Olsons Blick Mitgefühl. Olson hatte die besten Jahre seines beruflichen Lebens schon hinter sich und ging mit großen Schritten auf seine wohlverdiente Rente zu. Sofern er diese überhaupt noch erleben würde. Der schmächtige weißhaarige Mann schien mit sich zu hadern und schielte zu seinen Mitarbeitern.

»Ich kann … nun, zwei meiner Leute müssen vor Ort bleiben, Mr. Mortensen. Das ist alles, was ich für Sie tun kann.«

*Gut gemacht, **Bustin**. Mit den zweien wirst du schon fertig. Du kannst es doch, wenn du nur willst, siehst du.*

Er bildete sich ein, eine Hand zu spüren, die auf seine Schulter klopfte. Justin wischte sich die Tränen aus den Augen und nickte Olson dankend zu.

»Wir werden die Übersicht jetzt auf die Leinwand projizieren. Wenn Sie fertig sind, geben Sie einem meiner Mitarbeiter Bescheid.«

Ein junger Mann im Kittel unterbrach ihn. »Mr. Olson, Sie werden in drei Stunden die Entscheidung bekanntgeben.«

»Danke, Will. Sie haben es gehört. Die Zeit läuft uns davon. Machen Sie so schnell, Sie können.« Olson schüttelte Justins Hand, wies seine Mitarbeiter an, aus dem Raum zu gehen, und verließ die Kommunikationszentrale. Die elektronische Sicherheitstür schloss sich hinter ihm.

Justin betrachtete die beiden Angestellten, die so taten, als würden sie weiterhin ihrer Arbeit nachgehen.

*Guter Junge. Gleich geht die Show los, **Bustin**. Atme ein, atme aus, gleich ist er weg, der Schreckensgraus.*

ER stand hinter ihm und lachte leise. Das Licht wurde gedimmt und auf der Leinwand erschien eine riesige Grafik der Erde mit rot markierten Punkten, die sich über den ganzen Globus verteilten. Justins Blick raste von einem Kontinent zum anderen, von einem Punkt der Erde zum nächsten. Der Planet war übersät mit 53.860 roten Punkten, die keine Formation oder Systematik erkennen ließen. Justin setzte sich langsam auf einen der leeren Stühle und sah über den Schreibtisch mit den ausgeschalteten Monitoren auf die große Leinwand. Einige der Markierungen waren größer als die anderen, was wohl den Umfang des Wolkenphänomens darstellen sollte.

»In welchen Abständen wird diese Grafik aktualisiert?«, fragte Mortensen in den dunklen Raum hinein.

»Alle zwei Minuten«, antwortete einer der Männer vor ihm, ohne sich zu Justin umzudrehen. Das Tippen der Tastaturen verriet ihm, dass die beiden Mitarbeiter ihn nicht dauerhaft im Blick hatten.

*Du wirst jetzt aufstehen und nach vorne gehen. Du wirst dir das Bild aus der Nähe ansehen. Danach drehst du dich um und gehst wieder zu deinem Stuhl, **Bustin**. Auf deinem Rückweg prägst du dir die Position der vier Feuerlöscher, jeweils zwei auf jeder Seite gut ein. Hast du mich verstanden?*

Justin zog seine Augenbrauen fragend nach unten. Er wollte sich umdrehen, um ihn anzusehen.

Schau nach vorne, du dummer Junge. Hast du mich verstanden?

Mortensen tat, was er verlangte, und sah wieder auf die Leinwand. Langsam nickte er, verstand aber nicht, warum er sich die Positionen der Feuerlöscher einprägen sollte. Würde er einen Brand legen sollen? Wofür? Er zwang sich, IHM blind zu vertrauen. Er würde es schon wissen. Er brauchte ihn, genauso wie Justin nicht ohne ihn sein konnte. Sein Atem beruhigte sich. Wie fremdgesteuert stand er auf und ging Schritt für Schritt die Kommunikationszentrale nach unten. Die Pixel der Projektion wurden deutlicher. Justin blieb zwei Meter vor der Leinwand stehen und blickte nach oben.

Sieh sie dir nur an. Das sind alles unsere Babys. Das sind alles unsere Neugeborenen. Jeden einzelnen von ihnen haben wir erschaffen. Jeder Einzelne von diesen Punkten hat die Kraft von Nehebkau inne und wird sie zu ungeahnter Größe führen. Wir lassen nicht zu, dass sie unser Lebenswerk zerstören.

»Alles in Ordnung, Mr. Mortensen?«

»Ich kann mich nicht konzentrieren, wenn Sie die ganze Zeit dumm dazwischenreden, verdammt noch mal«, schrie Justin und riss den Kopf zum NASA-Angestellten herum.

Der Mitarbeiter zuckte mit den Achseln und widmete sich wieder seinem Monitor.

Gut so, **Bustin**. Lass nicht zu, dass sie dich einlullen und dir Angst machen. Du musst vor nichts und niemandem Angst haben. Ich bin bei dir. Das hast du gut gemacht, **Bustin**.

Es war ein Lob. Eine Anerkennung, die ihm so lange gefehlt hatte. Justin lächelte und fuhr sich verlegen durchs Haar.

Und jetzt gehst du langsam zurück. Merke dir die Positionen, sie sind wichtig. Links zwei, rechts zwei. Links zwei, rechts zwei.

Mortensen drehte sich um. Neben den äußeren Schreibtischen hingen auf halber Höhe die ersten beiden Feuerlöscher. Wie sie verankert waren, konnte er aufgrund des gedämpften Lichtes nicht erkennen. Etwa zwei Meter oberhalb seines Stuhles befanden sich zwei weitere. Justin stieg die kleine Treppe hoch und setzte sich auf seinen Stuhl. Gedankenverloren starrte er auf die große Leinwand.

Hast du dir alles eingeprägt? Hast du dir gemerkt, wo sie sind und wie weit sie von deinem Stuhl weg sind?

»Ja, das habe ich«, flüsterte er.

Guter Junge. Wir müssen warten, kleiner **Bustin**. *Warten auf den richtigen Moment. Vielleicht zehn Minuten, vielleicht zwei Stunden.*

»Was passiert dann? Worauf warten wir?«, säuselte er vorsichtig.

Sie durften nichts von seiner Konversation mitbekommen. Auf keinen Fall durften sie Verdacht schöpfen. Justin fuhr zusammen, als SEIN Gesicht neben ihm aus dem Dunkel auftauchte.

Du wirst doch nicht anfangen, dumme Fragen zu stellen? Dumme Menschen stellen dumme Fragen. Bist du ein dummer Junge, **Bustin**?

Justin schüttelte den Kopf, ohne auch nur ein Wort von sich zu geben.

Siehst du. Dumme Menschen haben keine Schuhe. Du hast Schuhe. Dumme Menschen wissen nichts von Projekt Nehebkau. Du schon. Was sagt dir das, **Bustin**?

»Ich bin nicht dumm. Ich habe meine Schuhe und Nehebkau.«

Kaum hatten die Worte seinen Mund verlassen, realisierte Justin, was ER ihm sagen wollte. Justin war jemand. Er war nicht irgendwer, nicht einer von vielen. Justin war der Auserwählte. Seine Zeit war gekommen.

Er lehnte sich zurück und starrte auf die große Leinwand und die Grafik, die sich alle zwei Minuten aktualisierte. ER war verschwunden und die Männer in der Kommunikationszentrale tippten unermüdlich auf ihre Tastaturen.

»Warte. Warte es ab. Er weiß, was zu tun ist. Er wusste es immer«, flüsterte Mortensen zu sich und hielt sich an den Plan.

»Es wird heute passieren. Sehr bald.«
Christine wechselte wie Minuten zuvor wieder den Kanal. Sie konnte sich nicht daran erinnern, dass jemals auf allen Fernsehkanälen ein einziges Thema die Medienlandschaft dominiert hatte. Nicht einmal bei 9/11 war dies der Fall gewesen. Doch was war schon dieser fürchterliche Terroranschlag im Vergleich zum bevorstehenden Ende der Welt? Die Kernnachricht aller Sender war jedoch die gleiche. Die Konföderation würde dem Beschuss zustimmen. Es gab keine Alternative. Wieder drückte ihr Daumen auf die Fernbedienung und wieder erschien eine neue Moderatorin mit bestürzter Miene.

»Wir haben die Bestätigung eines Offiziers aus Rom erhalten. Das Militär bringt sich in Position, um nach dem Beschluss der Konföderation agieren zu können. Ähnliche Meldungen über Truppenbewegungen erreichten uns aus Deutschland, Spanien, Japan, Russland und Indien. Da aufgrund der anhaltenden Gravitationsstörungen der Einsatz von Flugzeugen weiterhin untersagt ist, rollen Panzerkolonnen über den Globus. Stabsoffizier Färber aus Österreich bestätigte gegenüber unserem Sender, dass der Zusammenzug der militärischen Streitkräfte auf höchster Ebene angeordnet worden sei. Es bliebe, so hieß es weiter, abzuwarten, welche Befehle in den nächsten Minuten und Stunden zu erwarten seien.«

»Du hast recht, es wird heute noch passieren. Nicht morgen und nicht in ein paar Tagen«, sagte Martin.

Er nahm die Fernbedienung aus Christines Hand und schaltete den Ton leise. Allisons Nummer erschien auf seinem Handy.

»Martin?«

»Mark, es dauert nicht mehr lange. Haben Sie seit unserem letzten Telefonat etwas von Michael gehört? Ist er schon dort?«

»Nein, ich denke, er kämpft sich gerade durch und meldet sich wieder, wenn er angekommen ist. Ich hoffe, er beeilt sich.«

»Hat Crowley eine Möglichkeit, das Ganze etwas hinauszuzögern?«

»Hallo Martin, hier spricht Crowley. Leider nicht. Diese Entscheidung obliegt dem Ausschuss der Konföderation. Wir haben keinen Einfluss. Ich habe aus internen Kreisen erfahren, dass der Beschuss in exakt vier Stunden und dreißig Minuten beginnen soll. Die Genehmigung für den weltweiten Beschuss der Wetterphänomene wurde abgesegnet. Allerdings will man mit der Verkündung noch warten, bis sich alle militärischen Einheiten in Position gebracht haben. Ich hoffe, er schafft es. Wir können nichts mehr für ihn tun. Wir können nicht nach seiner aktuellen Position fragen, da jeder Anruf sein Leben gefährden würde. Es bleibt einfach abzuwarten, wann er sich meldet.«

Martin bedankte sich und beendete das Gespräch. Das Warten zermürbte ihn zunehmend und obwohl es keinen Sinn machte, immer wieder auf den Online-Status bei WhatsApp zu sehen, gab es ihm das Gefühl, seinem Freund in diesem Moment nahe zu sein.

Christine stellte den Ton des Fernsehers lauter und beendete damit die angespannte Stille im Wohnzimmer. Ein lautes Poltern drang in das Wohnzimmer. Martin und Christine sahen sich an und folgten dem Geräusch, das aus der Küche gekommen war. Mit offenen Mündern starrten sie aus dem Fenster und erkannten die vielen Panzer, die sich nahe dem Haus in Position brachten. Die mehrläufige Gatlingkanone schob sich mit einem lauten Surren in Richtung Himmel, bis die Mündung auf halber Höhe und exakt im Winkel zum herabkommenden Wirbel stoppte.

»Nein … bitte nicht. Noch nicht«, flüsterte Christine und hielt sich die Hände vor den Mund.

Michael hatte die ersten zwei Truppen der Kreaturen überstanden. Die Begegnungen waren ähnlich verlaufen, sodass er eine wiederkehrende Folge der Reaktionen abschätzen konnte. Jedes Mal näherte sich eines oder mehrere dieser Monster seinem Gesicht. Es war offensichtlich, dass sie ihn aufgrund des Gelben in seinen Augen nicht identifizieren und einordnen konnten. Vielleicht aber löste dieser gelbe Schleim in seinen Pupillen bei dieser hochintelligenten Spezies ein Desinteresse aus. So paradox es auch war, nach unendlichen Minuten des Anstarrens und dem Klacken aus ihren Mündern, das leiser wurde und langsam verstummte, sahen sie wieder in den Himmel und verharrten in ihrer Bewegung. Etwa zehn Minuten später löste sich der Trupp aus der Starre und widmete sich wieder seinen Aufgaben, mit denen er sich vor Michaels Auftreten beschäftigt hatte. Michael passierte die Traube der Kreaturen und achtete darauf, keine zu berühren oder im Weg zu stehen. Kostbare Minuten verstrichen mit diesem Prozedere, das Miller nicht beschleunigen konnte. Sein Körper hatte sich im Laufe seines Fußmarsches an den stickigen Astronautenanzug gewöhnt und obwohl die Kleidung durchnässt war von seinem Schweiß, spürte Michael, dass er aufgehört hatte zu schwitzen. Im langsamen Zick-Zack-Marsch bahnte er sich den Weg zum rettenden Wolkenkranz. Der letzte Trupp von sechs Kreaturen in fremdartigen Uniformen, die Michael nur schemenhaft erkennen konnte, trennte ihn von der Spitze des Wirbels. Das Schicksal meinte es gut mit ihm, so gut es nun einmal in dieser heiklen Situation möglich war. Kein Berg, keine Schlucht und kein hohes Gebäude stellte den Kontaktpunkt dieses Wirbels zu dem Planeten dar. Es war der flache Boden, den Michael durch seinen Schleier erkennen konnte. Ein Stein fiel ihm vom Herzen, er spürte, wie sein Körper begann, Unmengen an Endorphinen auszuschütten.

Die Monster näherten sich ihm und begannen wieder, mit ihren Gesichtern in sein offenes Visier hineinkriechen zu wollen. Michael blieb ruhig, ruhiger als beim ersten

Kontakt und wesentlich gelassener als bei der zweiten Begegnung. Nach wenigen Minuten wendeten sich die Bestien ab, starrten in den Himmel und verstummten.

»Nein«, flüsterte er und riss die verklebten Augen so weit es ging auf. Die Ausnahmesituation hatte ihn die Zeit vergessen lassen. Sein Instinkt sagte ihm, dass das Brummen bald einsetzen würde. Michael hatte den Rhythmus des durchdringenden Geräusches verinnerlicht. Es gab keinen Fluchtweg, keine Option. Er musste sich dem Brummen stellen, ohne sich zu krümmen, ohne zu schreien oder sich zu übergeben. Die Wesen starrten ruhig in den Himmel, als die Vibration seinen Schutzanzug durchdrang. Für eine Sekunde überlegte Miller, das Schutzvisier herunterzuklappen, um sein Stöhnen zu dämpfen, doch es war zu gefährlich. Das brummende Geräusch, das seine Organe erzittern ließ, begann. Michael schloss die Augen und konzentrierte sich darauf, keinen Ton von sich zu geben und diesen schmerzhaften Schwingungen standzuhalten. Sein Magen rebellierte, seine Trommelfelle und seine Nieren schmerzten höllisch. Ihm wurde schlecht, für einen Augenblick verlor er das Gleichgewicht, schaffte es aber, einen Sturz mit einem kleinen Ausfallschritt zu verhindern. Sein Mund füllte sich mit Erbrochenem, doch er presste seine Lippen fest aufeinander.

So plötzlich das Brummen aus der Atmosphäre eingesetzt hatte, so abrupt endete es auch wieder. Michael hatte es überstanden. Langsam öffnete er seine verschmierten Augen und sah sich um. Die Kreaturen arbeiteten wieder an dem Kettenfahrzeug vor ihm. Angeekelt schluckte er das Erbrochene herunter. Der Geschmack war widerlich. Er hatte die letzte Hürde vor dem rettenden Auge des Wolkenkranzes überwunden. Langsam ging er an dem Kettenwagen vorbei in Richtung Wirbel. Michael blieb stehen. Zwei Meter trennten ihn von dem stummen Sog, der direkt vor ihm die Erde berührte. Er hatte es geschafft. Vorsichtig schloss er das Visier des Helmes und wählte mit seinem Handy die Nummer von Mark. Er stellte die Lautstärke in seinem Helm auf leise und hoffte, dass die Kreaturen, die sich wenige Meter hinter ihm befanden, nichts hören würden.

»Gott sei Dank, Sie sind noch am Leben! Wo sind Sie?«

Michael drehte seinen Kopf zur Seite, um einen Blick auf die Kreaturen zu erhaschen. Die Bestien luden silberne Boxen in die Kettenfahrzeuge.

»Sie hören mich nicht.« Erleichtert seufzte er in das Helmmikrofon.

»Michael, wo sind Sie? Wir haben nicht mehr viel Zeit. In sechzig Minuten wird der Beschuss angeordnet.«

»Ich bin da. Ich habe es geschafft und stehe vor dem Sog.«

Tränen liefen über Michaels Wangen. Er war überglücklich, es lebend zum Zielpunkt geschafft zu haben, obwohl er eine Todesangst vor dem hatte, was ihm noch bevorstand. Der Schritt ins Ungewisse würde ihm entweder die Rettung oder den Tod bringen. Doch es spielte keine Rolle, es war auf jeden Fall ein Abschied aus dieser skurrilen Welt. Nichts konnte schlimmer sein als die Gegenwart.

»Warten Sie einen Augenblick, ich hole Crowley. Wir sind bereits vor Ort und haben die Vorbereitungen abgeschlossen.«

Das Gelbe begann zu brennen. Er hatte es noch nie so lange in seinen Augen gelassen. Das Gefühl, dass seine Pupillen verbrannten, wurde zunehmend stärker und unangenehmer.

»Michael, hier ist Crowley. Zum Glück haben Sie es geschafft, Mann. Das Militär wird uns in einer halben Stunde hier wegschicken, da die Vorbereitungen für den Beschuss schon im vollen Gange sind. Hören Sie mir gut zu. Sie werden das Visier nach unten schieben, anschließend ziehen Sie Ihren Handschuh an und warten, bis er einrastet so wie bei dem anderen. Danach drücken Sie den Knopf unterhalb Ihres Kehlkopfes. Sie werden ein zischendes Geräusch in Ihrem Helm hören, erschrecken Sie nicht, das wird sehr laut werden. Der Anzug wird sich hermetisch verriegeln, danach öffnen sich die Ventile der kleinen Sauerstoffpatronen unterhalb Ihrer Waden. Wenn der Prozess erfolgreich beendet ist, hören Sie eine automatische Stimme, die Ihnen sagen wird: Sealing completed, was nichts anderes bedeutet, als dass die Versiegelung Ihres Anzuges erfolgreich beendet worden ist. Danach kann es losgehen. Wir können Ihnen keine Tipps für den Eintritt oder Übergang geben. Das Einzige, was unsere Ärzte Ihnen raten, ist, die Körperspannung zu halten, wenn Sie in den Wirbel treten.

Machen Sie sich hart wie ein Brett. Oh verdammt, Michael, Sie schaffen das! Verlassen Sie diesen Ort und kommen Sie heim, Mann. Wir warten mit Luftballons und Torte auf Sie!«

Michael lachte leise, sein Herzschlag erhöhte sich und das Brennen in seinen Augen wurde unerträglich.

»Ich schalte jetzt ab, Leute. Danke für alles. Das wollte ich nur noch einmal loswerden, falls … nun, wir sehen uns auf der anderen Seite.«

Michael beendete die Verbindung und trat nach vorn. Seine Schläfen pochten so stark, dass er keinen klaren Gedanken fassen konnte. Es ging nicht mehr mit dem Gelben, er musste sich das Zeug so schnell es ging aus den Augen reiben. Er öffnete das Visier und wischte sich den Schleim aus den Augen. Der Schmerz ließ nach und sein Blick schärfte sich.

Visier unten, eingerastet. Mir ist schlecht. Handschuhe eingerastet. Knopf am Kehlkopf. Drück den Knopf. Gott, steh mir bei.

Ein ohrenbetäubendes Zischen erfüllte den Helm. Michael zuckte zusammen, entspannte sich nach wenigen Sekunden wieder und drehte sich zu den Kreaturen um. Das hermetische Schließen war zu laut. Sie drehten sich zu ihm, blickten durch das Visier in seine klaren Augen. Die Wesen neigten den Kopf zur linken Seite und starrten Michael an.

Seine Verkrampfung löste sich. Die Lungenflügel füllten sich mit Luft, seine Kurzatmigkeit war verflogen. Die

Anspannung in seinem Körper ließ nach, Seine Hände öffneten sich und mit einem dumpfen Geräusch fiel der Feuerlöscher vor seine Füße auf den Boden. Justin fiel wie ein nasser Sack in den Stuhl und betrachtete seine blutverschmierten Hände. Er wischte sich die Blutspritzer mit dem Handrücken von der Wange. Was hatte er bloß getan? Was zum Teufel war in ihn gefahren?

*Ich bin stolz auf dich, **Bustin**. Guter Junge, du hast es geschafft. Wir haben es geschafft.*

Er drehte den Kopf zur Stimme und sah IHM in die Augen. Hasserfüllt und verzweifelt.

»Sind sie tot?« Er lachte, rieb sich mit der Hand grübelnd das Kinn und sah auf den zertrümmerten Schädel.

Nun, wenn ich mir den Kameraden so ansehe. Ich würde sagen, ja. Du hast ganze Arbeit geleistet.

Justin sah auf den leblosen Körper des NASA-Mitarbeiters. Er hatte ihm den Schädel eingeschlagen. Einfach so. Ohne nachzudenken, ohne Emotionen. Mortensen blickte hinter sich und sah auf den zweiten Leichnam in der Kommunikationszentrale. Fast hätte es der jüngere der beiden zur Tür geschafft, aber eben nur fast. Justin hatte ihm im letzten Moment in sein linkes Bein gegrätscht und zu Fall gebracht. Wie ein Berserker hatte er auf den Brustkorb und das Gesicht des jungen Mannes eingeschlagen, bis ihn die Kräfte verließen. Auch dieser Anblick war ekelhaft. Mortensen rang nach Luft, drehte sich zur linken Seite und übergab sich. Er war zum Mörder geworden, seinetwegen.

Der Alte hat dich ganz schön auf Trab gehalten, was? Aber letztendlich hast du ihm gezeigt, wo der Hammer hängt.

Wieder lachte Justin los und wendete den Blick von dem leblosen Körper ab.

»Ich habe getötet. Du bist der Teufel.«

Justin schrie. Ehe er sich versehen konnte, stand ER wieder ein paar Millimeter vor ihm. ER packte ihn am Hals und drückte seine Hand auf seinen Kehlkopf. Justin bekam keine Luft mehr und riss seine Augen weit auf.

*Du wirst jetzt ruhigbleiben, du dummer Junge. Du wirst es uns auf der Zielgeraden nicht mehr versauen. Hast du mich verstanden, **Bustin**?*

»… keine Luft …«, röchelte Justin und sah ihm angsterfüllt in die Augen.

Mortensens Hände versuchten den Würgegriff um seinen Hals zu lösen, doch er konnte SEINE Finger nicht fassen. ER ließ ihn los und drehte sich zur Leinwand. Es war eine Tatsache, dass SEIN Plan, den er Justin kurz vor seinem Angriff ins Ohr geflüstert hatte, aufgegangen war. Exakt so, wie er es ihm prophezeit hatte.

Den Älteren hatte er ohne Vorwarnung erschlagen. Einfach so. Danach hatte er sich dem Jüngeren gewidmet, der in seiner Schockstarre wie ein Kaninchen vor den grellen Scheinwerfern eines LKW erstarrt war. Er hatte ihn mit offenem Mund angesehen. Justin hatte ihm mit dem blutverschmierten Feuerlöscher den linken Arm gebrochen und dann seine Forderungen gestellt.

Die Schreie des Mannes hatten Justin an viel zu hohes Jodeln erinnert. Er biss sich auf die Zunge, um nicht laut loszulachen, und ließ den Feuerlöscher fallen. Nach wenigen Minuten ging das Jodeln in ein leises Wimmern über. Der Mann hielt sich den gebrochenen Unterarm und sah Justin mit Todesangst in die Augen.

»Wie ist dein Name?«

»Thomas … ich … ich heiße Thomas. Bitte töten Sie mich nicht«, winselte der Mann und rieb sich zitternd seinen gebrochenen Arm.

»Gut, Thomas. Mein Name ist Justin. Ich denke, die außergewöhnliche Situation sollte es zulassen, dass wir beide uns duzen. Du wirst jetzt zur Tür gehen und sie von innen verriegeln.«

Thomas sah Justin verstört an und schüttelte den Kopf.

»Das kann ich nicht. Die Türen lassen sich mit jeder Chipkarte, die dafür autorisiert ist, öffnen.«

»Doch, das kannst du. Du kannst den Zugang von innen sperren. Jeder dieser Hochsicherheitssektoren hat einen Notfallmechanismus, der den Raum verriegeln kann, um ihn vor Eindringlingen zu schützen. Erste Lüge.«

Ehe sich der verängstigte Mitarbeiter versah, schlug Justin ihm mit der Kante des Feuerlöschers auf die Hand seines gebrochenen Arms. Thomas schrie vor Schmerzen laut auf.

»Ich mach es, ich mach es. Hören Sie auf!«

Mortensen packte Thomas am Kragen und zerrte ihn zur Tür der Kommunikationszentrale.

»Wenn du Dummheiten machst, breche ich dir dein Genick«, flüsterte er ihm zu.

Thomas hielt seine Zugangskarte an den Scanner und tippte einen fünfstelligen Code in das Feld. Eine Meldung erschien. Ein Summen in der Tür bestätigte die Verriegelung.

Door locked. Emergency programm activated

»Gut, Thomas. Du wirst deinen Kollegen jetzt mitteilen, dass du hier eine Fehlermeldung an der Tür hast und bereits die Technik verständigt hast.«

»So funktioniert das nicht. Dieses Programm lässt sich nicht so einfach abschalten. Die Security ist alarmiert und wird in den nächsten Minuten hier sein.« Thomas begann zu weinen.

»Dann wird sich Thomas jetzt etwas überlegen müssen. Und zwar sofort.«

Mortensen schleifte den verletzten Mann zu seinem Schreibtisch und hob drohend den Feuerlöscher. Zitternd griff Thomas zum Telefon.

»Rick, hier ist Thomas.«

»Was ist los, Tom? Wir haben hier einen Notfall bei dir an der Tür.«

»Das System spinnt. Das Ding ging einfach los, ich war nicht mal in der Nähe der Tür.«

»Wir schicken mal ein paar Leute zu dir, die sich das ansehen.«

»NEIN. Warte, warte bitte. Herr Mortensen ist hier bald fertig. Du weißt, was davon abhängt. Kannst du die Security bitten, noch ein paar Minuten zu warten?«

Rick schwieg. Justin wurde unruhig.

»Okay. Tom, wir können das fünfzehn Minuten verzögern. Dann müssen wir rein und nachsehen. Du kennst Protokoll sieben. Es geht nicht anders.«

»Danke, Rick.«

Justin hatte fünfzehn Minuten gewonnen. Fünfzehn Minuten, in denen er den wichtigsten Teil erledigen musste, sonst würde sein ganzer Plan wie ein Kartenhaus in sich zusammenfallen.

»Gut, Thomas. Korrekturen der Satellitenaufnahmen lassen sich von jeder Kommunikationszentrale der NASA einspeisen und updaten, richtig?«

»Was?«, fragte er und sah abwechselnd Justin und die Leinwand an.

»Du hast die Frage verstanden, Thomas.«

Justin zeigte mit dem Finger auf den unteren rechten Rand der Weltkarte. Tom folgte dem Fingerzeig und erkannte einen roten Punkt, der sich inmitten der Antarktis befand.

»Nein, das kann ich nicht. Die Satelliten senden stündlich ein Update an unseren Zentralrechner. Jede Änderung würde automatisch wieder mit den richtigen Daten überschrieben werden.«

»Lüge Nummer zwei.«

Mortensen rollte mit den Augen, holte aus und zerschmetterte mit dem Feuerlöscher Thomas Hand. Er schrie und hielt sich unter Tränen die blau anlaufende Hand.

»Noch mal, Thomas. Wie viele Satelliten sind für diesen Punkt hier unten zuständig?«

»Ich weiß es nicht …«

Justin hob wieder den Feuerlöscher, doch die Schreie des Mannes hielten ihn davon ab, mit dem runden Metallbehälter auch seine Schulter zu zertrümmern.

»Vier. Es sind vier«, kreischte Tom und hob die gesunde Hand vor sein Gesicht.

»Du wirst den vier Satelliten neue Ziele für die Observation zuweisen. So weit entfernt, dass dieser Punkt hier unten nicht mehr in ihrem Aufzeichnungswinkel liegt. Wenn du das getan hast, wirst du das System updaten und den roten Punkt verschwinden lassen. Es ist relativ simpel, Korrekturen einzugeben und den Zentralrechner damit upzudaten. Und ja, mir ist bewusst, dass diese Manipulation auffallen wird. Die Frage ist nur, wann es so weit sein wird und wie lange es dauert, den Fehler zu korrigieren. Du solltest dir jetzt sehr gut überlegen, was du sagst. Lüge Nummer drei würde dir das Nasenbein und ein Auge kosten.«

Thomas Gesicht war zu einer Grimasse verzogen. Er nickte heftig.

»Gut. Wie viel Zeit haben wir, bis das auffällt?«

»Eine Stunde, vielleicht eineinhalb.«

»Das reicht. Mach dich an die Arbeit.«

Unter den Argusaugen von Justin begann Thomas mit der Hand so schnell er konnte die gewünschten Änderungen vorzunehmen. Mortensen hatte sich hinter den Angestellten gestellt, um jede seiner Eingaben zu kontrollieren.

»Ein falscher Knopfdruck, ein einziger Trick und ich werde den Feuerlöscher so fest ich nur kann auf deinen Hinterkopf schlagen. Verstanden?«, flüsterte er in das rechte Ohr des verletzten Mannes und fühlte sich für einen Moment wie sein zweites Ich.

Tat ER nicht auch immer das Gleiche mit ihm? Diese leise bedrohliche Stimme hinter ihm, vor ihm, in ihm.

Wieder nickte Thomas wild mit dem Kopf und fuhr mit seiner Arbeit fort. Nach zehn Minuten waren die Änderungen bereit, sie in den Zentralrechner der NASA einzuspeisen. Hoffnungsvoll drehte sich Thomas zu Justin um und zeigte mit dem Finger auf seinen kleinen Monitor.

»Ich bin fertig. Soll ich es hochladen?« Thomas sah in Justins ausdruckslose Augen.

»Das wäre sehr nett von dir, Thomas«, antwortete Mortensen ruhig. Er lächelte ihn freundlich an.

Thomas verzog den Mund zu einem verkrampften Lächeln und wendete sich wieder dem Monitor zu, um seine Arbeit zu vollenden. Thomas drückte den Knopf auf der Tastatur und Justin sah, wie sich oberhalb der Arbeitsmaske ein kleines Fenster öffnete, in dem der Text -uploading data- stand.

Wir brauchen ihn nicht mehr. Bring es zu Ende.

»Nein«, stammelte Justin.

Thomas drehte sich zu ihm und sah ihn fragend an.

»Soll ich den Upload abbrechen?«

»Nein, ich habe nicht mit dir gesprochen. Misch dich nicht ein!«, schrie Justin ihn unvermittelt an.

Ich akzeptiere kein Nein, dummer, kleiner **Bustin**. *Du wirst es jetzt töten. Es hat keine Berechtigung mehr und seinen Zweck erfüllt.*

»Es? Das ist ein Mensch!«, brüllte Justin und drehte sich um.

»Was machen Sie da?«

»Halt dich da raus«, zischte Justin und warf Thomas einen warnenden Blick zu.

»Du wirst tun, was ich dir sage, **Bustin**.*«*

»Es ist nicht notwendig, ihn zu töten. Ich schlage ihn einfach bewusstlos und binde ihn an den Stuhl.« Justin gestikulierte wild mit den Händen.

»Mit wem sprechen Sie da?«

»Halt dein Maul!«, schrie Justin wutentbrannt.

Thomas erkannte seine Chance. Mortensen war offensichtlich nicht mehr bei Sinnen und führte ein Zwiegespräch mit seinem persönlichen weißen Kaninchen. Immer wieder lamentierte der Mann mit dem Feuerlöscher ins Leere und widersprach dem, was er anscheinend hörte. Thomas stand langsam auf und sah zu der Tür. Ihn trennten zehn Meter davon, er musste nur leise sein, den Code eingeben und schnell aus dem Raum laufen. Es war möglich, diesem Wahnsinnigen zu entkommen. Er bewegte sich seitlich von Justin weg. Schritt für Schritt entfernte er sich von dem Schreibtisch. Justin stand mit dem Rücken zu ihm und diskutierte ins Leere. Sein Blick fixierte den Rücken von Mortensen, huschte schnell wieder zur Tür und zurück zu dem verwirrten Mann. Er hatte es gleich geschafft, Thomas streckte die gesunde Hand zur Tür, als Justin verstummte und sich umdrehte.

»Was machst du da?«

»Ich, ich …« Das waren Thomas letzte Worte.

Justin warf den Feuerlöscher mit all seiner Kraft auf ihn und traf die Stirn des jungen Mannes. Er verlor sofort das Bewusstsein. Justin nahm den Feuerlöscher und schlug immer und immer wieder auf ihn ein. Mortensen schrie und schlug das Gesicht des toten Mannes blutig, bis ihn seine Kräfte verließen und er den Feuerlöscher aus seinen pochenden Händen fallen ließ.

*Bald verschwindet der kleine rote Punkt, **Bustin**. Unser kleiner roter Punkt. Wir werden ihn vor dem bösen, bösen Beschuss schützen, **Bustin**.*

Die Stimme holte ihn zurück in die Gegenwart. Justin zuckte zusammen und blickte auf die Leinwand. Er betrachtete den roten Punkt in der Antarktis, während seine Tränen nicht aufhören wollten, über seine Wangen zu laufen. Er wischte sie sich aus den Augen und sah wieder auf die Leinwand. Der rote Punkt war verschwunden. Es hatte funktioniert, der Wolkenkranz war ausradiert worden. Zumindest für eine gute Stunde.

»Fox Alpha, hier ist Artilleriebataillon Tango. Ziel auf 45° 36 westlich verloren. Melden.«

Der Truppenführer gab den Befehl, den Konvoi zu stoppen. Die Kettenfahrzeuge des britischen Militärs kamen zum Stillstand. Die Luke des vorderen Panzers öffnete sich. Truppenführer Jake Reynolds steckte den vermummten Kopf hervor und sah durch sein Fernglas. Der massive Schneesturm fegte über die Südlichen Orkneyinseln. Obwohl der Konvoi noch gute zwei Stunden brauchen würde, um sein Ziel zu erreichen, hoffte Jake, den Wolkenkranz durch sein Fernglas zu entdecken. Doch der Sturm bescherte dem Offizier nichts weiter als Schneegestöber. Jake schloss die Luke und blickte auf den kleinen Radarmonitor neben seinem Panzerführer. Der Punkt war verschwunden. Das Reboot der Software dauerte drei Minuten und Reynolds wünschte sich, mit seinem Trupp weiterfahren zu können, bevor der Sturm stärker werden würde. Die Natur war an diesem unbewohnten Ort der Erde ungezähmter und wilder, als es in besiedelten Gebieten der Fall war.

Das System war wieder oben und Jake sah auf den Radar. Der Zielpunkt war nicht mehr zu sehen. Der wiederkehrende verzerrte Strich, der langsam von oben nach unten fuhr, zeigte dem Soldaten die Aktualisierung des Radarbildes an.

»Fox Alpha, bitte melden. Zielpunkt auf 45° 36 westlich verloren. Tango over.«

»Tango, hier ist Fox Alpha. Wir überprüfen das gerade. Östlich von Ihnen müssten Sie das unbewohnte Wettercamp Signy sehen. Over.«

»Positiv. Wir sehen das Camp. Unser Trupp ist stehengeblieben. Warte auf Bestätigung der Zielkoordinaten. Over.«

Jake legte das Mikrofon beiseite und sah den Panzerfahrer an.

»Was zum Teufel geht hier vor sich? Das Ding kann doch nicht einfach weg sein, verdammter Mist.«

Nochmals startete er die Software neu. Die zurückgelegten 220 Kilometer und zwei Stunden durch die eisige Ödnis der Antarktis durften nicht umsonst gewesen sein.

»Fox Alpha, bitte kommen.«

»Hier Fox Alpha, Tango, ich höre.«

»Es sieht so aus, als hatten wir einen Softwarefehler. Ich habe gerade mit der Basis Rücksprache gehalten, auf 45° 36 westlich gibt es keinen Wolkenring. Scheinbar geht die letzten Stunden hier einiges durcheinander. Verdammtes Chaos. Wenn die Herren und Damen in der Politik besser planen würden, müssten wir nicht so beschissene Hau-Ruck-Aktionen durchführen. Sorry, Jungs, Rückzug. Over.«

»Nein, es war da, ich habe es doch gesehen«, flüsterte Jake zu seinem Fahrer.

»Tango, hier Fox Alpha. Wir haben den Zielpunkt auf dem Radar gesehen. Er war die letzten zwei Stunden auf unseren Geräten zu sehen, wir ...«

»Fox Alpha. Rückzug. Es war ein Softwarefehler. Die Daten wurden asynchron upgedatet. Die Basis hat die Bestätigung der NASA. Es gibt keinen Zielpunkt bei euch da draußen. Tut mir leid, Jungs, ich wäre auch angepisst, wenn ich stundenlang durch die Antarktis fahren müsste.

Es ist nichts da draußen. Macht euch auf den Heimweg. Over.«

»Danke. Over.«

Jake wechselte auf Kanal 4 seiner Truppeneinheit.

»Rückzug. Operation abgebrochen. Fehlinformation vom Stützpunkt. Lasst uns umkehren, bevor der Abendsturm einsetzt.«

Der Konvoi setzte sich in Bewegung und die schweren Militärfahrzeuge drehten nach und nach um. Nochmals tippte Jake Reynolds mit seinem Zeigefinger auf den kleinen Monochrombildschirm.

»Dreckstechnik, verfluchte. Ich hätte schwören können, dass es da war«, zischte er und bestätigte den Einsatzabbruch in seinem System.

Der Piepton im Helm riss Michael aus seiner Konzentration. Er hob die Hand und drückte den kleinen Knopf auf seiner Brust.

»Michael, ist alles okay? Sie jagen uns jetzt aus der Sperrzone. Crowley kann nichts mehr tun. Sie beginnen bald mit dem Beschuss. Sie müssen jetzt reingehen, hören Sie! Uns bleibt keine Zeit mehr.«

Michael legte auf und fixierte die Gruppe der Kreaturen, die auf ihn aufmerksam geworden war. Sie neigten die Köpfe nach links. Er wusste aus der Vergangenheit, wie es ablaufen würde. Irgendwann würden die Monster nach oben starren, nicht lange, um anschließend ein oder zwei dieser klackenden Geräusche mit ihren Kehlen zu produzieren, um ihn dann anzugreifen und zu töten. So war es bei seinen Freunden Frederick und Armin gewesen. So würde es auch bei ihm sein. Er machte einen Schritt nach hinten. Wie viel Abstand hatte er noch zu dem Wirbel? Zwei Meter? Einen halben? Michael konnte sich nicht mehr erinnern und tat einen Teufel, sich umzudrehen, um sich zu vergewissern. Doch diesmal schien es anders abzulaufen. Eines der Wesen trat aus der Gruppe hervor, sprang mit einem Rückwärtssalto auf die Hände und beäugte Michael. Langsam näherte es sich, während der Rest der Gruppe weiterhin mit geneigten Köpfen still dastand. Wieder machte er einen kleinen Schritt nach hinten, es konnte nicht mehr viel fehlen, um die Spitze des Soges zu berühren, doch rückwärts, ohne zu sehen, wo er war und was geschah, wollte sich Michael der Achterbahnfahrt seines Lebens nicht hingeben.

Du drehst dich so schnell du kannst um und springst. Du hast keine Zeit mehr. KEINE ZEIT.

Michael zögerte. Sein Herz schlug wie wild. Seine Arme und Beine begannen zu zittern, er fühlte, wie ein Schweißtropfen von seiner Stirn fiel.

Jetzt. Tu es.

Endlich löste Michael sich aus der Schockstarre und tat, was sein Instinkt ihm befahl. Blitzschnell drehte er um, es waren zwei Meter. Zwei verdammte Meter trennten ihn von der Spitze. Er tat einen großen Schritt nach vorn, als etwas sein Bein packte. Miller drehte seinen Kopf nach hinten. Das Monster hielt mit der Hand sein Bein fest, während es mit der anderen in einer bizarr wirkenden

Leichtigkeit weiterhin in seinem Handstand verharrte. So fest er nur konnte, zog Miller seinen Fuß an und trat dem Geschöpf mit voller Wucht ins Gesicht. Die Kreatur verlor das Gleichgewicht, ließ von ihm ab und stellte sich auf die Beine. Die unzähligen fletschenden Zähne des Wesens zeigten, dass es nun zum Angriff übergehen würde. Michael lag mit seinem Vierzehn-Kilo-Anzug auf dem Rücken, drehte sich auf den Bauch und robbte in Richtung Wirbel.

Schneller. So schnell du kannst. Es wird dich nicht erwischen.

Die Kreatur sprang mit einem gewaltigen Satz auf Michael und presste seine Arme auf den Boden. Das Klacken des Geschöpfes wurde lauter, bedrohlicher und es begann in das Schutzvisier zu beißen. Mit einem quietschenden Geräusch gruben sich die Zähne in das Visier. Speichel floss aus den Mundwinkeln. Das Klacken ging in ein Kreischen über. Mit weit aufgerissenen Augen sah Michael die Rillen auf den Kunststoffschichten, die sein Gesicht vor der Bestie schützten. Erneut tropfte der Speichel aus dem Mundwinkel des Geschöpfes und lief langsam sein Visier hinab. Er erinnerte sich in diesem Moment an die unzähligen Judostunden seiner Kindheit. Hatte ihn seine Motivation seinerzeit doch nur bis zum gelben Gürtel gebracht, so entsann er sich doch an eine Technik, um sich aus so einer misslichen Lage zu befreien. Vielleicht war es wie mit dem Fahrradfahren. Vielleicht würde es funktionieren, doch das schwere Gewicht, das er mit sich rumtrug, und die etlichen Jahre, die er nun schon auf dem Buckel hatte, würden diesen einen Versuch, den er hatte, nicht unbedingt begünstigen. Michael zog sein Knie an und hoffte, dass diese Kreaturen Genitalien besaßen.

Wenigstens dieses kleine, aber wichtige Detail schien mit der menschlichen Rasse übereinzustimmen. Mit einem lauten Seufzer ließ das Ding von Michael ab, rollte zur Seite und hielt sich den Unterleib. Miller robbte auf die Spitze des Sogs zu. Nach einem halben Meter sprang das Monster erneut auf ihn.

»Du wirst mich nicht aufhalten! Ich will weg von hier!«

Martialisch schrie er in seinen Helm. Die Kreatur schien die Worte gehört zu haben und sah Michael für einen Moment verständnislos an. Das Wesen neigte den Kopf zur Seite und sah auf das Visier. Miller nutzte den Augenblick, packte das Wesen an den Schultern und zog es zu sich. Er schrie so laut er nur konnte los und katapultierte das Monster mit seinem Bein über sich hinweg. Das Geschöpf kreischte und landete direkt in dem Wirbel hinter ihnen. Michael drehte sich um und sah, wie das Geschöpf verschwand. Es löste sich einfach auf. Das laute Klacken und Kreischen hinter ihm kam näher. Sie würden ihn zerfetzen. Er hatte einen der Ihren auf dem Gewissen. Michael rappelte sich auf. Fünf Meter trennten ihn von dem wütenden Mob. Es würde nicht lange dauern, bis die Spitze des Wirbels den Boden verlassen und die Mutation umgekehrt werden würde. Schnell drehte sich Michael um und rannte auf die Spitze zu, die sich vom Boden löste.

Wenige Zentimeter vor dem Sog sprang Michael in die Luft und berührte mit dem rechten Handschuh die Spitze des Wirbels. Ein Stechen durchzuckte seinen Körper. Er schloss die Augen. Der Schmerz ließ nach.

Michael öffnete seine Augen. Er konnte seine schnelle Atmung im Helm hören. Es war dunkel, nichts war zu erkennen. Miller drehte seinen Kopf von der linken zur rechten Seite, doch überall schien ihn absolute Dunkelheit zu umgeben. Ein weiterer Schmerz durchfuhr seine Gliedmaßen. Es fühlte sich an, als würde er unter Strom gesetzt. Schlagartig wurde es hell. Er raste an Baumwipfeln vorbei. Die kurze Welle der Erleichterung wurde von Panik überrollt. Er verwandelte sich in ein menschliches Geschoss und spürte den Windwiderstand auf dem Anzug. Michael kniff die Augen zu und schrie. Er wollte nicht mit ansehen, wie er an einer Hauswand, einem Baum oder einem Wagen zerschmetterte. Mit einem dumpfen Schlag berührte sein Körper den Boden. Michael überschlug sich unzählige Male, lautes Knacken durchfuhr seinen Arm und seine Beine. Sämtliche Knochen in ihm brachen, doch er war am Leben. Die Schmerzen waren unerträglich. Sein Körper produzierte so viel Adrenalin, wie er es nie zuvor erfahren hatte. Mit einem Mal war es vorbei. Michael öffnete wieder seine Augen. Er lag in einem gigantischen Luftkissen, das das FBI und das Militär um den Sog aufgestellt hatten.

Es hatte funktioniert. Michael sah in den Himmel, direkt in den Wolkenkranz über ihm, und weinte. Jemand nahm seinen Helm vorsichtig in die Hand und öffnete das Visier. Michael blickte in Mark Allisons Augen.

»Hey Kumpel, endlich lernen wir uns einmal persönlich kennen«, witzelte Mark. Freudentränen liefen über seine Wangen.

»Hey«, krächzte Michael mit letzter Kraft.

Er hörte noch die herannahenden Sirenen, als sein Kreislauf kollabierte. Michael Miller verlor das Bewusstsein.

Die Kreatur war bei dem Eintritt in die Erdatmosphäre über die Luftkissen hinweggeschleudert worden und hatte sich bei der Landung das Genick gebrochen. Der Leichnam lag fünfzig Meter hinter dem Luftkissen neben den Vorderreifen eines Militärfahrzeugs.

»Mr. Allison, wir haben hier noch einen Menschen, der durch den Wirbel kam.«

Der junge Soldat stand völlig außer Atem neben dem amerikanischen Wissenschaftler und sah ihn mit großen Augen an.

»Liebe Mitbürgerinnen und Mitbürger. Ich möchte Ihnen mitteilen, dass der Rat der Konföderation Atmosphäre einstimmig dem Beschuss der Wetterphänomene zugestimmt hat. Aus strategischen Gründen wird die Operation in diesen Minuten weltweit von den Streitkräften der Konföderation durchgeführt. Um eine

Behinderung oder Gefährdung der Bevölkerung zu vermeiden, hat die Konföderation beschlossen, das Ergebnis der Abstimmung auf den Zeitpunkt der Aktion zu legen. Wir bitten die Bevölkerung, die Streitkräfte bei ihrer Arbeit nicht zu behindern. Bitte bleiben Sie außerhalb der Sperrzone. Die Dauer der Operation wurde vom Leiter des Krisenstabes, Sergeant Richard Stuart, mit fünfundzwanzig Minuten bekanntgegeben. Der zeitgleiche Beschuss weltweit kann zu Unsicherheit bei jenen führen, die diese Nachricht nicht erhalten. Wir bitten daher alle Bürger und Bürgerinnen, ihre Mitmenschen davon zu unterrichten. Der Angriff wird je nach Gegebenheit der jeweiligen Lokation mit Artilleriegeschützen sowie indirekter Feuerunterstützung durchgeführt. Der Senat der Konföderation wird nach Abschluss der Operation eine Pressekonferenz abhalten. Ich möchte nun noch persönliche Worte an Sie richten. Ich glaube daran, dass diese Anomalie ein Ende findet. Ich glaube an die Menschheit und den Erfolg, die diese Operation mit sich bringen wird, und ich glaube daran, dass dieses Erlebnis uns eine friedlichere Zukunft und das Bewusstsein für ein besseres Miteinander eröffnen wird. Ich danke Ihnen.«

Der Bildschirm wurde schwarz und die Stereoanlage neben dem Fernseher leuchtete auf. Norah Jones sanfte Stimme erfüllte Christines Wohnzimmer. Sie nahm einen Schluck Pfefferminztee und lächelte Martin friedlich an. Sie fühlten, dass es sich um ein Momentum handelte, dass den Erfolg der Menschheit über diese Phänomene darstellen sollte.

Michael war der Hölle entkommen. Er hatte es mit neun Knochenfrakturen und unzähligen Prellungen überlebt. Nach Abschluss der Operation würde es nicht lange dauern, bis die ersten Testflüge der Konföderation starten würden. Vielleicht würde es noch ein oder zwei Wochen dauern, bis das weltweite Flugverbot aufgehoben und der normale Flugverkehr wiederhergestellt wäre. Dann endlich könnten sie nach Sofia fliegen, um Michael im Krankenhaus zu besuchen und in die Arme schließen zu können.

Martin ging in die Küche, um sich ein weiteres Wasser aus dem Kühlschrank zu holen.

»Christine, komm schnell! Es geht los!«

Sie stand auf und stellte sich neben ihn. Dreimal hallte das Artilleriefeuer in ihrer Wohnung nach. Still sahen sie zu, wie sich der weiße Wirbel immer mehr und mehr nach oben verzog. Nach einer Dreiviertelstunde hatte sich der Wolkenkreis mit seinem bläulichen Schimmer komplett zurückgebildet. An seiner Stelle hing eine kleine graue Wolke am Firmament. Das Grölen und Jubeln war aus den Straßen zu hören. Martin sah, wie die Menschen auf den Straßen tanzten, feierten und sich in den Armen lagen.

»Das ist auf deinem Mist gewachsen, Christine! Du hast was gut bei der Menschheit.« Martin grinste und legte seinen Arm um ihre Schulter.

»Idiot.« Christine lachte los und winkte peinlich berührt ab.

Das Militär rückte nach einer Stunde von dem Platz ab und gab die Sperrzone wieder frei.

»Schalte noch mal den Fernseher an. Ich will wissen, was sie sagen.«

Die beiden setzten sich auf die Couch und schalteten den Nachrichtensender ein. Aufnahmen von feiernden Menschen aus Paris, Teheran und Sidney waren zu sehen sowie eine Moderatorin, die sich die Freudentränen aus den Augen wischte.

Die Menschheit feierte ihre zweite Geburt.

»Es geht los. Sie kommen«, flüsterte er und wischte sich seine blutverschmierten Hände an seiner Hose ab.

Auf bizarre Art und Weise schien es, als würde sich Justin für seinen Besuch in der Kommunikationszentrale der NASA fein machen wollen.

*Showdown, **Bustin**. Lass sie kommen, kämpfe, als ginge es um dein Leben. Es ist dein Moment. Es ist unser Augenblick. Du bist ein braver Junge, du wirst dich widersetzen. Das wirst du doch, **Bustin**?*

Mortensen nickte aufgeregt und sah zur Tür, von der die Geräusche gekommen waren. Sie waren dabei, die Tür zu entriegeln. Sie würden nicht mehr lange brauchen. Wie viele würden wohl in den Raum stürmen. Einer? Zwanzig? Justin nahm den Feuerlöscher wieder in die Hand und stellte sich einen Meter gegenüber der schweren Stahltür. Er zog den Schlauch aus der

Halterung, hielt mit den Fingern den Abzug des Feuerlöschers auf Spannung und wartete. Die Tür öffnete sich und vier Mitarbeiter des Sicherheitsdienstes sahen mit erschrockenen Gesichtern in das Innere der Zentrale. Das Blutbad offenbarte sich ihnen. Ihre Blicke trafen Justins Gesicht, das sich zu einer grinsenden Fratze verwandelt hatte.

»Hallo Jungs«, trällerte Mortensen und betätigte den Abzug.

Die Patrone unterhalb des Schlauches platzte und der weiße Schaum schoss den Männern entgegen.

»Schickt Verstärkung in Sektor A«, schrie einer der Männer hinter dem Schaum in sein Funkgerät.

Justin hielt auf die Gesichter der Männer und leerte den Feuerlöscher über ihren Köpfen.

*Zeit gewonnen. 1:0. Weiter so, **Bustin**. Du erreichst bestimmt Level zwei in diesem Spiel. Du hast noch alle Leben.*

Die hämische Stimme in seinem Kopf irritierte ihn für einen Augenblick. Als die Öffnung des Feuerlöschers nur noch tropfte, drehte Justin den Tank um und schlug mit der Unterseite dem ersten Mann, dessen Gesicht mit Schaum bedeckt war, direkt auf das Nasenbein. Mit einem kurzen Stöhnen sackte der Mann zusammen.

*Bing, Bing, Bing … bald kommt der Endboss, kleiner braver **Bustin**.*

Die Stimme passte nicht mehr zu der gelassenen Art, die er von IHM gewohnt war. Die Tonlage seines zweiten Ichs war hoch geworden. Viel zu hoch kommentierte es singend den Kampf. Er drehte sich um, wollte wissen, wo ER stand, doch Justin konnte ihn nicht entdecken. Mortensen widmete sich wieder den Angreifern und schlug den zweiten Mitarbeiter, der auf ihn zustürmte, nieder.

Auch dieser Punkt geht an unseren Chaaaampion Buuuustiiiiin.

Justin verstörten die Kommentare. Der coole, souveräne Kerl, der ihn sein halbes Leben lang begleitet hatte, mutierte in seiner dunkelsten Stunde zu einem überdrehten Clown. In dieser einen Sekunde, in der er sich wieder suchend zu IHM umdrehte, entschied sich seine schnelle Niederlage. Er spürte, wie ihm die Füße unter den Beinen weggerissen wurden. Mit einem harten Schlag auf den Hinterkopf fiel er auf den Boden. Einer der Männer stürzte sich auf ihn, doch Justin wehrte ihn mit einem Kinnhaken ab. Er rappelte sich auf und griff sich wieder den Tank, als das Klicken der Waffen ihn in seiner Bewegung erstarren ließ.

»Fallen lassen. Auf den Boden.«

Justin folgte der lauten Stimme zur Tür. Er sah zu den drei Männern, deren Waffenmündungen direkt auf seine Brust zielten. Langsam stellte er den Feuerlöscher auf den Boden und hob mit einem süffisanten Schmunzeln auf den Lippen die Arme.

»Hallo Jungs. Scheint so, als würde diese Runde an euch gehen.«

Justin lachte und drehte den Kopf nach links und nach rechts. ER war nicht zu sehen. ER war nicht da.

»Wo bist du?« Er bekam Angst und suchte mit seinen Blicken den Raum nach ihm ab.

»Mit wem reden Sie, Mann? Auf den Boden!«

Justin ging auf die Knie. Ein Mann drückte ihn auf den blutbefleckten Boden und fixierte seine Arme mit Handschellen auf den Rücken. Mit Mühe drehte er seinen Kopf zur Leinwand. Die unzähligen roten Markierungen auf der Weltkarte waren verschwunden. Der Beschuss hatte stattgefunden und war erfolgreich beendet worden. Seine Augen suchten die Stelle in der Antarktis, auch hier war keine Markierung zu erkennen. Eine Aktualisierung lief langsam von oben nach unten und erneuerte die Grafik.

»Aufstehen!«

Mortensen registrierte den Befehl der Stimme nicht. Er wartete gespannt darauf, dass die Antarktis upgedatet wurde. Die rote Markierung erschien nicht. Offenbar lief das Update der Satelliten mit den übermittelten Bildern nicht synchron. Wieder war Zeit gewonnen.

»STEH AUF!«, schrie der Mann.

Das Gemurmel in der Kommunikationszentrale wurde lauter, immer mehr Menschen drängten sich in den Raum. Justin verstand seine eigenen Gedanken nicht mehr und wurde immer nervöser. Mortensen wurde abgeführt. Mit einem Lächeln auf den Lippen verließ der ehemalige CEO der Nofox die Kommunikationszentrale der NASA.

Gegen 22 Uhr peitschte ein weiterer Schneesturm über das naturbelassene Terrain der Südlichen Orkneyinseln.

So wunderschön und friedlich dieser Teil des Planeten aus den bequemen Flugzeugsitzen mit Fensterplatz aus wirkte, so unbarmherzig konnten sich die Naturgewalten auf diesem unbewohnten Gebiet entfalten. Der Wind fegte über die Eisberge und aus den Ritzen der Bergspalten ertönte die Melodie des Sturms. In dieser Nacht durchbrach ein panisches Geschnatter das übliche Naturschauspiel. Hunderte von Pinguinen strömten so schnell sie nur konnten von Westen nach Osten. Die Vögel überrannten sich und fielen zu Dutzenden in die tiefen Gletscherspalten, in denen sie auf tragische Art und Weise verendeten. Seeleoparden überholten die Heerschar von Pinguinen und ließen ihre sonst so begehrte Beute unbeachtet hinter sich.

Um 23:55 Uhr berührte fernab von der Zivilisation der Wirbel des letzten verbliebenen Wolkenkranzes eine kleine Eisscholle vor dem Kap Dart von Siple Island.

»Mr. President, ich habe Sergeant Stuart in der Leitung.«

»Stellen Sie durch.«

»Mr. President, wir haben den Beschuss erfolgreich beendet. Allerdings meldet unser Außenposten südwestlich von Kap Adare in der Antarktis ein konstantes eigenartiges Geräusch. Wir haben die Experten der Wetterstation am Mount Minto gebeten, sich der Sache anzunehmen. Möglicherweise gibt es hier keinen Grund zur Besorgnis, wir sollten der Sache trotzdem nachgehen.«

Präsident Midler aktivierte den Lautsprecher der Konferenzspinne im Meetingraum des Weißen Hauses. Er stand auf und ging ein paar Schritte näher zu dem großen Monitor am Ende des Raumes. Die roten Markierungen hatten sich blau verfärbt. Midler sah zur Weltkarte. Sein Finger wanderte auf der digitalen Karte zum kleinen blauen Punkt in der Antarktis. Die Markierung befand sich im östlichen Teil der Eislandschaft am Kap Dart, mitten in den American Highlands. Von dort aus hätte sich das Geräusch unmöglich quer über die Antarktis erstrecken können, das Kap Adare war zu weit entfernt.

Das Telefon seines Beraters, der sich ebenfalls in dem Raum aufhielt, klingelte. Er nahm ab, zog seine Augenbrauen nach oben und hielt anschließend die Sprechmuschel zu.

»Mr. President, ich habe Professor Chestner vom NASA Space Weather Prediction Center am Apparat. Er klingt sehr aufgebracht und möchte mit Ihnen persönlich sprechen.«

Midler brach das Gespräch mit dem Sergeant ab und holte Professor Chestner in die Leitung. In seiner dreijährigen Amtszeit, die Thomas Midler nun schon im Weißen Haus regierte, hatte er schon einige Krisen mit Bravour überwinden können. Das amerikanische Volk liebte seinen Präsidenten, weil auf seine Worte Taten folgten. Doch diese globale Krise raubte Midler seine letzte Energie. Die große Verantwortung, von der Konföderation mit neunundsechzig zu sieben Stimmen als Vorsitzender gewählt worden zu sein und somit die letzte

Instanz jeglicher Entscheidungen darzustellen, war nicht der Wunsch des zweiundfünfzigjährigen Politikers gewesen und dennoch akzeptierte er das Wahlergebnis der Demokratie.

»Professor Chestner, was ist los?«

Midler rieb sich brennenden Augen. Seit mehr als einer Woche hatte er nicht mehr als vier Stunden Schlaf pro Nacht gefunden.

»Mr. President, wir haben ein Problem. Meine Kollegen aus Sofia haben mich von einem Zwischenfall mit Mortensen informiert. Ich möchte Sie in dieser Phase nicht mit Details von Ihrer Arbeit abhalten. Doch die wichtigste Information ist, dass Mortensen es geschafft hat, vier unserer Satelliten zu manipulieren. Um es kurz zu machen: Wir konnten eines dieser Phänomene für knapp zwei Stunden nicht sehen.«

Der Präsident sah ungläubig auf das rot pulsierende Licht der Konferenzspinne.

»Was bedeutet das?« Er ließ sich auf einen freien Stuhl fallen.

»Das bedeutet, die Satelliten sind wieder upgedatet und wir haben den letzten Wolkenkranz in der Antarktis lokalisiert. Es …«

»Schalten Sie Sergeant Richard ins Gespräch«, unterbrach Midler die Ausführung des Professors und trank hastig ein Schluck Wasser.

»Dafür ist es leider zu spät, Mr. President. Laut unseren Messdaten gibt es Bodenkontakt. Die Analyse der übermittelten Daten dauert noch an, was ich allerdings zu diesem Zeitpunkt sagen kann ist, dass der Stickstoff- und Sauerstoffgehalt an diesem Ort sich eins zu eins umgekehrt haben.«

Midler starrte den blauen Punkt auf der Weltkarte an.

»Aber der Punkt ist blau?«, sagte er stirnrunzelnd.

»Das muss an dem Bodenkontakt und der daraus resultierenden chemischen Veränderung liegen. Es hat sich umgekehrt, Mr. President.«

»Umgekehrt? Was zum Teufel wollen Sie mir damit sagen, Professor?«

Heiße und kalte Schauer fuhren durch Midlers Körper. Sein Bauchgefühl sagte ihm, dass etwas Furchtbares im Gange war. Etwas, das unwiderruflich eingetreten war.

»In einem Umkreis von fünf Kilometern besteht der Stickstoffgehalt zu knapp zwanzig Prozent und der Sauerstoffgehalt zu über achtzig Prozent. Es ist genau die entgegengesetzte prozentuale Gewichtung, aus der unsere Atmosphäre besteht. Die neuesten Messdaten, die wir während unseres Gespräches erhielten, zeigen uns an, dass sich die Veränderung um den Wolkenkranz in der Antarktis sehr schnell ausbreitet. Wenn die übermittelten Daten stimmen, beträgt der Radius nun schon fünfundzwanzig Kilometer.«

Midler vergrub sein Gesicht in den Händen.

»Mr. President, das Bizarre an dieser Konstellation ist, dass unter diesen Umständen eine Existenz eigentlich nicht möglich ist. Doch unsere Wärmebildaufnahmen beweisen, dass sich immer noch viele Tiere in dem Gebiet aufhalten und am Leben sind.«

»Wir müssen evakuieren. Die Wetterstationen, Militärbasen alle müssen sofort aus diesem Gebiet raus. Zeigt mir den Evakuierungsplan auf dem Monitor.«

Midler trank einen Schluck Wasser. Seine Kehle fühlte sich wie zugeschnürt an. Seine Schläfen begannen zu pochen. Er las die Reihenfolge der Evakuierungsschritte Zeile für Zeile durch. Immer wieder begann er, den Text erneut zu überfliegen.

»Ich möchte Ihre Entscheidung nicht kritisieren, aber der Radius breitet sich schneller als ein Waldbrand im ausgetrockneten Amazonas aus. Es ist ein Ding der Unmöglichkeit, so schnell zu evakuieren. Gott steh uns bei, Mr. President.«

»Manson, informieren Sie die Öffentlichkeit. Die Menschen sollen sich Schutz suchen, nicht aus Ihren Häusern und Wohnungen gehen und sich in Kellern oder tieferen Etagen aufhalten. Verlesen Sie Plan Vier.«

Der Sprecher des Weißen Hauses stand auf und sah Midler erstaunt an.

»Mr. President, das führt zu einer globalen Hysterie. Die Menschheit wird von einem Weltuntergang ausgehen. Wenn ich mir einen Vorschlag erlauben darf. Wir sollten …«

»Ich werde die Menschheit nicht unwissend in den Tod laufen lassen. Sollte es so kommen, dann möchte ich, dass jeder Mensch auf diesem verdammten Planeten weiß, was geschehen wird. Das, Manson, hat nichts mit Politik, Strategie oder Geheimhaltung zu tun. Hier geht es um das

Leben aller und die Menschheit hat das verdammte Recht darauf, zu wissen, was hier vor sich geht.«

Manson senkte den Blick und nickte.

»Ich bereite die Rede vor, Mr. President. Geben Sie mir zwanzig Minuten.«

Midler verließ den Meetingraum und begab sich in das Oval Office. Er setzte sich erschöpft in den Stuhl und betrachtete seinen großen Schreibtisch. Sein Blick schweifte über die ausgeschalteten Monitore. Er erinnerte sich an all die geheimen Informationen verschiedener Bereiche, die die Regierung seit Jahrzehnten sammelte und nicht preisgab. Er erinnerte sich an seinen Amtsbeginn und das traditionelle Vier-Augen-Gespräch zwischen dem amtierenden und dem kommenden Präsidenten der Vereinigten Staaten. Die Einführung in Informationen, die niemals an die Öffentlichkeit gelangen sollten. Ob nun der Kennedymord, die Mondlandung, Area 51 oder Project Blue Book – all das schien in diesem Moment unbedeutend.

Midler lachte müde und nahm die angebrochene Flasche Whiskey aus seinem Schrank. Er schaltete den Fernseher ein. In diesem Augenblick konnte der Präsident der Vereinigten Staaten keinen klaren Gedanken mehr fassen. Mit leerem Blick starrte er in den Fernseher und wartete auf den womöglich letzten Auftritt seines Pressesprechers. Die Menschheit stand vor der Auslöschung und er, der gewählte und gefeierte Präsident und Vorsitzende der Konföderation, hatte versagt.

Er füllte das Glas bis zum Rand mit Whiskey. Bedächtig verschloss er die Flasche und sah die Breaking News eines Nachrichtensenders, der die bevorstehende Pressemitteilung ankündigte.

»Bring mir bitte noch ein paar Riegel aus der Schublade mit, Martin! Gleich verkünden sie unseren Erfolg. Yeeeah!«

Christine trällerte fröhlich Richtung Küche. Sie freute sich auf ein normales Leben mit all den normalen Alltagssorgen und bekannten Nachrichten über politische Intrigen, Kriegsdrohungen und Steuererhöhungen.

Martin setzte sich neben sie und gab ihr, wonach sie verlangt hatte. Natürlich Banane-Schoko, so viel hatte er in den letzten Tagen und Wochen bereits über ihre Essgewohnheiten gelernt.

»Wif du auch einf?«

Martin winkte lachend ab.

Christine schaltete pünktlich zur Pressekonferenz des Weißen Hauses den Ton lauter.

»Wieso schaut Manson so ernst? Ist was schiefgegangen?« Martin beäugte den finster dreinblickenden Pressesprecher. Ein flaues Gefühl machte sich in seiner Magengegend breit.

»Spinn nicht rum, Luber. Das ist der Pressesprecher des Präsidenten, der muss so gucken. Alles Politik, verstehst du?«

Sie zeigte ihm einen Vogel und verdrehte die Augen. Aufgeregt rutschte Christine auf der Couch herum.

»Fang schon an, Mann.« Sie summte siegessicher vor sich hin.

»Da stimmt was nicht, Christine. Irgendwas stimmt hier ganz und gar nicht. Sieh nur, wie nervös er seine Notizen durchblättert.«

»Du hast ja schon eine Paranoia. Warte, es geht los.«

»Liebe Mitbürgerinnen und Mitbürger. Die Operation wurde beendet und der Beschuss der 53.859 Wolkenphänomene eingestellt. Ich kann Ihnen mitteilen, dass sich die Phänomene bereits zu 100 Prozent aufgelöst haben und unsere Entscheidung, diesen Weg zu gehen, richtig war.«

Jubel unterbrach den Pressesprecher. Die Journalisten und Journalistinnen sprangen von ihren Stühlen und klatschen Beifall.

»Meine Damen und Herren, bitte … nun, lassen Sie mich an der Stelle ein paar persönliche Worte sagen. Dieser Moment ist der schwierigste, den ich nicht nur in meinem beruflichen, sondern auch in meinem privaten Leben durchstehen muss. Es gab 53.860 dieser Phänomene. Das bedeutet, dass wir einen Wolkenring nicht rechtzeitig beschießen konnten. Die Ursache für diesen Fehler werden Sie in einer gesonderten Stellungnahme erfahren. Der Wolkenkreis liegt in der Antarktis. Die uns übermittelten Daten der NASA zeigen, dass sich die Atmosphäre in diesem Radius geringfügig verändert. Es besteht kein Grund zur Besorgnis. Trotzdem möchte ich Sie im Namen des Präsidenten und der Konföderation auffordern, bis auf Weiteres zu Hause zu bleiben. Begeben Sie sich, wenn möglich, in die unteren Etagen der Gebäude, informieren Sie Ihre Mitmenschen. Wir gehen davon aus, dass es sich hierbei lediglich um eine temporäre, lokale Veränderung handelt. Unsere Einheiten sind bereits auf dem Weg zu dem Wolkenkreis, um diesen zu eliminieren. Es besteht kein Grund zur Panik. Bitte vermeiden Sie es, hinauszugehen und warten Sie auf Entwarnung.« Manson nickte und verließ den stillen Raum. Es gab keine Fragen und keine Zwischenrufe.

Ungläubig blickten Christine und Martin in den Fernseher. Der Moment war gespenstisch. Während der Sender live aus dem Weißen Haus sendete, konnten die beiden sehen, wie sich die Journalisten und Journalistinnen mit offenen Mündern anstarrten. Das Bild wurde schwarz und zum Vorschein kam eine verstörte Moderatorin des Fernsehsenders, die nach Worten suchte.

»Wir, nun … wir sind nach einer kurzen Werbepause wieder für Sie da«, stammelte die Frau sichtlich hilflos in die Kamera und suchte immer wieder den Blick zur Regie.

Martin wählte Marks Nummer, als plötzlich der Fernseher und die Wohnzimmerlampe ausgingen. Er drehte sich zur Küche. Das kleine Licht der Herdanzeige war erloschen.

»Du hast einen Stromausfall«, murmelte er und drückte das Anrufsymbol des Smartphones.

»Nicht nur wir. Sieh dir das an«, flüsterte Christine, die sich ans Fenster gestellt hatte. Martin ging zu ihr.

München lag im Dunkeln. Außer den Scheinwerfern einiger Fahrzeuge konnte Martin nichts erkennen. Absolute Dunkelheit war über die Millionenmetropole hereingebrochen. Er drehte sich nach rechts, um den Olympiaturm zu sehen, doch er sah nur den Schatten des großen Betonkolosses.

»Martin?« Marks Stimme ertönte.

Er nahm sein Telefon nach oben.

»Hi Mark. Entschuldigung, ich wollte Sie gerade wegen der Pressekonferenz sprechen, als hier die Lichter ausgegangen sind. Wir haben hier anscheinend einen großflächigen Stromausfall.«

»Wir auch, ganz Sofia ist ohne Strom. Hier stimmt was nicht, Martin. Ihr müsst sofort …«

Die Verbindung brach ab. Martin betrachtete das Handy. Die Empfangsbalken waren verschwunden. Das Smartphone suchte erfolglos das Funknetz.

»Christine, prüf mal bitte, ob du Empfang hast.«

»Nein, nicht einen Strich.«

Der Fernseher und die Lampe gingen wieder an.

»Schon wieder vorbei. Weiß der Geier, was das war«, sagte Christine und sah auf den Bildschirm.

»Uns erreichen gerade Meldungen, dass es vor wenigen Minuten zu einem weltweiten Stromausfall gekommen ist. Momentan haben wir keine näheren Informationen, was zu diesem unglaublichen Ausfall gefü…«

Der Fernseher und die Lampe gingen erneut aus. Wieder standen die beiden im Dunkeln und blickten aus dem Fenster.

»Was zum Teufel geht hier vor sich, Martin?«

Christine zündete in der Küche ein Teelicht an und stellte es auf den Tisch. Sie setzten sich, ohne ein weiteres Wort zu wechseln, hin und lauschten der gespenstischen Stille. Die kleine Flamme züngelte ruhig und spendete gerade genug Licht, dass sie sich in die besorgten Gesichter sehen konnten.

Minuten und Stunden verstrichen, doch die Elektrizität kehrte nicht zurück.